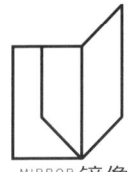

朱燕玲工作室

故事咖啡馆

STORY CAFÉ

Story Café
by
Li Hao

李浩 —— 著

中信出版集团 | 北京

图书在版编目（CIP）数据

故事咖啡馆 / 李浩著. -- 北京：中信出版社，2023.10
ISBN 978-7-5217-5892-4

Ⅰ.①故… Ⅱ.①李… Ⅲ.①中篇小说－小说集－中国－当代 ②短篇小说－小说集－中国－当代 Ⅳ.①I247.7

中国国家版本馆CIP数据核字（2023）第135748号

故事咖啡馆
著　　者：李浩
出版发行：中信出版集团股份有限公司
　　　　　（北京市朝阳区东三环北路27号嘉铭中心　邮编100020）
承　印　者：河北鹏润印刷有限公司

开　　本：880 mm×1230 mm　1/32　印　　张：9　字　　数：178千字
版　　次：2023年10月第1版　　　　　印　　次：2023年10月第1次印刷
书　　号：ISBN 978-7-5217-5892-4
定　　价：58.00元

版权所有·侵权必究
如有印刷、装订问题，本公司负责调换。
服务热线： 400-600-8099
投稿邮箱： author@citicpub.com

目 录

楔 子 *welcome drink*

- 雪山路上的"故事咖啡馆" —— 003

中国故事 *single origin*

- 影子宫 —— 041
- 我的村庄秘史 —— 077
- 刺秦 —— 099
- 新编《聊斋》二题 —— 114
- 虚构：李一的三次往生 —— 144
- 噬梦兽和我们的故事 —— 168
- 为什么没有我 —— 188
- 像是影子，像是其他 —— 204

外国故事 *blend*

- 小说家马尔丹，和故事里的玛格莱娜 —— 225
- 自我，镜子，与图书馆 —— 251

尾 声 *next time order ahead*

楔子

雪山路上的"故事咖啡馆"

1

我的学生、总爱突发奇想的胡月和她的同学丁帅、杨婧媛在丽江雪山路上开了一家突发奇想的咖啡馆,名字就叫"故事"。她告诉我,她的灵感来自奥尔罕·帕慕克的《我脑袋里的怪东西》,在她脑袋里的怪东西也时常叮当作响,于是她就想为这些"怪东西"找个合适的出处,于是有了这家咖啡馆。"我们几个都喜欢丽江,它实在太美了,也是一个适合故事生长的地方。其实,开这样一家咖啡馆还是受到了您的启发,您还记得您在课上讲述的小说《连长的耳朵》吗?当时您谈到了丽江和它的古城,说,那里的故事充满了异质性和想象力,完全可以建构一个马贡多或者约克纳帕塔法。可能您是随口一说,但我们决定就来这里试一试。当然,我们也知道我们的咖啡馆肯定小众,挣不到什么钱,也就是我们的一个乐趣而已。不过,我们商量:就用咖啡馆来验证一下自己,训练一下自己,看自己究竟是不是写小说的料。"

在微信中她告诉我说,她购置了两台德龙咖啡机、一台菲利浦咖啡机,它们各有不同。至于是怎样的不同,胡月曾给我说过几次,但我一转身就忘得一干二净,就像我忘记自己曾说过丽江古城可以"建构"成马贡多或者约克纳帕塔法一样。不过我也难以否认自己曾这样说过,因为这样的说法也真的合我意,像是我能说出来的话。"我们三个志同道合的同学,都想在这样的实践中得到些启发和锻炼,您在课上也说过,我们现在缺技艺也缺生活,您可以教给我们基础的、基本的写作技艺,也可以拓展我们的思维,但生活是教不了的,生活经验是教不了的。您知道婧媛平时不爱说话,也不爱回答问题,可她却是一个很有想法的人,她脑袋里的怪东西一点儿也不比我的少。她有这样的才华。毕业前我有了开一家故事咖啡馆的想法,我们一拍即合。"

雪山路上的"故事咖啡馆"与别的咖啡馆没有太多不同,它也售卖种种现磨咖啡、挂耳咖啡,种种烘焙食品,有图书、杂志和塔罗牌,以及乐高拼图,以供咖啡馆里的顾客打发自己的空闲和无聊;雪山路上的"故事咖啡馆"与别家的咖啡馆有一个显著的不同,那就是它有一个"留下自己的故事"的项目,就是说,如果有谁愿意讲述一段与自己相关的故事,这个故事要有一定的曲折和长度,谁就可以免费获得一杯现磨咖啡和三个小时左右的个人时间。"怎么样,这个创意?"胡月在微信里发出笑脸,"老师,我们也想请您参与。丁帅反复地说,若是李老师也参与的话就好啦,我们也可以把李老师邀请过来……"

我回复说，这个创意不错，只是，你们所说的故事的曲折和长度不太好把握，会不会有人因为这个"曲折和长度"而打了退堂鼓？毕竟许多人有着一肚子的经历却讲不成故事，我在整理县志《军事志》的时候采访过许多的战争亲历者，能问出故事来的几乎没有，尽管我们提早了解了一些他们的经历，百般引导。而且，加了这样一条并不那么明确的限制，也容易让人感觉有商业欺诈的嫌疑，可能会造成不必要的纠纷。至于我，我可以参与，就在微信中——如果你们几个都写得还不错的话，我也会随后写一个，然后找一家刊物一起发表，就像当时我们同题写《会飞的父亲》那样。至于丽江，"我去过几次，而且，有机会一定会再去"。

"好呀好呀。"胡月迅速回复，"您来了我们当向导，陈露的住地离这里也不远，她还说您要是来的话她也过来。"然后，停了一会儿，"是的，这是个难题。我们暂时不附加这一条件，只是说，他们只要肯向我们讲述自己的故事就行，过程中，允许我们提问——这样可以吧？""丁帅刚才说，老师得给我们评判，看我们根据人家的故事重新编织得好不好，行不行。这个您能答应吧？就是会占老师的一些时间。当然，能发表就更好啦。"

"行。不过，最好是你们三个人都有了构思之后我再比对。"

"就像我们原来在课堂上那样？"

"是的，就像在课堂上那样。"

"好。丁帅要和老师语音，不知道你有空不？"

"这家伙就是懒。以后告诉他,打字。好吧,我现在没事。"

2

应当是并不顺利——我指的是"故事咖啡馆"的故事项目。在开张之后半个月的时间里,胡月给我发过来的是咖啡、咖啡杯,是门外的流水和开在门口的花儿。杨婧媛发给我的则是屋顶上的玉龙雪山,分别是早晨、下午和黄昏,丽江古城的早晨、下午和黄昏,黑龙潭的正午。每张照片,细心而一向严谨的她都记下了时间和地点,并附上简短而有诗性的文字说明。而丁帅发给我的,则是他拍摄的人:男人和女人,老人和孩子,站在路边售卖鸡豆凉粉的纳西女人,咖啡馆里,一个面色浓郁的女孩——她应当是一个游客,丁帅很是偶然地捕捉到了洒在她侧脸上的霞光。"老师,我现在迷上人像摄影了。我觉得其中有无穷的乐趣,它充满了偶然和不可知,我一路走下来,不知道自己今天能遇到什么,不知道能不能找到满意的片子——这个不知道,不就是艺术吗?"他发来的还是语音,这段话被分成了两段,但随后的一句则是文字:"放心,老师,我还会写小说的,她们打击不到我!"后面跟着一个有些怪异的笑脸,是他自己做上去的——这个丁帅,一直喜欢玩这样的花样儿。在考上军艺研究生之前,他曾做过一段不算成功的导演,这些花样儿是他在当导演的时候学的。

应当是并不顺利，否则的话他们早就给我故事了，以我对胡月的了解，对丁帅的了解，他们绝不肯在得到怎样的故事之后依旧对我保密。因此，我也不好意思特别地追问，只是在讲课和写作的间隙与他们互动，谈我的丽江印象。譬如一路上反复地遇雨，刚刚把伞撑起雨就停了，艳阳晒着那些袅袅的水汽更让古城变成了仙境，只有在丽江和大理，我才见到了街道上水汽蒸发，也更清晰地理解了"润泽"这个词。譬如丽江城中不歇的水流和藏身于水草中的鱼，那种清澈真的是久违，我都想脱下鞋子去水中踩一踩，这个冲动其实很不好制止。譬如攀登玉龙雪山和"肥胖的缺氧"，我一直觉得自己是"想出来的病症"，如果不关注海拔，或许根本没什么问题……我也会把我新写的文字发给他们看，但彼此心照不宣地不提"故事咖啡馆"的故事采集，它就像一个还没有放置好井盖的窨井，我们一起把它给绕了过去。应当是并不顺利，或许没有多少人愿意为一杯咖啡而向陌生人敞开心扉——这不是咖啡的问题而是心理习惯的问题，就像我在"小说创作学"课上曾说过的那样：我们这个民族、这种文化背景下的人，几乎就没有什么倾诉的习惯，我们更愿意自己慢慢消化也不会选择说出。即便是我，这种以写作为生的人，我们也不会轻易地向别人敞开，所以在我的小说中多是讲述"父亲"的故事——许多时候，那个"父亲"可能更多的是我，但有些让人羞愧和不愿正视的东西，放在"父亲"身上没太多的负担；而假设交给自己，就会产生强烈的不适。"我和卡夫卡、穆齐尔他们一样，不会给这个世界留下什么信史。"其实这是转引的一位作家的话,我悄悄把那句话里的"我"变成了站在讲台上的我,"但我写下的文字是真诚的,它用遮遮掩掩的方式表达的是我的真实认知和真情实感。"

我小心翼翼地绕过"故事咖啡馆"以咖啡换故事的那个项目,装作部分地"遗忘"了它——我不希望这几个刚刚毕业的学生在我的提醒下感觉到受挫,尽管有时候受挫这样的事会时常发生。我等着他们提,如果他们想提的话。

大约"故事咖啡馆"开张二十天后,一个下午,我突然发现微信里多了一个"故事五人组"的群,除了我和三个经营"故事咖啡馆"的学生,他们还把陈露也拉了进来。"老师,我们有故事啦!"微信里的胡月显得欢呼雀跃,"只是,我们不知道该怎么处理它!所以,我和丁帅、婧媛商量,建个群——我们也把陈露师姐拉了进来,也希望师姐能够参与。"接着,杨婧媛和丁帅分别与我打了招呼,我一一回复过,然后和陈露打了声招呼,她没有回答。

"老师,"杨婧媛私信发我,"您可能不知道陈露姐的事儿吧?她离婚了,自己带孩子,工作又忙,这段时间心情特别不好。""我们想,把她从那种情绪里拉出来。至少,要试试吧?""她不回话,老师也别怪她。我怕您不知道她的这个情况。"

我和杨婧媛在私信里说着,"故事五人组"的群里胡月则把她所整理的故事发给了我们。她说,这是三天前一个叫了一杯"美式"的男人给她们讲的,当时丁帅应是在外面拍片。下面,是那个男人的故事。

你们知道不知道在玉龙雪山后山有一个被称为殉情谷的地方?在玉龙雪山后山的山谷里,有一处绝美的地方,很少有人去,那里被称为"殉情谷",它几乎和丽江古城一样古老。特别是远古的时候,有些痴情男女相爱了,但苦于种种限制不能在一起,而这些痴情的男女却像着了魔不愿分开,当然如果不是这样也就算不上痴情了。于是,男人和女人悄悄地商量好,一起来到殉情谷,在谷边的树上刻下自己的名字然后拥抱在一起,跳下山崖。传说,殉情男女会共同进入可怕的炼狱之中,一直要在那里待上三百多年。如果他们到那时还是相爱着的,则会获得神灵的祝福,进入没有痛苦、没有衰老的"玉龙第三国",永远地相亲相爱下去。知道了这个背景,我就可以讲我的故事了。

我是来这边做生意的。有过一次婚姻,但早就离了。我经营的是翡翠和银制品,日子嘛,反正过得下去。我来这边的时候正是我的低潮期,无论是家庭、事业还是一切别的什么,哪哪儿都不顺。后来我就遇见了我之后的女友,就叫她小翡吧,也没必要说她真实的名字。相遇吗?也没什么特别,就是自然而然地……我们的相爱是后来的事儿,甚至都没意识到它会发生——也不能说完全没有意识到，作为男人，我是有些期待的，但一直觉得不可能。我大她九岁，而且是一个离过婚、过得很不如意的男人。我不想说我们的过程，我希望你们理解：它没什么特别，后来我在周围的朋友那里以及网上听到见到些所谓的爱情故事，我和小翡的真没什么特别，就是慢慢地慢慢地……她的父亲母亲都不同意。她父亲来找过我，不只是一个人。他狠狠地扇过我十几记耳光，要我滚蛋，离得越远越好。如果不是耳光，我也许会答应他的条件，但因为他的耳光我决定不走，我就在这里，继续我不死不活的生意和不死不活的生活。她父亲没办法，只好严格地看管着小翡，让她不再和我见面，让她母亲中意的追求者出入她的家……我承认，我们之间的情感反而因此更为炽热。我也做过许多疯狂的举动，引得她父亲来砸了我的铺子，当时，我觉得没什么可后悔的。后来，小翡透过一个秘密方式向我表达殉情的想法，我一冲动，也同意了。对我来说她就是我的全部，我愿意。按照她所说的时间、地点，我准备和她一起去殉情谷，就在我准备出门的时候她母亲出现在我的门口。是的，像你们所猜测的那样，我没去成，我答应了小翡的母亲，带小翡远走高飞，等她父亲想通了、理解了再回来——我承认自己更认可这一选择。小翡？她也没去成，她父亲看着呢，我们之间秘密传递的方式早已经被他发现了。我在自己的店铺里等着小翡，她母亲说，她会做好小翡父亲的工作，至少会帮助小翡远离。然而没想到的是，她食言了；或者她根本就没有把自己说的话当真。

没有了小翡的消息，我当然难过，极其难过。那段时间我感觉是度日如年，天天都泡在酒吧里——酒吧的老板都知道了我的住处，每次喝醉，就会派人把我送回房间。某一日，我在走出酒吧的时候突然在一个拐角处发现了一个女孩，看上去那么那么像小翡。我就喊她，想追上她，可是只一个瞬间她就消失得无影无踪。大约又过了三个月，我已经渐渐地平静，不平静又怎么办？我已经失去了小翡。在苦闷的时候，我承认自己……对不起小翡。当时我并没觉得对不起她，我只是尽力地想把她挤出我的生活、记忆和印象，就是那样。这一天，我正在自己的店里——店里冷冷清清，当时也没别人，我当时觉得自己完全不是做生意的料，有一种心灰意冷的感觉。小翡伯伯家的一个哥哥来找我。他告诉我说，小翡没了，自己抱着一个枕头跳下了殉情谷，枕头上写着我的名字。不可能！我当时很激动，认为他是在撒谎——那一日，我没能去成那个所谓的殉情谷，小翡也没去成，她被她父亲严格地看管着……他告诉我说，小翡去了。严格看管是不假，但她去了，和那些看管她的人——他就是其中一个。她没有等到我来。伤心欲绝的小翡决定离开丽江。她的父亲母亲答应她离开，于是小翡就跟着她的小姨去到了香格里拉。当时的交通没现在方便，而她，也更换了一个新手机。她以为我没有去殉情谷是因为我自己的原因，根本没想到是她的母亲……可是，后来她还是从她小姨偶尔的只言片语中知道了是她的母亲的缘故。上个月，她返回家里，和父母狠狠吵了一架，可她父母依然不同意，他们似乎更为坚决。没几天，就发生了那件事儿。小翡谁也没有告诉，偷偷地从家里跑了出来……

那个男人说，这个意外的消息对他的打击实在太大了，他没有想到事情会这样发生，没有想到小翡会那样刚烈。那个男人说，这就是他的故事。小翡离开了之后，他每年都会去玉龙雪山后面的殉情谷看一看，那里的景色真的很美很美。他也觉得，小翡抱着跳下山崖的其实是他，而留在这里的，不过是那个写了他名字的枕头，而已。他只是一个枕头人，现在。

"老师，我们对这个故事看法有严重的分歧。这几天，我们天天都为这个故事争吵——说实话，我们都想不出，它应该能变成一个怎样的故事。"胡月在群里说，"我想不出怎么写——它有点太完整了，给我发挥的余地不多。而我，又不想写一个已知的故事。老师，您有没有这样的时候，就是，您听来的故事太完整了，反而限制了您的想象？"

没等我回答，杨婧媛已在群里说话："老师，我是觉得这应当是一个编出来的故事，而不是生活中真实发生的故事。他很可能是在什么样的资料中得到的这个故事，再以自己的故事的面目讲给了我们。如果我来写这个故事，必须完全地改头换面，否则很可能从一开始就不是新的，是不是？我觉得，它可以是一个审视爱情的主题：一方的飞蛾扑火，一方的左躲右闪和自我美化。从一开始就不是一种对等的关系。它所导致的后果……我还没有完全想好。"

"我也认为它是编出来的故事，是虚构的。它完全不符合时代。"丁帅插话，其实在杨婧媛讲述的过程中他已经插话，只是为了叙述的方便和顺畅我做了些调整，"我不相信那个男人的话。男人嘛，就是掏月亮的猴子，你看他身子扑下去了，可尾巴则还挂在树上。什么殉情谷，什么神仙传说，我都不信。再说现在都什么年代了，还一起殉情，还父母不同意……它要是发生在古代我可以信，现在我真的不会相信。"

"关键是，你可以由它讲一个什么故事。"胡月说，"我们是基于别人讲的故事再讲我们的故事，老师不是说过嘛，从生活到小说要经历一系列复杂而深刻的变动，最后变成小说它可能完全不同，关键看我们所取。是不是这样？"

"我还有个疑问，"杨婧媛说，"我们能这样写殉情吗？我总觉得惨兮兮的，一看就像是为讲故事而讲故事。"

胡月在群里接过话茬："我也在想这个问题。我倒不是怀疑真假，我觉得那个男人不像是说谎的样子，当时听得我还挺激动的，跟着他心酸。我的疑问也是能不能写。有些事生活里可能发生，可一进小说就显得特别假，老师你说这是什么问题啊？"

我说，大家还记得我给你们讲过的略萨所说的那句话吧？他说，文学没有欺骗，因为当我们打开一部虚构小说，我们是静下来准备看一场演出的；在演出中，我们很清楚是流泪还是打哈欠，仅仅取决于叙述者巫术的好坏，他企图让我们拿他的谎话当真情来享受，而不取决于他忠实地再现生活的能力。生活里的一些发生，包括一些奇奇怪怪的事儿，它很可能是非逻辑的，或者说我们这些非经历者看不到它的逻辑；一旦进入小说，你就必须暗暗强化这个逻辑关系，强化他行为的说服力，这一点，永远是对作家能力的考验。你写下的是生活故事，它当然需要有说服力，而你写下一天早晨格里高尔·萨姆沙从一个令人不安的睡梦中醒来发现自己变成了一只巨大的甲虫这样具有荒诞和魔幻意味的小说，也必须有说服力，甚至更需要说服力。它真不取决于是否"忠实再现了生活"。在这点上，我们许多的理论本质上是错的。

我说，我也觉得这个故事是一个"基本完成"的故事，如果我们想以它为支点建构一个小说——当然这只是个人的意见，不保证它正确也不保证它适用于你们每一个。如果我们想保持它的基本原样，那需要添加的就是：一、心理的，这里面心理的部分特别值得挖掘，我们的写作应当为这个男人建立起丰富而敏锐的神经末梢。二、逻辑的，如果你觉得哪里有些假或者不太符合我们现在的思维方式，那好，你就要更换掉你觉得假的和不符合的部分，换成符合的情节与细节，在更换的过程中一定要注意它的逻辑性。生活中可能有"非逻辑"，但小说中不能有，小说中的"非逻辑"往往是"逻辑"的一部分，是为了具体的表达而制造出来的。既然丁帅觉得殉情谷的故事不符合时代，那好，你可以将它变成一个符合时代的殉情故事，也可以把它变成一种偶然，就像列夫·托尔斯泰在《安娜·卡列尼娜》中为安娜安排的走向车轮那样；既然杨婧媛觉得它过于惨兮兮，那好，你可以安排她出走，安排她走向另一条生的道路。这没关系，关键在于你必须把逻辑的发条拧得足够紧。

"老师，如果您来写，您会写成一个什么样的故事呢？"胡月问。

我认认真真地想了一下。如果让我来写，我可能会把那个男人故事讲到最后说的那句话作为支点，就是，他因为失去某个人、失去爱情而变成了一个枕头人。你们也知道，我习惯那种有些荒诞感的寓言性写作——我的故事，从他成为一个枕头人开始讲起，让他成为某家布店里的枕头人，被堆放在一大堆新进来的面料里面。进进出出前来买布的人们完全忽略他的存在，就连布店里的女店员也忽略着他的存在。后来，前来旅行的一家人看中了这个枕头人，在经历一番讨价还价之后高个子男孩买走了他。而这个男孩的父亲，也正经历着理想的挫败、生活的挫败，越来越麻木懈怠，正在慢慢地变成另一个枕头人。他们来丽江旅游也是试图改变这样一种状况，想恢复男孩父亲的活力和热情……后面的故事，我还没有想好，但会把"枕头人"当成一个支点，化虚为实。

"老师，那您说，我的那篇应该怎么写？"杨婧媛问我，并在问话的后面加了一个吐舌头的表情。

我说，我现在还不清楚，因为你没有给我提供你想要的故事。不过，你已经设想了它的主题：一方的飞蛾扑火，一方的左躲右闪和自我美化。从一开始就不是一种对等的关系——你可以顺着它继续你要讲的故事。我觉得它可以是一种寓言化的小说，你所确定下来的，是它的主题深刻性，这恰恰是我最愿意看到的。我们知道文学源于生活，来自生活的切肤感受当然是"寓言"性小说的支点，但它成为寓言性小说需要有一个锤炼和萃取的过程，它必须使那些从生活中得来的感悟和思考变成具有深刻感和新颖度的"思想观念"。有了思想观念，它距离完成还有一个漫长的距离，因为它要重新"变成故事"，变成生活或类生活的故事才行，而这个故事应当妥帖、新颖、有魅力，这其中必然会经历一系列不太为非写作者所知的复杂而深刻的变动。这个"变动"，我暂时不能替你设计，你有个大体的设计之后我可以和你一起补充，你看这样可以吗？

"好吧，我就是没想好故事。我觉得不能被他所讲述的故事给困住；但事实上，它或多或少困住了我。我再想想。"

"老师，我也想了一个故事，但它看起来与这个男人讲的殉情故事不搭界。我想的是一个爱与欺骗的故事，一个貌似真诚的猎艳者……这个故事我想讲得曲折、离奇，像您强调的那样，有多重的波澜，至少三层，后面的波澜要高过前面的波澜……"

后面，丁帅又发了一大堆的语音，我将它们一一转成文字。而自始至终，陈露没和我们说一句话，没有。我本来在微信群里打下了"陈露，你怎么看这个故事？你有什么想法没有？"几句话，但想想，又将它删除了。

3

"我们又有故事啦！"

是一个女孩讲的，她说，这是她小姨的故事而不是她的。她觉得小姨的这个故事值得记下来。"我要讲的是一个爱情故事。"

二十世纪，八十年代中期。那时候，小姨在上大学，像许多同龄的男孩女孩一样疯狂地爱上了诗歌——她迷恋着北岛、顾城、江河、舒婷、李先发和戴望舒，迷恋着埃利蒂斯、帕思捷尔纳克和伍尔夫，在她所在的学校诗社里，争取到了一个核心社员的名额，负责张贴油印的诗歌报纸和诗人作家的讲座公告。也正是因此，她近距离地接近了那个诗人，一见钟情。

小姨的情窦初开包含了两个方面，一方面爱上的是诗，另一方面才是那个诗人，甚至只有很小的一部分是那个诗人。但小姨自己并不清楚，她觉得这两者是一体的，完全是一体的。小姨一见钟情地爱上了大她十一岁的诗人，她知道这是一份不可能的爱情，可就是不可自拔。在那个年代，诗歌是有光的，那个桀骜的男人是有光的。毫无疑问，那个诗人在征服女孩子方面也是个高手。三五天的会议，这个女孩全然地交出了自己，她有着飞蛾扑火的冲动，这冲动是那样强烈，以至于她更多地爱上了牺牲。会议结束，参观结束，诗人飞回，这个女孩则还处在不断地燃烧之中，她能听到自己身上噼噼啪啪的火焰，感觉到身体里被烧毁的空洞以及由此产生的疼痛与快感。她给诗人写信，一封一封。诗人终于有了回信。接到诗人信的那一瞬间，她的泪水一下子决堤，在那个时刻和接下来的时刻她都把自己变成了泪人。

花开两朵。半年的时光对于诗人而言那么短暂，他偶尔会想起她，会想起那份炙热和飞蛾扑火的身体，想起的时候他的心也会疼——半年的时间里他写了三首诗给这个遥远的女孩，而另有七首诗写给另外的女孩。在一首诗中他把自己比喻成不羁的野马，不肯为任何的一朵格桑交出自由……是的，他也是这样做的。他放浪不羁，身边围绕着许许多多的女孩和女诗人,许许多多。他几乎已经遗忘了小姨。这是小姨后来自己说的,小姨说,这是诗人的原话。他以为,他们就像夜空中的流星,去年开过的桃花,大约不会再次相遇,然而他实在低估了小姨和她内心里的冲动。一个傍晚,她突然地出现在他的面前,一副湿漉漉的样子。那时候的K城,刚刚下过一场大雨。

他们生活在了一起。其实小姨不了解诗人也并不了解自己,她在自己的爱情中,真的是卑微到了尘埃里。她知道他有别的女人,她知道他本质上并不看重自己的这份情感,她知道自己的一厢情愿将可能是怎样的一个结果。但她还是决定义无反顾。他们在一起生活了大约半年的时间,小姨还在上学,但学业已经是一塌糊涂,她在C城和K城的路上不断地奔波,不断地带着泪水和委屈返回校园。半年之后,小姨被赶了出来,赶出来的理由荒谬至极:因为她不愿意诗人带回不同的女人,睡在她的床上——诗人认为她是在干涉他的自由,是无理取闹,她没有权利这样指责他,让他心神不宁。

小姨带着一颗破碎成粉末的心回到了学校。这时候,她变得异常平静,仿佛这段经历已经被她完整地切除了,就在返回学校的路上,一切一切,都变成了空无。小姨和诗人的故事其实家里人知道,但没有人敢劝她,大家都小心翼翼地,生怕她一冲动做出什么更为出格的事儿来，但回到学校后的小姨可以说是脱胎换骨。她继续写诗，她的诗歌也已经脱胎换骨。她成了小有名气的校园诗人，毕业后分配到省文艺出版社工作，一直到去世。不过，她分配到出版社后就没再写诗，一首也没有，小姨给出的理由是她看到的好诗太多了，自己的不值一提。

女孩说，小姨没有再进入过任何一段恋爱中。没有。她就一个人平静地过了下来，日常生活只剩下看书、编稿，偶尔去爬山、旅游。今年夏天她小姨离开了人世，癌症，但走得非常安详——女孩和自己的母亲一起去整理了小姨的遗物，她的遗物并不多，多的是书，只有两个日记本还被她放在一个角落里留着。是她和那个诗人的生活日记，之前的日记没有被女孩和她的母亲找到，之后的都没有。她得知"故事咖啡馆"在收集故事，觉得她小姨的这个故事应该被记下来。

"你们觉得这个故事怎么样？"

杨婧媛率先回答："我觉得它很有年代感，这个背景是无法移动的，如果挪到现在的话它就会有所失真——现在的女孩不那么看待诗，也不那么看待爱情了。老师，您觉不觉得，如果从女孩的角度，或者从第三人称的角度，都会把这个故事写得简单？它就变成了一个单纯的爱情故事，虽然也有打动人的力量。我在想，我可以从哪个角度来写这个故事——是不是可以从那个诗人的角度？事实上那半年的生活也毁掉了风流不羁的诗人，尽管之后的生活他依然那样风流不羁，但这个女孩（小姨）似乎放了些什么可怕的东西在他心底，总让他骤然疼痛。诗人觉得自己的生活出现了某种无可弥补的裂痕，他痛恨，包括痛恨他自己。在女孩离开之后他越来越怀念她的好，包括她的撒娇、小脾气、忍耐和装作视而不见的心疼……他觉得自己被不经意地拽入了深渊。为了抵抗对她的想念，抵抗自己内心里时时泛起的愧疚，诗人开始自暴自弃，他用种种方式来惩罚自己……"

"好啊，这是一个很好的角度，婧媛，我非常非常喜欢你的这个设计！这样会使原来的故事有了多重的褶皱、多重的迂回，这恰恰是属于小说的。米兰·昆德拉说，小说的精神是复杂性的精神，每一部小说都对读者说：事情并不像你想象的那样简单，这是小说永恒的真理。你的这个角度，做好了的话会很妙。等于是，全世界的人都在说他的不是、不堪，而你却独自试图理解他，包括试图理解这种不是与不堪。好！不过要完成它难度会更巨大。一是你得试图说服自己，让你相信你所说的是有道理的，尽管作为作家你并不认可这一道理，可你在写作的时候一定要让自己相信；二是男性的那种心理，欲望和暗藏的某些心态，你得有一个充分的思量和把握，一定得掌握好这个分寸，尽可能让他的表演到位而逼真……"我飞快地打着字，一连打出了将近十条，我承认，杨婧媛的这一想法超出了我的想象，让我有些兴奋，"这篇小说要是写出来，我觉得发表应当是没问题。我们一起可以帮你在设计上把把关，尽可能地让它不留半点儿疏漏。"

"老师,"丁帅发私信给我,"我觉得那个诗人就是渣男,他不应当得到同情。我觉得婧媛师姐的方向有些偏,在记下这个故事的时候我就谈过,可她还是坚持。您觉得我说得对不对?"然后是一条语音:"我自己也没把握。"

我回给丁帅:"如果当时有渣男这个词儿,我觉得用在这个诗人身上也是合适的。婧媛说的,也不是要刻意地维护他,我也不太相信婧媛会站在那个诗人一边儿——她肯定有她的好恶和判断。只是,在小说写作的时候,你得充分地理解和体谅你小说中的主人公,哪怕他是一个坏人、恶人和无赖,你也必须了解他的心理并把他的心理充分地刻画出来。记得法国有一个作家说过这样的话,他说全世界的人都在谴责希特勒,把他看作是恶魔,可我却要用尽浑身解数为他辩护——这个辩护并不意味着作家会认同希特勒的做法,不是,他是要逼真、传神,让这个人物立得住,同时让他的行为和想法得到更深的追问。小说的目的不是让我们判断谁是好人谁是坏人,而是让人更清晰地看到那些讨厌的、可怕的、自私的行为背后,都是怎样的心理和幽暗在支撑着它,同时让我们也跟着思忖我们自己以及这类行为的背后原因。你看,我们在戏剧中、小说中,有些坏人的成功塑造,更多是依赖作家对他的理解——作家可能不认可这种行为,甚至就是因为反感才写下的它,但在小说的领域里,作家不得不尽心为这种厌恶做出辩护。恰恰因为这种辩护,小说才更加生动、丰富,给予我们更多的启示。脸谱化塑造人物,方便是方便，但真不是一种好选择。你觉得呢？"

"我明白啦！"丁帅回复我，"那我想想，我如果也写一篇这样的小说的话，我应当怎么写。"

"哈，好像不是如果，而是必须。你要写。你可以按电影的方式来设置这个故事。"

"婧媛说它很有年代感，这个背景是无法移动的。但我想移动它的背景，我就把它放在现在的丽江，正好把一些属于丽江的元素加进去。我设想是一个演艺明星，很有流量的那种，万人迷的那种。我要写那种追星的迷狂和没头脑——老师，这个主题也可以吧？"

当然可以。我说，它抓住的是现象，我觉得你还可以更深入一点儿，就是，这个女孩为何如此，她想要的是什么，而这种没头脑又是从何而来的，有怎么样的表现能以细节的方式让人记住……经你这样一说，我突然有一个偶发的想法，我想到的是将两个故事合在一起来写。前面的女性是姑姑或者小姨，甚至可以是母亲，只是选择母亲的话有些故事就不太好讲了，但算是备选吧，万一我们能想出好点子来呢？你也知道，我们写作的时候一切的设计原则都是两条：一是故事生动深刻，能吸引人；二是便于作家发挥、施展。这两条还要相互统一……

"是啊，老师，您上课的时候给我们讲过。您说沈从文的《丈夫》为什么选取的是丈夫而不是妓船上的老鸨、小七或水保，鲁迅的《狂人日记》为什么选取狂人的角度而不是旁观的角度——这个对我启发特别大。"

小姨在她那个年代遇上了诗人,她狂热地、奋不顾身地爱着,是一种飞蛾扑火;而在这个年代,年轻的女孩又在一次偶遇或者是充当群众演员的过程中遇到了某个明星,然后又狂热地、奋不顾身地爱着,是另一种飞蛾扑火……她们的身上,有一种让人唏嘘的共性,有一种不计后果的幽暗力量,既有盲目,又有单纯的珍贵。二者的故事要有交叉,而且交叉点有多处,这样才能把两个故事合在一起,并完成它们的共同推进。我设想,家人会试图将女孩拉回到他们认为的"正常轨道",而最想将女孩拉回来的则是这个姑姑,因为她有经历中的苦和痛,但她也是最为理解女孩的那一个……我觉得两种"飞蛾扑火"会强化故事的张力,会让故事生出更多的曲折和耐人寻味来。如果你愿意,我也可将这个思路送给你,你试试能不能完成……当然,它的技术考验会更多一些。

"老师,您的这个想法是不错,但我不能抢您的构思。我想的是另一个故事,在我当导演时遇到的故事,它可能比不了您所讲的这个丰富……我的那个故事里有很强的喜剧因素,我自己想着都乐!您等我回头把它写出来!"丁帅向我发出个害羞的表情,然后对我说,"这些天我一直在想的其实是另一个故事。我在外出拍片的时候听说的,而不是在'故事咖啡馆'里听说的——我觉得它更有意思,也更加宏大,历史感也更强。我觉得它更适合写小说,但又觉得要是小说那样写,怕人们又是不信,觉得是胡编乱造。"

然后,懒惰的丁帅又给我发了一段段的语音。

4

下面是丁帅讲的故事。

1936年。一个叫邱大明的青年战士随着国军第二十军驻扎在四川宣汉。因为人长得帅气,又识字,正直而健谈,部队上的司务长就为他牵线搭桥,介绍了当地塔河坝炉子村的一个叫李德芳的女孩,很快两人便成了亲。他们的生活虽然略显贫苦,但也幸福美满。

幸福美满维持了近五个月,当然,这五个月里两个人并不是长相厮守,相见的日子必须选择邱大明不当值的时候。五个月后,邱大明接到前方战事吃紧部队需要开拔的命令,军令如山,他甚至来不及告别来不及通知自己的妻子一声,就奔赴了前线。

淞沪会战。上海沦陷后,他们又随着部队退到了南京,然后再退……八年的时间里邱大明一有空闲就会想起自己的妻子和安在宣汉的家,但始终没有机会再回去。战争的残酷不必多说,任何一个在战场上活下来的人都经历过九死一生,邱大明也不例外。终于等到了抗战胜利。邱大明匆匆赶回宣汉又匆匆地返回了部队,物是人非,没有人知道妻子李德芳的任何消息,包括塔河坝炉子村的人们。在那样的战乱年代,生命真的会如同草芥，甚至连草芥都不如，所有的这种消失大家都认定为早已死亡，死亡才是最大概率。在寻妻未果之后，邱大明再娶，那时他已经是国军少校。接着是国内战争，国军节节败退，邱大明离开了部队。1953年，因为原国军少校的身份，他被捕入狱，直到1975年才被特赦释放。重庆老家已无亲人，宣汉的家也早已人去屋空，邱大明在自己服刑的新疆又待了4年才返回重庆。回到重庆后，邱大明在江北三洞桥安下了简陋的家，改了名字，过着小心翼翼的生活，偶尔会回想一下自己的一生和所有的遇见。他有个邻居，邻居家有个女儿叫李腊枝，因为平时多有照顾两家走得也算亲近，所以，他认了李腊枝为干女儿。

1997年的某一日，干女儿李腊枝找到邱大明，说为他牵线介绍一个老伴儿，这人叫刘泽华，就在江南住，她的男人死去十几年了，有想再找个老来伴儿的想法……邱大明一口拒绝。他觉得自己什么都没有，只有过狱中的经历，而且是一个土埋到脖子的人了，对别人只会是拖累，自己也一个人过惯了，没必要。这事儿就放下了。但没多久，那个刘泽华自己找了过来，她要见见邱大明。当然，邱大明已经不叫邱大明，而是另一个名字。

见到了。刘泽华感觉还算满意。邱大明则还是拒绝，这次他的理由是：我是一个吃低保的人，已经没能力再做更多的活儿,"我养不了你"。刘泽华的回答是:"我还有点儿积蓄,不用你来养。你就说,行不行吧?"说实话,邱大明内心里有一百个愿意,而且感觉与这个刘泽华有种特别的熟悉感。可是,他不敢答应,生活的种种使他变得更为怯懦。然而,刘泽华一再坚持。邱大明也就说了愿意。

两个人决定,领结婚证。这是刘泽华的坚持,邱大明当然没有意见。在领证的前夕,邱大明在聊家常时无意向刘泽华询问:你老家是哪里的啊?刘泽华说,我老家是四川宣汉塔河坝炉子村的。邱大明一听这个地点,立刻激动起来:你,你是宣汉的?塔河坝炉子村的?他说,我也是那里的人,可我记得塔河坝炉子村姓李的多,没听说有姓刘的啊?刘泽华说,我原名叫李德芳,是来到重庆之后改的名。

邱大明真的是百感交集,内心的波澜不断地撞击着堤坝上的巨石。可他还有些忐忑,害怕认错了人:因为李德芳已经来重庆数十年,算是个老重庆了,口音已较少记忆中的痕迹,更像重庆人,将近60年的岁月里的沧海桑田与物是人非实在太多太多了。他按捺住激动,再次询问:那,你母亲是不是姓余?是不是爱抽水烟?在得到肯定的回答后,邱大明再也忍不住了。他告诉李德芳,自己就是邱大明,在1936年和李德芳早就结过婚的邱大明,他的名字也是后来改的,在出狱之后改的……李德芳听后失声痛哭。她告诉邱大明，她之所以来重庆，就是记得邱大明的老家在重庆，她想来这里找他，而这一找，就是60年，一个甲子的时光。她为了找到他，可是吃了太多的苦啦。

那时，邱大明已经82岁，李德芳80岁。他们又共同生活了十几年的时间，这十几年里，邱大明包揽了家里家外所有的活儿，他觉得自己欠妻子的太多太多。2009年，李德芳因病去世，20余天后邱大明也跟着走了……

"老师，我想改写这个故事。大背景有了，时间的长度和爱情有了，故事性也有了，矛盾冲突和迂回也有了。我想把故事的发生地由重庆挪到丽江，你不知道，我越来越喜欢这个地方了。我想先完成我的小说，然后将它改成电影剧本，外景就在丽江拍。老师，你先看看我这些天拍的人像和景色，我承认，这几天我的脑子里就是它，就是它的场景，我拍的这部分多少是出于电影镜头感的考虑。我拍的照片越多，内心的笃定也就越多。"

"我在邱大明身份上犹豫。我是把他写成远征军里的一个人，还是解放军中的一个人？我也在是要表现纯粹的情感方面，还是要加上现在比较流行的谍战因素方面一直犹豫，要不要把邱大明设计成一个脱离了组织无法证明自己身份的地下党员？我要把它写成《士兵突击》那样的故事，还是《亮剑》《潜伏》或者《悬崖》？我也在故事是处理得波澜起伏一点还是诗情画意一点之间犹豫,似乎都能讲得过去。不知道老师有没有什么好建议?"

5

"我们又有了新故事,一个卖花姑娘的故事。"

············

"一个女孩讲的,四姐妹,遭受一个刑满释放出来的邻居的性骚扰,最后母亲报案,县城里闹得沸沸扬扬。虽然那个人得到了惩罚,但这个阴影却一直笼罩于整个家庭。大姐三姐先后离家到了另外的城市,而她为了摆脱阴影,来到了丽江。只有老实木讷的二姐待在父母身边,直到去年才嫁给了一个没有孩子的鳏夫。她说,她一直在有意无意地遗忘那些事儿,但时不时就会突然想起,一想起就像吃到苍蝇一般恶心。她觉得我们女孩应当更理解她。"

············

"爱情故事。我们听到的爱情故事总那么忧伤。"

············

"他给我展示了一封信。确切地说,是一份准备上战场的指挥官写给妻子的遗书。我拍了照片。他讲的这个故事是……这些故事太感人了!让我静静,我一时缓不过来。我已经开始整理,傍晚的时候就发上来。"

············

没想到,"故事咖啡馆""留下自己的故事"项目竟然得到那么多的参与，我原以为它不会得到多少呼应，我原以为，没有多少人愿意把自己的、亲人的故事讲给陌生人听，即使能免费换得一杯精心准备的现磨咖啡——这个"留下自己的故事"项目将是"故事咖啡馆"菜单上的一段阑尾，可有可无地留在那里。出乎我的意料，它竟然比我想象的要"兴隆"很多，有些外地游客竟然在偶然听到"故事咖啡馆"里的这个项目后专程来到这里，讲述自己的故事。

胡月给我留言："老师，我的新小说写完了。我是将四个故事放在一起来写的，有四个讲述者，而且把背景挪到了古代，时间和地点都是模糊的。我的开头是这样的：从前，一支疲乏的队伍走进一片寒冷的密林之中，前面传来不幸的消息：高高的雪山发生了雪崩，堵塞了向前的道路，而这时又下起了雪。他们走过破旧的吊桥，在一家旅店昏暗的院落里跳下马，默不作声的马倌们接过了缰绳。等他们走进去，发现这家旅店里已经住满了受阻的人，男人和女人，老人和孩子，甚至有他们追踪的仇敌。在那样一个时刻是不适合使用刀枪的，于是他们一起坐下来，在火炉的温暖中和弥漫着的茶香里打发昏昏沉沉的大把时间。这样的冬日实在太无聊了，而且貌似相安无事的仇敌们也一直绷紧了随时准备战斗的弦……我拿不准的是，它是不是有些太像卡尔维诺的《命运交叉的城堡》？杨婧媛说不能这样写，它会让人感觉我是在抄袭。其实我的设计和卡尔维诺的设计很是不同，我写的是，这家旅店只有在大雪阻路的时候才会出现，它为避雪的旅行者提供食物和住宿，让他们不至于在寒冷中遭遇到不测。在滞留在这家旅店的时间里，这支疲乏的队伍最终与他们的仇敌达成了和解，冰释前嫌，甚至成了不错的朋友，离开旅店的时候甚至产生了惺惺相惜的依恋……但他们回到各自的营地，各自的部族，那种仇恨感却又回到了他们的身体里，新一波的阴谋和杀戮又开始了。五年之后，又一支疲乏的队伍走进一片寒冷的密林之中，前面再次传来不幸的消息：高高的雪山发生了雪崩，堵塞了向前的道路，而这时又下起了大雪。他们走过破旧的吊桥，在一家旅店昏暗的院落里跳下马，默不作声的马倌们接过了缰绳。等他们走进去，发现这家旅店里已经住满了受阻的人，男人和女人，老人和孩子，甚至有他们追踪的仇敌……"

后面又会发生什么？

"老师，我写的是，他们又不得不坐下来，一起拥挤着挤向火炉的方向。身体之间的摩擦让他们再一次冰释前嫌。这样行吗？"

可以，当然可以。它变成一种循环，其实包含了意味深长的象征性。你所设计的"可消失的旅店"也包含了微妙的象征性，只是我不知道你现在有没有把这个象征性用足。它不应当是那种即插即用的灵光一闪，而应当用足它——榨干它的价值，并榨干它的剩余价值，这也是我一直向你们强调的。对于这个小说的后面部分，我还有一个刚刚想到的设计，供你参考——当这支已经更换过不少人的疲乏的队伍来到旅店，他们发现在旅店里躲避风雪的人群中依然有自己要追杀的仇敌，而且，已经在火炉的旁边早早地伸出了他们的手。参与过前一次的追捕并与自己的仇敌交换过礼物的一位老兵暗下决心,他决定冒险,不再顾忌旅店里的禁令而悄悄地掏出了匕首。故事在这里结束。我觉得在这里,它就出现了另一种可能,使得故事的层面会有更多的丰富,它同样具备寓意。只让一个"破坏者"出现就已足够,我最初想到的是他们在进入旅店之前就商量好,准备好刀子,刚才在给你打字的过程中我觉得只有一个"破坏者"就足够了,更合适一些……

"老师,我能说……我还是想坚持我的那个想法。我设计的循环更符合我想要说的部分,你的,好是好,但不是我要说的。在一个极端的情境下,有时人可以和自己的仇敌相濡以沫,但一旦离开了那样的环境会立即变得不可能,甚至只有你死我活。老师,你说我的坚持对吗?"

对对对,当然对。我刚才说的,也只是提供一种选择,小说往往会在设计的过程中出现太多太多的可能,有些可能是作家可控的,而有些甚至是作家都不可控的,出乎意料的。我同意你的坚持。就我个人的写作而言,我也会在写作的过程中反复地为自己的设计提供新可能,一二三或一二三四,然后找出其中最有效的、最有表现力和自我表达的那一个,把它固定成唯一的叙述线。小说,总体上得一直不断地掂对,不断试错,然后从中选择你最为喜欢的那一个。

"那,老师,我的这个设计算不算抄袭呢?要不,我把'他们走过破旧的吊桥,在一家旅店昏暗的院落里跳下马,默不作声的马倌们接过了缰绳'这些话去掉?它是在杨婧媛提醒之后我又从卡尔维诺的《命运交叉的城堡》中找出来加上去的。杨婧媛说我是变本加厉、欲盖弥彰。她的那张嘴啊，太伤人啦，我决定从今天开始只磨美式给她喝，不给她放半块糖。"

我说不能算是抄袭，这种方法其实我也常用，在后现代的写作方式中它属于"互文"，即从前人、前辈作家的经典文本里选择一个支点，多数是不太重要的支点，然后在你的新文本里获得丰富和延展，甚至有意识地与原文本的"阐述"构成对抗和反驳——这已经是一种普遍被接受的、司空见惯的艺术手法了。如果你不能与原文本的"阐述"构成对抗和反驳，而是顺着原有的部分继续推进的话，它很可能会显得意思不大，但也不能算是抄袭……

杨婧媛给我留言："我一直在想第一个故事，原来我设想的那个主题被我否掉了——我觉得自己其实是在重复一种俗套，虽然它是现实之一种，也符合女权主义的普遍理解。也正因它是普遍理解，我为什么要用故事的方式再讲一次大家已经熟悉的所谓道理？我想另辟蹊径，但我也不想写胡月那种太过天马行空的故事——我知道老师你喜欢那类。但我的性格和趣味，还是愿意让它变成现实故事才好。老师，我一直认为那种现实故事的触动是别的类型的故事无法达到的，它更能让你身临其境，感同身受。在课堂上咱们曾有过争执，你有你的道理，但没有真正地说服我。好在，你从来不会把你的观点强加给我们，你说你愿意的是提供可能，至于对错和取舍，都交给我们自己完成……返回到第一个故事。我最近查找资料，发现'玉龙第三国'的传说在当地还是比较流行，尽管现在大家都已不信，只是当一个古老的传说在流传。我也在查找资料的过程中发现，之前殉情的男女中，女性往往坚毅，而男人则有时会动摇，被救回来的、背弃誓约的往往是男人。于是，我想从男人的角度写'男人的怯懦'，写男人在那种极端的境遇下的选择。在写到一半儿的时候发现哪哪儿都不对，它也不是特别值得写的。于是，我又一次停了下来，然后重新回想那天那个男人在咖啡馆里的讲述，重新去听手机里的录音。我觉得我可能是先入为主了，他一谈到'玉龙第三国'就引起了我的怀疑，以至于他所有讲的我都悄悄暗示自己'是假的''他在撒谎'，在主观上已经判定他就是一个说谎者，就是一个左躲右闪和不断自我美化的骗子，他也就越来越是骗子了。在听录音的时候我重点听了他的语气和重音，在这里我发现他其实是真诚的，故事中可能有不真实的部分，但情绪情感是真实的……这样，我就有了再一次的调整。老师你也说过小说的写作应当不断地在我们是什么和我们想成为什么之间、在我们有什么和我们希望有什么之间开出一条深渊，并在这条深渊上建立想象的桥梁——在我写下的这个故事中，我可能用一种现实的、故事的方式，说出的是我们希望有什么。老师能不能抽时间帮我看一下？"

很快，时间完全行进于不知不觉中，雪山路上的"故事咖啡馆"营业已将近一年。胡月和杨婧媛向我发出邀请，让我在周年庆的时候务必到场，作为"留下自己的故事"项目的特别嘉宾，我也务必要讲述一下"自己的故事"，不能虚构。我想了想，还是答应了下来。我准备选择"局部"，当然这个准备不会事先告诉他们。在这一年里，我也发现了他们写作上的各自不同：胡月喜欢幻想型的，有些魔幻色彩的那类写作，她会把故事尽可能地纳入魔幻和神话的范畴中，譬如她写下的《遐尔的历险》《蚂蚁部队》《地理课》。其中《地理课》由三部分组成，分别是三个故事，故事分别发生在日本、哥伦比亚和印度。讲述的时候，日本部分胡月使用的是芥川龙之介式的语言，哥伦比亚的故事则使用的是马尔克斯式的语言，印度的故事则介于奈保尔和泰戈尔之间，贯串起故事的线便是地理课的老师和作为学生的"我"——她竟然将在"故事咖啡馆"里听来的故事改头换面，分别变成了具有异域感的崭新故事。她脑袋里的怪东西也确实是多。我对她的提醒时常是"落实"，你可以让这个人飞翔起来，可以让他变成龙或者鲤鱼，但一旦这一设计固定下来你就要将这个想象需要的所有条件都一一落实，把所有的可能都早早地想到，弥补一切可能的漏洞。记住纳博科夫从经验中得来的忠告吧，他说你可以想象一个真实，但一定要接受它的必然后果。如果你设计了这个人可以飞，那好，其他人不可飞的条件你要想好，这个人的飞翔所带来的优势和劣势也都要想好，一旦进入故事中，你就得强化你的说服力，你得让我相信你的虚构是合理的、自洽的。

杨婧媛有着非常缜密的思维，极善于从故事背后发现哲理和可能的深刻，而且习惯不停地调整角度去观看同一事物，任何一个平常的事件她都能上升到理性和观念的层面去，但将理性和观念重新变成生活故事讲述出来的能力略弱。对于她，我所强调的往往是：小说需要表达智慧、需要对人生有意义，但这智慧和意义往往不是依赖板着面孔的说教，而是通过寓言化的故事传达出来，这一转化会使其中的思想和智慧更便于读者理解接受，更容易说服我们。小说呈现的应是思想的表情而不是思想本身；无论你要讲述的"道理"多深刻多有意义和启示性，一旦用寓言的方式来完成，它就必须首先建立一个有说服力、吸引力的"故事"，要通过这个故事来说出。你想，你要让这个人承担这部分思想，那，能不能给他一个形象上的特别设计，让我们一下子就记住他？你可以坚持你的"现实主义"观点，这没任何的问题，但你也一定要清楚，现实主义小说中的某些很逼真的现实场景、细节和情境都是"虚构"。我在课上也曾给你们讲过，在写作《包法利夫人》州农业展览会一节时，福楼拜在一封信中写道："今天晚上我为描写州农展会的盛况拟定了一个提纲。这段文字篇幅很长——要写三十页稿纸。这就是我的意图。在写这乡村场面的同时（小说里所有的主要的配角都将出场、发言、行动），我将在细节之间插入，或在前台下面描写一位妇人和一位绅士之间连续的谈话；那先生正在向妇人献殷勤呢。另外，我还要在州行政委员的一段庄严的演讲当中和末尾插进我即将写出的一段文字……"之后，福楼拜在另一封信中重提这段书写："真难啊……相当棘手的一章。我把所有人都摆进了这一章，他们在行动和对话中相互交往，发生各种联系……我还要写出这些人物活动于其中的大环境。如果我预期的目的达到了，这一章将产生交响乐般的效果……"这一拥有三十页稿纸的场景，福楼拜在完成了它的提纲之后写了三个月之久，他时时都在掂量、移动、重新安置，以便使它符合，并能够匹配自己的艺术雄心。在阅读《包法利夫人》这一章节时，我们会感觉它太真实了，人物的各种表演，州行政委员发言中的不当用词，官话的陈腐和情话的陈腐……它让我们身临其境，感觉我们是在场的旁观者。然而，我们读到福楼拜的这两封信，则会意识到：这个场景，这些人物，这些对话和演讲，都是无中生出的有，是作家虚构的产物。你现在要打破的，是现实场景的那个桎梏……

丁帅一直试图让小说向影视方向靠拢，他希望自己写下的故事有足够的迂回，有足够的矛盾冲突和叠起的高潮，他总是试图在自己写下的故事中加入吸引人的流行元素，总是希望故事的波澜起伏和环扣设置带给读者一种紧张感。我在给予他建议的时候则往往是：你在第二节，塞给主人公的那个道具——那把扇子是做什么用的？为什么要使用它？现在，你要给我想两到三个理由……好，这个道具既然你觉得有用，而且是具有特别之处的，那第三节和第五节，能不能再补一下"扇子"的戏份？不不不，第五节，不要一上来就提这把扇子，忽略它，让他的对手去提，因为第二节的时候他已经看到了。他要装作无意。你不是要呈现道具的这项功能吗？好，在这里是不是可以这样……丁帅啊，我们再想一想你给主人公B的性格设定的核心词，他是勇敢、固执，多少有些油嘴滑舌。好。在这一节，他的这个转向是不是与"固执"不相符了？他转得太快，缺少合理性。好，你一定要他转，那就在他转变之前加戏，把他的固执呈现出来又让这个转变得合理，甚至是固执的一部分……若不这样设计，这个B和前面的那个B似乎就不是一个人了，等于把人物写"走"了。在设计故事的时候，一定要反复地想，反复地想。"只能有读者想不到，不能有作者想不到"，这是我们写作的基本原则之一，别急着原谅自己……

近一年的时间里，群里的陈露几乎没说过什么话，她从不参与我们的讨论，即使丁帅偶尔和她打招呼，她也不回复。杨婧媛在私信中告诉我，她很忙，也一直没有从离婚的阴影中走出，如果老师来丽江的话，她们是肯定要把她拉出来的，到时候，"您也劝劝她，给她些鼓励。我觉得这样下去，她会把自己埋没掉的"。

我说好。我要去。我只教过陈露一个学期，我到她们学校任教职的时候她已经是研三。我记住她，是因为她是她们班上第一个追着我谈论卡尔维诺的人，也是在谈论卡尔维诺的时候眼睛里全是光的人。然而她在毕业之后便音讯全无，直到胡月她们几个开了这家"故事咖啡馆"。去看看她，也成为我要在"故事咖啡馆"开业一周年之际往丽江的缘由之一。

就在我准备成行的前一天，我突然发现，"故事五人组"的群里只剩下了四个人，陈露不知道在什么时候退出了。

中国故事

single origin

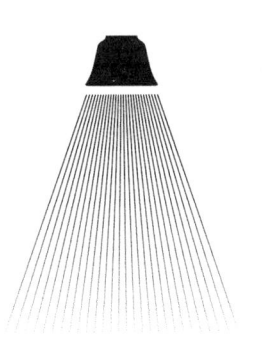

影子宫

去阐释，就是去使世界贫瘠，使世界枯竭——为的是另建一个"意义"的影子世界。

——《反对阐释》（苏珊·桑塔格　著）

他一直在和那些影子们战斗。骄傲地，就像是刚刚遭受到罢黜、满腹悲愤的国王。

——《东方故事集》（玛格丽特·尤瑟纳尔　著）

1

那好吧，我就和你说说吧。我把我知道的都告诉你——可怜的人儿啊，反正，和你说也没什么危险。你不知道，天天被"不能说、决不能说、决不能说出半个字"的提醒给紧紧地憋着，那种如鲠在喉的感觉是多么地难受。你不知道，相对于说出之后遭受的惩罚，我反而觉得"不能说"其实更难受些，就像一只——不，是一群蚂蚁在你的背上爬啊爬啊，痒得你——可你还得装作什么都没发生，还得眼观六路，嘻嘻哈哈……难哪。

第一次，你应当是在浣衣局的后院被拦下的，而第二次，则是在印绶监①门外。他们只对你略加训斥就放过了——你是不是想问我，我为什么知道？我当然知道，很容易知道，这样的事儿和我将要告诉你的秘密相比较，实在不值一提。在偌大的皇宫里，明处暗处，有多少双眼睛在盯着？都记着呢！你说了什么做了什么，没有一件事儿能瞒过那些眼睛们。所以啊，我天天那么憋着和任何人都不说也是不得已的，就连在梦话中透半个字我也不敢。不过，话也说回来，你要不是进到赃罚库的后院，前两次的被拦也就不会被再翻出来，毕竟都大半年过去了。可你，去了赃罚库，而且进到了后院。那就不得不让人怀疑了。魏公公猜测，你一定是在找什么，说不定就是想找咱们皇上的"影子宫"——如果是这样，可就大得不得了喽。

皇上的"影子宫"，可是咱紫禁城里——或者往大里说，是咱大明朝最大的秘密之一，能够知道有这一城堡存在的全部加起来也不过二十几个人，而且其中有些人已经再也不会把这个秘密说出去了。你也没机会说出去了，这也是我要把所知道的都说给你听的原因，在进到这里之前我已经仔细地检查过，前前后后只有隔壁，没有耳朵，侍卫、太监和狱卒都在外面守着呢。我让他们给我时间。这个秘密憋得

---

① 明代宦官官署名。

我……要是我再不和你说说，它们很可能会在哪一天把我的肠子给坠断的。这些日子已经出现了苗头，我的舌头都被它给拱得长了一截儿，厚了一截儿，吃什么都感觉不到香喽。我知道，我知道，你大概不是冲着"影子宫"去的，甚至连听说也未必听说过，之所以这么不顾规矩到处乱窜，可能是别的什么原因……可咱魏公公怀疑你是，你也就只能是了。要知道在出了那个疯子张差拿着木棍一路闯到东华门、两个文官偷偷到武成阁后墙那里撒尿的事儿后，魏公公可是草木皆兵，宁可打错了、杀错了，也不能放错了——你啊，算是撞上了不是？

所以啊，即使你找的不是"影子宫"，我也会把我知道的一一告诉你，这时候了，你应当知道你究竟为了什么受到的责罚。再说，这也是为了我自己。我呀，实在是太想说了。就借你的耳朵一用吧。

2

"影子宫"，它原来可不叫这个名儿，咱皇上题的是"窥身监"。可"影子宫"也是他叫起来的，还是"影子宫"叫得顺口些不是？张公公还是司礼太监的时候，我们就这么叫它了，魏公公接了总管和东厂，也依然这么叫它。

"影子宫"就在西六宫之中，它是在地下。哎哟喂，你可不知道它有多大，说出来吓死你！咱皇上还在叫人挖呢，我不知道会不会把"影子宫"一直建到城外去……反正，我看不出他有住手的意思，在这件事儿上他可一直兴致勃勃。

有了在地下的"影子宫"，咱皇上就把乾清宫、西五所和西六宫设为了禁地，非传诏不得进。所以啊，不只是太监、宫女，就是贵妃娘娘和昭仪们，也都进不来，她们也不知道咱皇宫里还有这么一处所在。"影子宫"大着呢！尽管是在地下，它也有曲径和回廊，有水池、鱼塘和一条流在黑暗中但始终有着响亮的水声的河流，有观星台和祭星台，当然最多的还是一栋栋的房子，一直延伸到很远很远的地方的房子……每栋房子，都按照皇上的意思写上名字："书生池""游鱼池""浣冰池"，或者"墨影池""秋声池"。说实话我现在也不太明白咱们皇上为什么非要叫它们"池"，更不能明白为什么是游鱼、浣冰、秋声啊什么的……不知道，也不能问。在宫中这么多年，我学到的最能让我受益的就是多看少说，不明白的就不明白下去，猜不到的就不动那个心思。太过机灵了，不好，没好处。可是，偏偏人们都太机灵，太聪明，不是？

你啊，就是太机灵了。

可是，你再机灵，也应当猜不到"影子宫"里关着的是什么。你猜不到。就是我，二十一岁成了皇上的内侍，被安排到西六宫做事儿，负责"影子宫"日常杂务和两位已经在"影子宫"待了四年的崂山道士起居的时候，我还是大吃一惊，目瞪口呆。它是叫"影子宫"，可我依然想不到它里面放着的、关着的竟然真是人的影子！当然也有皇上喜好的一些动物的影子。它们，和真的一样大小，一样的清晰，竟然还能开口说话。这么说吧，它们，除了没有真正的身体，不会流血不会打人咬人之外，几乎与真的没什么两样！

两位崂山道士，竟然能有这样的法术！

怪不得，咱们皇上……我就把我所知道的，都和你说说。

3

收集影子的事儿由两位崂山道士和东厂的太监来做。他们是怎么取到的影子，用什么方式取到的影子，我并不十分清楚，尽管我和长着山羊胡子的"四崂神君"——年纪轻些的崂山道士一直叫我们这样称呼，而年纪大些的那个瘦子，大家就叫他"三崂神君"——出过两次收集的差，但我都没有看得清楚，至于取到影子之后还要施以怎样的法术让它们在"影子宫"里显出人形，我就更不知道啦。我当然也好奇啊，可是再好奇也不能问，必须见怪不怪：你要是能像我这样就好啦。不过你要是像我这样，我也就更没机会说出这个秘密了不是？

各地赴京赶考的举子，名士大儒，咱皇上将他们的影子收来，集中放在一处；打铁的、打鱼的，咱皇上将他们的影子收来，也集中放在一处。皇上喜欢的、不喜欢的文臣们，放在一处；喜欢的、不喜欢的武将们，也放在一处……"影子宫"里的各个"池"，就这样慢慢地被塞满了。咱皇上有着兴致，各行各业、三教九流、土匪流寇，推车的、拉纤的、磨磨的、锅盆锅碗的，杀人的、放火的、奸淫的和泼皮无赖，只要是他能想得到的，就都会叫两位崂山道士收集起影子，放进"影子宫"里来。你想想，它怎么能不建得阔大呢？

我不知道咱皇上为什么要不管什么样的影子都收集一些。难道，他真的想在"影子宫"中，再建一个大致等同于大明，同样多形多色的王国？

"书生池"里面存放的是书生们的影子，咱皇上过去，和他们聊聊读书，聊聊书画琴棋，聊聊治国之策和道德文章，更多的是和他们聊聊各自的家乡，风土人情，当地名人和官员的宦绩……聊什么、聊多久完全看皇上的兴致，或者皇上到来时什么地方、什么事儿更让他关心。"游鱼池"——你不能仅从字面上来看！它的里面，皇上收集的，是大灾之年饥民的影子，你可能想不到，这是咱皇上每次来"影子宫"几乎必去的一个地方，咱皇上可关心他们的疾苦啦。听他们说，只要其中的某一个人一张口，皇上的眼泪就会在眼眶里转儿，出于矜持或者别的什么原因他总不肯让它真的落下来……那些被皇上称为"游鱼"的人们，无论来自江南还是漠北，总是说着说着就会说到挨饿上来，就会说到自己的饥饿感，它们是如何折磨自己的……咱皇上别的可能没记下，可他们的饥饿却是被他记住啦！他们一开口的时候皇上就觉得饿，于是我们就为皇上和"影子"们提供一些宫里的糕点，尽管"影子"们不会真的吃到皇上赏给他们的糕点，可是他们那种几乎要把眼珠子挤出来、要把口水滴出来的神态还是让人……皇上大口大口地吃着，仿佛那样的饥饿传染到了他的身上，仿佛那样的饥饿就是他的。就是坐在宴席前，咱皇上也还是那样饕餮，看上去就像他永远也吃不饱一样……

咱皇上越来越胖。可我不敢劝啊。能劝咱皇上的，后宫里也只有郑贵妃和魏公公，然而郑贵妃正因为自己弟弟的事儿跟皇上生着气呢，虽然她不说我们也能看得出来……劝咱皇上的事儿，就只能由魏公公出面了。魏公公当然要说，他说皇上啊，您是不是先不要去"影子宫"了，要去"影子宫"也别去"游鱼池"了？现在我们大明国泰民安，风调雨顺，整个京城都找不出一个远来的饥民。你猜，咱皇上怎么说？他说，朕不去"游鱼池"，怎么能真正了解民间疾苦？怎么能知道那些吸吮着民脂民膏的小吏们都对朕的百姓做了什么？朕不去"游鱼池"，难道就只能听那些尸位素餐之徒说那些寡淡的套话，就当一块朝堂上的木头？

咱皇上啊，爱民如子哟。他可是一个想做事儿、想做成事儿的好皇帝。可那些……一说到朝中的那些人，我的心里就是一肚子的气。

也不瞒你说，咱们的皇上是越来越胖。谁让他总是去听饥民诉苦呢！谁让他总是把饥民的饥饿当成是自己的呢！没两年，他已经弯不下腰，即使伸着腿，低头也看不到自己的脚趾，所穿的龙袍、卫衣、衬衣都不得一改再改，重新裁缝。更让咱皇上颓丧的是，他的腿和脚一直在肿着，几乎已经不能走路，就是站久了也不行。只要站得久一点儿我们这些服侍他的人都能清晰听到,来自他脚踝的咯咯声,仿佛骨头被什么给压坏了那样。

皇上走不动路,他再也不是那个能徒步走到天坛祈雨然后再徒步返回的皇帝了。此时,咱皇上出门,都得由四个太监气喘吁吁地抬着,加上龙床也重,他们往往走上百步就得歇歇……而咱皇上又是一个极爱面子的人,他可不愿意上早朝的文臣武官们看到他已经是这副模样,要是让他们知道喽……咱皇上多爱面子,他们那些号称殚精竭虑为皇上分忧的臣工们竟然不知道?咱们的申首辅就不曾向他们透露半个字?他们,就想着和咱皇上较劲,让咱皇上听他们的,无论是大事儿小事儿国事儿家事儿,都一律点头,听他们安排——你说说,都是些什么黑心的臣子啊!也别怪咱皇上瞧不上他们,恨他们。要是你,你不恨吗?

最最可恨的是,他们根本不为咱皇上分忧。不分忧也就罢了,还非要夹枪带棒,一下一下朝咱皇上的肺叶子上刺,也不管是真的还是假的,听来的还是想象的——

即使在宫里,你也听说过那个头扁眼斜的雒于仁给咱皇上上的《酒色财气四箴疏》吧?他说,咱们皇上迷恋于酒色财气,完全是一个愚蠢的、志大才疏的、刚愎自用的昏君!你想想,咱皇上得多气!他真是气得脑仁儿疼,跟御医们说他的脑袋里爬进了不少尖牙的虫子!那天晚上,宫里的晚宴就没有进行,吃不下东西的皇上还不断地呕吐,几乎把肠子和胃都吐出来了……我在一旁一直守着,心里是那个疼啊。要是能放我出宫,要是我能有把刀子,当天我就到那个雒于仁家里，把他给宰喽！他这么无中生有地说皇帝，我们这些内官，哪一个不愤怒，哪一个不心疼？

可咱皇上就是太仁慈。

魏公公也曾寻个机会问皇上，他这么混账，为什么不杀他，还留着他的脑袋？我们这些做臣工的，心里可是气着呢！皇上回答，是申首辅不让。砍是砍得了，他雒于仁就是想要这个结果，朕只要砍了他，就坐实了他是清官朕是昏君，就是用清水洗上一百次也洗不清啦。朕还真不能给他这个机会。说着，咱皇上竟然哭了起来。

那天晚上，皇上叫两位道士安排，把雒于仁的影子拉到"影子宫"的一个空房间里，那是一个还没有完全开凿好的宫殿，地上湿漉漉的，而低矮的屋顶上偶尔还会有水滴滴下来。皇上叫雒于仁的影子跪下，然后挥剑砍去。一下，两下。又一下，两下。雒于仁的影子呈现出一副受伤的姿态，他向皇帝求饶——咱皇上的眼睛里是火，鼻孔里是火，脸上冒着的也是火：你说，你说，朕怎么就是个昏君啦？朕五岁的时候就开始读圣贤书，受慈圣太后和张首辅教诲一心想当一个好皇帝，朕平定了北方虏患，平定了东南倭患，大明朝从未如此四海升平，你怎么敢骂朕只爱酒色财气，是一个混账透顶的皇帝？你说，你还有良心吗？你知道朕天天都是几点起床，几点开始批奏折，天天要做的在做的是什么?!

那个心疼哟。我在一旁小心翼翼地站着，看着咱们皇上折腾到半夜。一直到半夜，咱皇上的气儿才消了些，而雒于仁的影子，则……还是不说它了吧。皇上叫太监们抬着他，走出"影子宫"。在走到西六宫长廊的石榴树下的时候，经风一吹，皇上的头里又钻进了长牙的小虫，他在石榴树下再次呕吐，吐得翻江倒海，然而大半天都没有吃过东西的皇上还能吐出什么来？在那时候，我甚至有种错觉，感觉咱们的皇上就像是一个大孩子，一个受了大委屈、只能一个人偷偷地哭的大孩子。

早上。天色未明，灯火摇曳。宫门御史前来询问：百官已经到齐，皇上是否已经洗漱完毕，准备上朝？我告诉他，咱皇上很不舒服，刚睡下不久，御医们整夜未睡。日出。鸿胪寺卿带着两位我不认识的文官前来询问：现在，皇上可以上朝了吧？大臣们已经等了很久了。我站在门外，小心翼翼地轻声告诉他，咱皇上病了，气的。刚刚睡下不久。上不了朝啦，宫门御史应当早就知道了……"谁知道是真是假？我不信他！"他故意提高着音量。

日上一竿。申首辅又走了过来。"咱皇上……"我回他，你是知道的，前因后果你自己是一清二楚的，干吗要这么逼咱皇上？他今天……"告诉他们，散了吧。"门被打开了，咱皇上被两个太监扶着，面色苍白地出现在门口。"朕头疼得厉害，听不得苍蝇们嗡嗡——让他们自己去粪堆里嗡嗡吧！朕不想听，再也不想听啦！他们，让朕可是厌恶透啦！"

"皇上，那午朝……"

"不上！"

"晚朝……"

"不上不上!"咱皇上的气还没消呢!"我说不上就不上!以后也不上!我的病不好,就都不再上朝啦!"

4

"要是张首辅在……"那天,皇上突然说。"要是张首辅在……"咱皇上又说。我听见他叹气——可我又能说什么呢?

我说过,咱皇上一共两次叫我参与收集影子,那就是一次。病倒的皇帝令四崂神君和我,与两个东厂太监一起到张首辅的家乡去取张首辅的影子,务必务必。路途颠簸,但也无话。我们来至荆州地,当地官员对我们的来意颇感惊讶:张……张首辅?他……咱皇上早已下令籍没了他的家,三个儿子的官职也早已褫夺,充军发配——"那,张首辅的墓应当还在吧?"四崂神君问,"只要能找到他的骨头……"然而得到的还是官员们的摇头,不,不在了。皇上令人将尸骨挖出暴晒,没人敢收——都这么多年了,哪里还能有?

实在找不到张首辅的骨头,没有骨头,四崂神君也是毫无办法,他可不能依借阳光或露水就再造出一条影子来。我们商量许久,只好找到散在荆州的一位张首辅的近门儿,收取了他的影子。我们回来,忐忑着交差,咱皇上沉吟了一下便下令:快,把他的影子放出来,我要见见!

那次会见实在让咱皇上失望。咱皇上后来说,这个人除了样子略有些像之外,其余的一点儿也不像,不只是一点儿也不像，而且，还……"把他放进'酌余池'里去吧！"皇上挥挥手，脸上似乎还有一点点的厌恶。

"酒色财气……朕是一个心里只有酒色财气的昏聩皇帝？说朕好酒，可别人不也饮酒吗？他自己就不喝酒了吗？说朕好色，朕怎么能算一个好色的皇帝呢，朕已经有十几年几乎不近女色了吧！真是无稽之谈！说朕贪财，朕用张鲸竟然也是因为他贿赂到了我！他，也太小瞧朕这个天子了吧！说朕好生气，天底下哪个人会是个木头人，一点儿气都不生的？真是气死朕啦！朕在五岁的时候开始读书，受慈圣太后和张首辅教诲，一心想当一个好皇帝……"那个雒于仁啊，可真是气着咱皇上啦，他天天都在念叨，我的耳朵里面现在都还是厚厚的茧子。可不是，他怎么能那么说咱皇上呢？根本就是捕风捉影，根本就是胡说八道！别的不说，就说这个色吧，咱皇上说的可不是假话，他真的是，有十几年几乎不近女色了……他真没说假话。

他不近女色，倒也不是……咱皇上有女人，只不过他的女人是"影子宫"里的影子，这些女人们，集中在"浣冰池"和"荷田池"里面。

"浣冰池"，里面住着的是皇宫里那些美人的影子，由皇上亲自指定。而"荷田池"里的美人们，则是由东厂的司巡太监、魏公公和各州的密使进献，时时增减。有时候，咱皇上会择时与这些美人影子们待在一起，而我们这些内侍负责将皇上和他的龙床送进里面。我说的是有时候，咱们皇上可是注意着呢，他也要求我们这些内侍官要有所提醒……这么说吧，相对于皇宫里住着的那些嫔妃、昭仪和美人，咱皇上更愿意和她们的影子待在一起；相对于嫔妃、昭仪和美人的影子，咱皇上更愿意和"荷田池"里的美人们待在一起；相对于真人，他似乎更爱那些影子们，尽管那些影子并不能给予咱皇上……

为何是这样？我的心里也有疑问啊，怎么能没疑问呢，可我有再多的疑问也不能问——我能问谁去？问咱们皇上？问魏公公还是"影子宫"里的美人们？不能问，除非有人自愿地说出来。还真会有人说。有一次，四崂神君就问我，冯伴伴，你猜，为啥咱们皇上就愿意和"影子宫"里的美人影子待在一起，而不愿去亲近那些真正的美人？根本没等我有所反应，他就自问自答地说道，她们是没有真正的肌肤，但她们不会妒忌，不会争宠，不会哭哭啼啼地朝皇上要这要那，不会相互残害也不会钩心斗角，不会为了家里的哥哥弟弟争这争那，当然也不会为了犯错的亲戚向皇上求情——"咱皇上，可是烦透这一点啦。"

我用一副浑浑噩噩的茫然表情回应他。

……还有一点儿，她们也从不生病，不会有异味儿，也不用便溺："可能，这也是咱皇上在意的部分。你说呢？一心一意心里只有皇上的美人，没有瑕疵的美人，皇上更喜欢。"

我又用一副浑浑噩噩的茫然表情回应他。

"这些影子，行为举止、动作表情和说话表情，都和真人基本无异。他们想着他们本该想的，说着他们本该说的，做着他们本该做的……只不过，他们比真人更顺从、本分，你看不出来吗？"四崂神君的神情里充满了自得。

我依然用一副浑浑噩噩的茫然表情回应他，摇摇头，然后点点头。

5

我的摇头与点头都是真的，并没什么掩饰。我没有仔细想过影子和真人之间的差异，我觉得二者之间的差异就是真人有血有肉，而那些影子则没有。你伸出的手可以轻易地穿过他们的身体——虽然，在你伸过手去的时候感觉怪怪的，似乎碰到了一片飘逸着的绸布。为什么收集到的影子就会比真人更顺从、本分？是施了法术，还是出于别的原因？

四崂神君没有继续说。出于谨慎，我没有继续问下去。

真的是像他说的，更顺从也更本分。

"鲸海池"，里面的影子来自侠客、大盗、土匪，或者叛军的将领——这又是皇上常去的一个去处。要不是顺从了、本分了，咱皇帝一进屋他们就一个个扑过来要砍要杀，就是他们伤不到皇上，那动作、表情也足够大煞风景了不是？好在，他们顺从、本分。

皇上听他们讲如何出没于山林、游刃于江湖，如何打家劫舍，如何一次次躲过官兵的围剿，如何与另外的土匪帮划定地盘儿，如何与有意挑衅的土匪争勇斗狠……咱皇上听得是津津有味。何止是咱皇上啊，就是魏公公、曹伴伴，也愿意来"鲸海池"听他们讲,凡是皇上要在"鲸海池"泡着的时候,他们总会找到合适的理由前来伺候。他们讲的,可比故纸堆里的传奇、志怪故事精彩多啦,再说无论是皇上啊,公公啊,嫔妃啊,侍卫啊,到处搜罗传奇志怪,传到前面那些大臣的耳朵里怎么得了!不还得偷偷摸摸地带进来、偷偷摸摸地看不是?

我记得"鲸海池"中,有一山西道侠客的影子。尖嘴猴腮,其貌不扬,可他那嘴啊,不去说书真是可惜喽!要是往他嘴里放一枚莲子,大约不过半个时辰他就能吐出一朵莲花来……他给咱皇上讲,他某年某日因一不平事如何夜闯蔚州府,如何盗官衣大摇大摆骗过门房,并从门房口中得到犯人关押的消息,如何用短刃将只叫了一声的凶犬刺死,然后又如何学狗叫瞒过牢房守卫,进大牢杀官兵抢夺牢门钥匙,将已经由三司核验准备秋后问斩的结拜兄弟从地牢中救出……在讲到此人大杀官兵、从密密麻麻的刀剑之中杀出一条血路的时候,咱们皇上禁不住从龙床上挺身坐起,用力地拍了一下自己的大腿:"好!杀得好!"

在"鲸海池"的那些"狠角色"中,给我印象最深的是叛将赵十初的影子,他是在甘肃平乱的征讨中被掳获的。当时,咱皇上还肯临朝……想想,都是十几年前的事儿了。时间过得是真快啊。那时,咱皇上着红色皮弁服,端坐在午门的城楼上,卓有战功的将军们和御前侍卫分列两旁,而楼下的广场上则站满了百官和卫兵,从城楼上看下去,他们的大小如同一个个核桃,而被牵过来的赵十初等人则比核桃还小。刑部赵尚书扯起嗓子，可他再怎么扯开嗓子也不能把自己的声音完整地送到城楼上来，嗡嗡嗡嗡吱吱吱吱地听不清楚。过了一会儿，他停下来，朝上面看着咱皇上。阳光炽烈，皇上的额头上冒出的全是汗津津的油儿，他也一时没有听清楚赵尚书都扯了些什么，是不是已经讲完。"皇上……"靠近城楼左侧的侍卫将军朝皇上摆手，于是，咱皇上响亮地答复："拿去！"

那时，我已经是咱皇上的内侍，不过时间还短。我站在皇上的身侧，只能看到很小的一点儿范围，但赵十初和十几个叛军将领被拖走我是看得清的——我没有在城楼上的队伍中看到三崂神君和四崂神君，也没在广场上的队伍中看到二位道士，可是，赵十初的影子还是被他们悄悄地取了回来。

和山西道侠客不同，这个赵十初并不善讲，往往是皇上问一句答一句，而答的这句也不过三五个字。只有在讲到杀人的时候，他的话才显得多一些，密一些。各种各样的杀法：砍头的，勒死的，用石头砸死的，砍掉阴茎然后将人放进酱菜缸中淹死的，扒皮死的和抽筋死的，泡进油锅里煮成炸肉而死的……说实话他讲得并不生动，干巴巴的，可是就是能抓住人，让人觉得自己的身体也跟着越来越僵硬，挪动不得。我不知道咱皇上是不是也有这样的感觉，反正，咱皇上在听的时候从不盯着赵十初的眼睛，他说这个影子的嘴里有一股淡淡的、尸体的臭味儿。——怎么会呢？所有的影子都是没有气味的啊，四崂神君对皇上的话很是不解，可他又不敢在皇上的面前说出，只能来找我。你闻到过没有？他问我。我拉着他的手说,皇上闻到了,我们就也都闻到了。四崂神君低头想了想,突然笑起来。

"真是个狠角色。"咱皇上说,他是对着赵十初说的,"你的身上,尽是渗透着毒液的戾气,我非常非常不喜欢这一点。也就是当地官员失察,不然的话,他们早早地就应当把你抓进大牢,或者早早地处死。多亏,在临洮把你抓啦,这个吴定是要记一功。"咱皇上盯着赵十初的眼睛,他甚至有意向前凑了凑。

"是你们逼的。"赵十初恶狠狠地说。只不过他说这些的时候已经把脸闪向了另一侧。"呵呵。"咱皇上笑起来。

……有时候,我觉得自己就是皇上肚子里的蛔虫,他的一个眼神一个表情,一个动作和这个动作做到一半然后停下来,我都可以猜到他想的是什么,接下来要做的是什么。作为内侍官我需要略略地抢先一步,给咱的皇上做好铺垫;有时候我又觉得自己实在愚蠢、木讷得可怕,皇上肚子里绝不会养这么一只没用的蛔虫,他究竟是怎么想的、为什么要这样而不是那样——我根本猜不透。譬如对于这个赵十初吧,我就猜不到咱皇上对他是怎么想的,究竟是这,还是那……

那天,和赵十初的影子谈过之后,咱皇上就在呈报的奏折中签下了"斩立决"的诏令。他不想留下这样一个祸害。然而,对于"鲸海池"里的赵十初,那条影子,他却是——要知道,只要是真人死掉,他的影子就会立刻显现了变化,蔫得就像干掉的花儿,失掉平日的血色和水分……有些影子,过几日就会好起来,慢慢地恢复;而有的影子则会一直干萎下去，灰戚戚地，最后缩成像脱掉的卫衣那样的一团干布。很明显，咱们皇上并不希望赵十初的影子也缩成干布，他竟然让赵十初的影子坐上龙床，面对面地一遍遍地宽慰：你觉得自己遭到的不公很大很大，可你想过没有，没有任何一个人不会遭受不公，就连我这个皇上也是如此。这样，我就跟你说说我吧，你说，你要是我，该怎么做？

"杀，杀掉他们。一个也不留。"听过皇上的讲述，赵十初的影子突然站起来，做了一个挥手乱砍的动作，而眼睛又变得通红。"好，好好，都杀了。"咱们皇上，咯咯咯咯地笑起来，笑得那些几乎要溢出肉皮的肉，以及龙床，以及整个"鲸海池"都在颤动。

6

"谷浸池"，收集的是酿酒工人的影子，酒肆商人和小厮的影子；"荟华池"，收集的则是几处官窑匠人们、督办们和工人们的影子；"莽听池"，边关将士的影子，他们偶尔会在夜里发出令人心酸的哀鸣；"眼复池"，侍卫的影子；"簪云池"，皇上原本安置的是各宫王妃、宫嫔、昭仪，但没多久就改为了收集各类民间女工影子的地方；而"伺心池"里面，有榜葛剌进贡的麒麟，有加尔且且进贡的大象和狮子，鞑靼王字虎，金加西腊送至京师的复声丽羽鸟，还有养在豹房里的金钱豹和金丝猴，以及郑妃养的那条安南蓝睛猫……算啦，不跟你说这些啦，就是说了你也记不住是不是？咱说点别的。

有一段时间，咱们皇上进入"影子宫"，略作寒暄之后就向各池的影子们提出同样的问题：假如你是皇上，你会怎么做，你最想做的是什么？——他不允许任何一条影子不做回答。

他得到的回答自然是五花八门。有一位书生说他要当了皇帝就要颁布一条法令，在全国各州县为至圣先师孔子重塑金身，拓建文庙，大办官学，一切刑讼民事的官司都交给当地大儒办理；一位饥民说他要是当了皇帝，就要一天三顿吃饺子，羊肉馅、牛肉馅、鸡蛋茴香馅来回吃；"田羹池"的一位农夫挤过来抢到前面，"我要是当了皇帝啊，我就叫人给我打一个金粪叉子，官道上的粪谁也不让拾……"

一位驻守太原卫的将军，他想到的是把所有的金子都叫人运进皇宫，把天下的美人都运进皇宫，把所有的奇珍异宝都运进皇宫，然后天天大宴群臣，和他们玩他曾在军营里和军官们玩过的那些赌博游戏……"说我是酒色财气都占的皇帝，我看，你才是。"皇上嘟囔着说，但他没有制止这位将军继续眉飞色舞地说下去。赵十初的影子，"把害过我的、坑过我的、鄙视过我的和反抗过我的，都统统杀掉！"咱皇上似乎对他这个话题颇感兴趣，"可是，你能杀得完吗？你杀掉了前一批，后面的人你又不喜欢了，是不是就一直杀下去？你就不怕，以后的史官把你写成一个暴君吗？"

某个侍卫，他说如果他当上皇帝，首先要做的事儿就是释放自己的一个亲戚，他本来是冤枉的，一定是冤枉的——

他的话同样引起了咱皇上的兴致：你只是想把他救出来？就不再想想别的？另一个侍卫，他说自己若当上皇帝，就天天守着三宫六院，才不去理会那些繁文缛节，自己乐意躺着就躺着，乐意坐着就坐着，乐意在紫禁城里骑马就在紫禁城里骑马——谁能管得着我？咱皇上点点头，"朕啊，也想当你这样的皇帝。""您已经是这样的皇帝了。"侍卫说。"不是。"咱皇上说。

一个看上去很是魁梧的影子，他说，他是京都卫指挥使知事。皇上从龙床上抬起头，问他：假如你是皇上，你会怎么做，你最想做的是什么？这位知事略略沉吟，然后开始滔滔不绝，自己的亲戚如何安置，前朝的官吏如何安置，将士和民众如何安置，怎样整肃吏部、户部、刑部、礼部、边关的问题如何处理……咱皇上认认真真地听着，他的表情慢慢地变得黯然。"或许，这龙袍真的是披在你身上才对。"皇上说。"当时，朕也是这样想的……"皇上摇摇头，"朕可不敢真的将你放在陈桥。唉，你不知道，朕这个皇帝……你说，你是不是也觉得朕太过软弱，太过寡断了？"

……我不知道咱皇上为什么要向那些影子问这样的问题，他是觉得影子就是影子根本当不得皇帝，还是让他所搜集到的影子们检测一下，自己是不是一个好皇帝，是不是比这些人的想法、看法更高明些？还是，他试图向这些影子们问计，怎样才能成为一个好皇帝？还是，他想知道，让自己知道，哪些人、哪个人可能更有谋逆之心，以便早早地进行防范？说实话我不得而知，似乎魏公公、曹公公他们也不得而知。我们战战兢兢地陪着咱们皇上，这样一个"池"、一个"池"地问下去。

挨着"蓝月池"，接下来的房间就是"穿棉池"。里面收集的是宫中太监们的影子，魏公公、曹公公和我的影子也都在内。说实话啊，那些日子我可真有点儿提心吊胆，我生怕咱们皇上当着我的面儿问我的影子：假如你是皇上……哎哟喂，你说，让我的影子该怎么回答？不是难为人不是？他怎么回答，咱皇上都可能疑心不是？

好在，咱皇上不知为什么绕过了"穿棉池"。他在门外停了片刻，然后吩咐抬着龙床的太监们：下一处。

我觉得自己像是躲过了一劫。有时想，又觉得不是——我被自己脑子里的影子吓到啦。就是到现在啊，我也不知道自己算是躲过了呢还是恰恰落在了劫中：不管是哪一样，咱都得接着不是？雷霆雨露俱是君恩不是？

不过，我也想告诉你另一件事儿，就是咱们皇上吧，虽然没问过我们你要是当了皇上你会怎样怎样，但还是隔三岔五就要到"穿棉池"一趟，和魏公公的影子聊聊，和曹公公的影子聊聊，然后再和前来听差的魏公公聊聊，曹公公聊聊。我想不通，怎么也想不通，咱皇上既然已经和魏公公的影子谈过了，为什么还要和魏公公再聊一遍相同的话题？他究竟是想要寻找什么？他想要的是同一种回答，还是不同的两种回答？

他是更相信影子的话呢，还是更相信魏公公或曹公公本人的话呢？

那我的话,咱皇上又是信几分呢?

7

你会不会想问我,冯伴伴,冯内侍,你给我说咱皇宫里的"影子宫",是不是丢落了什么?说了这么多,你似乎还一直没有提到前宫的那些人,皇宫首辅、三公六卿、都事郎中……难道,他们的影子会没有吗?咱们皇上,是不是也收集到了他们的影子,将他们的影子放在了某个"池"中?

没错,当然有收集啦,我也不会真的忘掉他们,尽管他们真的是招人讨厌招人恨。咱皇上收集了他们的影子,将它们放在……你猜,你猜一下,咱们的皇上,把这个房间叫作……什么"池"?我想你是猜不到的。

它叫"厮鲍池"。咱皇上觉得,他们就是一些散发着迂腐、固执的臭气的一堆马粪、臭鱼干,一靠近他们——不,只要想一下他们,那种腥臭的气味就会直钻鼻孔。他们是那个臭啊!可咱皇上,还就是甩不掉他们……我吧,不能算是咱皇上肚子里的蛔虫,只是一个小小的但挨得近些的小内侍,他所做的许多事儿我都不知道是为什么非要这样。但有一点儿我是绝对清楚的,就是咱皇上的委屈。我是清楚的,甚至比他自己都要清楚些。

他的委屈啊,和李太后不能说,和张首辅、申首辅都不能说,和魏公公、曹公公也不能说,能说的,也许就只有郑贵妃啦……可是,他也不能把自己的委屈都和郑贵妃说,只能自己忍着，憋着……

旧戏文里一直在说，台上的皇帝权力永固、一言九鼎，甚至可以刁蛮任性、为所欲为……咱大明吧，也真——呸呸，这话可不能说下去啦，我就有十个脑袋也经不起砍。我只说咱们皇上吧，他可不是这样的，别说为所欲为啦，就是一些本来顺理成章、碍不得他人的家事儿，他也做不到，做不成。那些臭烘烘的马粪鱼尸们，天天说一心为了皇上，一心为了国家，一心为了道统——可实际上，不过是想方设法地和咱皇上作对，让咱皇上丢失脸面，什么事儿都得听他们的……他们这些人啊！

把自己的生母立为太后——这是不是那些读圣贤书的夫子们标榜的孝？这在本朝也不是没有先例。再说，既然咱皇上都已经是皇上了，他也希望名正言顺不是？可不行，就是不行。怎么说也不行，一天不行，一年也不行，愣是让咱皇上和他们争执到现在……咱皇上能不气吗？他们说"这"是道理，必须按照"这"来办。可皇上找到了"这"，他们就又说这件事儿上要用的是"那"，必须用"那"来办。而咱皇上说朕的提议当中有"那"啊，这些东林的夫子们就又一起摇头，皇上啊，不对不对，我们说的"那"不是这个"那"，而是……他们手上总是握着最最锋利的矛、最最坚固的盾，需要矛的时候拿矛来对付皇上，需要用盾的时候就立即拿出了盾：咱皇上也没有长出一千张嘴来，哪里能说得过他们？

不知道你有没有见过福王？那孩子，聪慧伶俐，待人宽厚，胸有大志，可是一个人见人爱的好孩子，咱皇上想立他为太子——那些东林的夫子们又不干了。皇上说，这个孩子有智慧有能力；他们说，太子立长子，是本朝的祖宗之法，这个规矩不能破。咱皇上说，这个孩子有大志，而长哥虽为长子，但实在木讷，恐难当大任；他们又，太子必须立长子，是本朝的祖宗之法，这个规矩不能破。咱皇上说，福王宽厚仁慈，而长哥略有点残暴，有两个宫女都是被他下令打死的——难道，你们不希望未来的皇帝宽厚仁慈吗？他们说，喜欢，但太子必须立长子，是本朝的祖宗之法，这个规矩不能破。咱皇上又说，本朝的皇帝，也不都是长子不是？为什么他们行，我就不行了呢？他们还是在说，一遍遍地说，太子必须立长子，是本朝的祖宗之法，这个规矩不能破……你说他能不委屈吗，能不生气吗，能不着急吗？气得咱皇上啊，一从太和殿出来就悄悄地哭，一直哭到交泰殿，哭到西六宫。委屈得咱皇上啊，天天借酒消愁，天天在皇宫后边骂——可除了这，他还能做什么呢？

有几次在深夜，他叫我起来，陪着他到御景亭那里转转，让我陪着他一步步登上假山：他走路都那么困难，可非要一步一步地爬上去。上面有什么？什么都没有，黑乎乎的一片，只有不知从哪里吹来的凉风直往脖子后面钻。他站在边上，我的心啊，真的是挺到嗓子眼啦——可我又能说什么？只好小心翼翼地催促：皇上，时候不早了，外面风硬而且凉，您是不是……

去年，在皇上朱批"朕头疾发作不能去先农坛亲耕由顺天府尹及鸿胪寺卿代理"的那日，他顶着寒风又登上御景亭。这一次，他比平时爬得更久，更慢，也似乎更累。在风中，他突然问我：如果我不在了，这些烦人的事儿是不是就都没有啦？

我除了流着眼泪不停地磕头，还能做什么？除了心底一阵阵发酸，还能做什么？

是啊，是啊，我该说的是朝臣们的影子，是"影子宫"中的影子们。事实上我可说的不多，因为"影子宫"里的"厮鲍池"和"浣冰池""荷田池"一样，我们这些内侍也并不进入，而是将皇上的龙床抬进房间之后便关门出来，在不远处候着。至于咱皇上和这些影子们都谈了些什么，会谈些什么，我就不清楚啦。作为太监，皇上的贴身内侍，我当然知道什么时候该带眼睛，什么时候该带耳朵，什么时候眼睛、耳朵都不带。哦，关于"厮鲍池"的影子……我能记起来的……这事儿，还真离不开前宫，你虽然进宫的时间不长，也应当知道沸沸扬扬的张差闯宫的事儿吧？张差，一个疯疯癫癫、满口昏话的农夫，竟然提着一根木棍，旁若无人地闯进了紫禁城，一路喊着骂着直窜到东华门前才被抓住，路上，他还打伤了李公公——千古奇谈啊！咱皇上的脸、咱大明的脸都被丢尽了！可那些不要脸的、天天喊着维护正统为国家社稷着想的前宫的官员们，却不觉得是丢他们的脸，他们始终等着看咱皇上的笑话，然后写上奏折骂他无道、愚蠢，或者塞进自己的私货，这个张差闯宫的事件更是给他们提供了口实。

奏折像是雪片——一时我也想不出什么别的词儿，也不想再想什么词儿，反正，我们负责收集奏章的几位内侍忙得脚不沾地，还是跟不上他们呈报的速度……我不说你也知道都是什么内容。咱皇上那个气啊！他所做的就是"不报""留中"。可那些大臣们不依不饶。

他们不等咱皇帝宣召，就不断地集中到太和殿前，争吵，哭喊，有人在殿前的石阶上磕破了头，有人把自己的官帽挂在殿前的铜鹤头上，而两位来自五花城①的言官也不知道是受了什么人的唆使，竟然试图冲进内廷……即使没人向皇上通报，咱皇上也能听见太和殿那边的吵吵嚷嚷，知道他们绝不肯善罢。

曹公公来报，锦衣卫的人在对五花城言官进行廷杖的时候，被大臣们抢过了板子，还追着执行的太监们打。

御用监的齐公公也来向咱皇上告状，他说，他们前去宫外采办，可是被堵在门外的大臣们给逼了回来。他们说，这件事儿皇上不给大家交代，不完成处置，就不应再采买任何的东西，他不应只想着自己奢靡，而不顾天下。

郑贵妃带着福王跪在乾清宫门口。她说，听前来通信的太监告知，哥哥郑国泰的车夫在经过长安街的时候被打，而皇上赏赐的府宅，也被人明目张胆地放火烧了三间，放火的人口口声声说，张差是受了郑国泰和郑贵妃的指使才进宫行刺的，他们是想杀掉太子，然后立福王——"皇上，你可要

---

① 历史地名，在今河北省秦皇岛市山海关西南。

为我们做主啊！我要是真的想要行刺太子，也不会，找这么个农夫……"

咱皇上当然知道，其实猜都不用猜，这个张差的出现就是那些大臣们有意安排的，而且他们还勾结了内廷的侍卫，不然一个明目张胆提着木棍的农夫，如何能躲过侍卫们、宫女们、太监们的眼睛，进得了内廷而且能一直冲到太子居住的慈庆宫？他们，并不是要这个人真的杀掉太子，而是要这样一个事件！要这样一个事件，好让他们群口汹汹。

"欺人，欺人太甚啦！"皇上的眼圈早早地红了，他身上的肉也跟着不停地颤。"他们，他们就没有父母子女吗？就没有喜欢的孩子和不喜欢的孩子吗？他们，就……他们口口声声为这个天下，为了大明的天下，可实际上他们从来就不在乎这个天下，不过是一群口是心非的奸人！都不在乎，都不在乎，凭什么就只由朕来在乎？朕……朕倒要看看……来人！"皇上叫我们上前，"走，摆驾，去'影子宫'！"

这一次，他没叫近侍太监抬自己进屋，而是叫人在门外放下龙床。气喘吁吁的皇上，提起宝剑，一步，一步，咯咯咯咯地走进了"厮鲍池"。

"杀！朕要杀了你们！你们，欺人太甚啦！朕让你们一个个都不得好死！"

皇上的声音很响，有一点声嘶力竭，仿佛他用足力气非要将自己的喉咙撕破一样。这时，一脸愁容和焦急的魏公公走到了门口。"在里面？"

得到了点头之后，魏公公伸长自己的脖子："皇上，皇上，大事儿。您能不能……?"

"不许进来!"皇上冲着外面喊,依然是那种声嘶力竭的声调。

"可是……"魏公公在我们面前转着圈儿,"万岁啊……"

终于,咱皇上出来了。他的剑已经入鞘。"怎么啦,你说——"

真是让人心疼哟。那一刻,我都觉得,咱皇上就是一个气力都已用完、垂垂老矣的老人,如果不是两位内侍及时地扶住了他,他很可能会瘫坐在地上,然后化成……呸呸呸,我可不能再说了。

8

咱皇上……咱皇上,唉。

皇上提着剑上朝,在咱大明大约也是第一次。当咱皇上坐上龙椅的那一刻,还在争吵的、叫骂的大臣们终于停了下来,他们面面相觑,仿佛不敢相信自己的眼睛——也不能全怪他们,咱皇上,已经五年没有临朝了,大臣们记得的是他还没有如此发福的模样。

"你们不要欺人太甚,不要再逼朕!"皇上颤抖着举起他手中的剑,但很快他的手就又垂了下来。这时,他颤得更为厉害。

"皇上……"一位大臣跪下来,用笏板挡住自己的鼻子,"皇上,我已经上过三次奏折,可您全是留中,不予处理,我认为这样是不合适的……"

大殿上,一时间七嘴八舌,全是跪倒在地上的躯壳,黑压压的,有的人甚至哽咽着哭起来。

"朕就不立太子,这是朕的事儿,你们管不着!朕是皇上还是你是皇上?你,你还操心朕对哪个娘娘好对哪个娘娘不好!你以为朕不知道,你自己,三个小妾,你对叫蓉儿的小妾比另外的两个更好!再说,再说,你怎么来的银子?别告诉朕你只取俸银就从没收受礼金!你当朕的东厂也跟你一样尸位素餐?你要留清名,好,朕成全,来人!给我拉下去!"

咱皇上也是真的急了。可是,可是——他急,那些大臣们也急啊。刚被皇上斥责的大臣瞬间哭成了泪人儿,他说咱皇上血口喷人,污了他的清白,竟然,说着就一头撞向了柱子。朝堂上那个乱啊!有哭的有叫的,"皇上啊,你怎么能听锦衣卫的话呢?邱大人是因为删减司礼监花销得罪的东厂,他们自然要网罗罪名。现在,邱大人以死明志,有道的皇帝是都会明白的啊!"

"你们,你们的影子可是认了的啊!你们的影子,可不是这么说的!"皇上喃喃自语,他颓废地瘫坐在龙椅上。

那些大臣,哪有一点儿人臣的样子哟!可咱心软的皇上又一次败下阵来。他头疼的顽疾突然犯了,坐在龙椅上,他就朝着自己身子的一侧呕吐……要知道,咱皇上是一个多在意体面的人啊。

从那之后，咱们皇上再也没有上过一次朝，至少到现在为止，是这样。不只不上朝，就连内宫里的贵妃、昭仪、宫女和太监们都也很少能见到咱皇上，是不是？我知道你们在猜，咱皇上到底在哪儿，在做什么？他不至于，无所事事地在乾清宫或者御花园里发呆吧？

当然不是。咱皇上啊，天天都在"影子宫"里面。我不知道可不可以这么说，咱们皇上，和"影子宫"里的那些影子们，建立起了一个真正属于他的影子王国？他把这个"影子宫"当成了自个儿的大明，而前宫的那个大明，他慢慢地失去了兴致。

9

我看看我还漏下了什么……对了，我说过，我曾两次随着崂山神君采收人的影子，前面讲了一个，还有一个没有提到。我就再说说他吧。

那个人，是一个洋人，好像来自什么什么……我一时想不起那个地名了，就是这个人的名字也记不太清了，好像是叫什么，什么"窦"。不是姓"窦"，而是——反正他的名字怪怪的。

我奉命参与采集的地方，是在太和殿。咱皇上叮嘱我们，一定要采到这个人的影子，一定，他看上去兴致勃勃——咱皇上已经太长时间没有这么兴致勃勃了，要不是因为体重和一些别的缘故，我猜测咱皇上很可能会装扮成一名侍卫或者东厂内侍，直接到太和殿前先看上两眼，他应当这样想过。所以，我们把这位洋大人的影子取到，曹公公就叫我们立即送到"影子宫"里去，皇上已经在那里久等了。

洋人高高大大，可又显得瘦弱，我想令他显得瘦弱的主要是他茂密的、奇特的胡子。他的胡子一直蓬松着垂到胸口，就把他的脸给衬得小了，身子也瘦了。他穿着一身儒生的服装，只是袖子有些短，在准备向皇上的龙椅跪拜的时候他还不经意地抻了抻——我和咱皇上也说到了这个细节，皇上听着，没有任何表示。其实在迷上这个洋人之前咱皇上先是迷上了洋人进献的自鸣钟。成为内侍，跟随咱皇上那么多年，我还真的从未见过咱皇上能对哪件器物如此地着迷，他叫人将两台自鸣钟都放进乾清宫，专心致志地盯着时间的走动，专心致志地朝窗外看阳光的变化、晨昏的变化。为了验证和校对，他后来叫人把其中一台自鸣钟放进"影子宫"中，在自鸣钟开始报时的时候，在"影子宫"里守着的太监就要急匆匆地跑出来，与乾清宫里的太监同时向皇上呈报。"太神奇了。"皇上觉得实在不可思议，甚至和崂山神君收集影子的"仙术"一样不可思议："影子宫"里透不进阳光，无论白天还是夜晚都只有蜡烛和火把的照明，里面的自鸣钟怎么知道那时是晨是昏，而且与另一台自鸣钟走得还一样地快慢？

这个洋人还带来了许多不可思议的东西，包括一个极为硕大的黑柜子，将盖子打开则是另一幅情景，有两排被称为"键"的黑色和白色的小木条儿，按下去就会发出不同的声响，听徐太史说它好像是叫铁琴还是钢琴——其实叫木琴可能更适合些。一个洋女人的画像，画在瓷板上，还有一个被吊在两根十字支撑木板上的人，他显得极为痛苦……皇上对那些洋玩意儿极为喜欢，当然最让他上心的、着迷的还是自鸣钟。

洋人的影子，得到咱皇上的特别照顾，他得以单独居住，和早已放在那里的一台自鸣钟一起。皇上还特别为这栋房间起名——它不叫"池"，而是"府"，皇上叫它"望夕府"。这个"望夕府"也是咱皇上一个流连的去处，在和洋影子交谈的过程中皇上知道，他已经来到大明十几年了。

"当时，朕……朕应当已经当上了皇帝六七年了吧？"皇上盯着洋人，"你说，假如你有机会成为皇帝，你会怎么做，你最想做的是什么？"

"我是上帝的使者，我一生的使命就是把他的声音和意志传达出去。我不想当皇帝。"

"朕是说假如。你现在就想。"

那个洋人想了一下，点点头："假如我是你们东方的皇帝……"

我没想到那个洋人会是那样的话痨，他的语速不快，但是滔滔不绝，咱皇上给了他一个貌似小小的出口，然而他吐出来的却是一条望不到尽头的大河。"无稽之谈，"皇上打了个哈欠，"你根本不会当皇帝，连朕的那些两面三刀、金玉其外的大臣们都不如。朕也许给你打一个金粪叉子，敕令你去官道拾粪更合适些。朕看徐太史大约对你的奇技淫巧的东西感些兴趣——这样,就让他跟你学学怎么修理自鸣钟吧。"

后来我听徐太史说,这个洋人,他的真身,一直想有机会觐见咱们皇上。咱们皇上的口谕是,不见。但要给这个洋人一个官职,就让他留在京都吧。哼,这个徐太史也是真有意思,咱们皇上久不上朝,连朝中的那些大臣们都不见,连宫中的妃子美人都不见,怎么会有心思去见一个让咱皇上成为什么上帝的奴仆、一肚子歪理的洋人?就是我,我也不见啊。再说啦,咱皇上哪有那个时间?

别看咱皇上不上朝,大臣们的多数奏报也都是"不报""留中",其实他忙着呢,我觉得用勤勤恳恳、殚精竭虑都不过分。只是,咱皇上的勤勤恳恳、殚精竭虑用在了他的"影子宫"里,用在了他对"影子宫"各色人等、各地百姓的治理上。

我说得没错。反正,你不会把我说给你的再向外面说出去,没必要撒谎。我说咱皇上一直勤勉着呢,当然是有证据的。证据,就在"影子宫"中的"归平府"中。

"望夕府"里只有一个影子,洋大人的影子,而在"归平府"中,则一个影子也没有。那里有的,是咱皇上写下的诏令、敕书、手谕,它们整整齐齐地码在"归平府"的书橱中,不过没有一份儿送往前宫。我想你应当可以猜到,咱皇上的这些诏书公文,是写给"影子宫"里的影子的,是不是?是啊,没错儿。就是这样。在这里,咱皇上颁旨下诏,尊自己的生母为慈圣宣文皇太后,封福王朱常洵为太子,诏令兵部、户部向出兵平壤的李如松部调配粮草，嘉奖将士，斥责云南布政司直隶府、木邦宣慰司怠废军务，应对缅甸宣慰司的动向加以重视，免除旱灾严重的隆德、凤翔府两年税赋，责令平凉常平仓放粮赈济灾民，调兵部右侍郎王崇古任云南巡抚，调毕锵任右佥都御史，巡抚宣府……而在一些手谕中，皇上安排如何兴修水利，如何剿匪和抚民，如何对边民施以教化，如何开设学馆讲授《同文算指》《测量法义》，讲授几何学和地理，以及粮、盐、铁的运输和税赋问题……咱皇上，实际上是把这个"影子城堡"当成了他的真实的国。他的雄才大略，只有在这个影子的国中，才能那么好、那么好地施展出来。

想想，也是寒凉啊。

10

我把我知道的都告诉你了——反正，和你说也没什么危险，再也没有危险啦。我看着你喝下这杯酒，看着你倒在地上挣扎，看着你的嘴角和鼻孔里蚯蚓一般的血……直到看着你，再也没有了呼吸。

你躺在地上，我才发现你是这么年轻。在你这个年龄，我已经在宫里当差三五年了，那时候……还是不提我了，就是这样的命，也没什么可说的。在这皇宫里啊，看得多了、听得多了、知道得多了，慢慢地，都会收拢起心思——连咱们的皇上都是这样。

我把我知道的……对了，还有一件事儿似乎也不妨说给你听听。前些日子吧，也不知道究竟是谁的疏忽，是有意还是无意的疏忽，一个影子竟然从"影子宫"里跑了出来，他凭借模糊的记性跑进户部。户部的人认识啊，这不是刘侍郎吗？你怎么现在才来？进进进——啊，里面怎么还有一个刘侍郎？

有了两个刘侍郎，两个刘侍郎能不把户部整个天翻地覆吗？不光是户部，吏部、刑部和兵部的人也都来啦，"这是闹鬼啊！快，快把他们抓住，别让恶鬼伤到刘侍郎！"……好一阵儿的兵荒马乱之后，真身的刘侍郎被众人按到地上，按照七嘴八舌提供的驱鬼办法，他们扒光了刘侍郎的衣服，朝刘侍郎的身上、脸上淋上狗血，并把掺和了草木灰烬的大粪塞进他的嘴里……刘侍郎觉得自己竟然在大庭广众之下受此大辱，一气之下跳进了永定河。咱皇上听到这个消息，连说了三个好字，然后在户部要求补缺的奏折上用正楷认真地写下"留中"，然后丢进角落里。那时候，我们那个忐忑啊，真是大气儿不敢出。可皇上并没有对我们任何一个人进行责罚，只是说，下次，决不允许再有下次。

哦，我知道的，想到的，都说了。

我想即使现在，你大概也不能理解我的"如鲠在喉"。不理解就不理解吧，想想，咱们这些人谁又能真正地理解谁呢？我理解咱皇上吗？魏公公理解咱皇上吗？张首辅、申首辅，包括慈圣皇太后，能理解咱们皇上吗？咱们皇上，又能理解张首辅、申首辅他们，还有那些大臣们吗？咱皇上，可不是没把他的心思说给前宫的臣子们听,他们又有谁,真的当真了呢?

我说给你听,又有什么用?我说给一具尸体听,又有什么用?

所以,我是不会真正地开口的。我害怕只要吐出半个字来,整个秘密就会不受控制地从嘴里喷涌而出——我可不想,那样。

我的村庄秘史

现在我要说了。我要说的是我们村庄的秘史……我知道它会遭到全村人的否认,无论是哪一个人。他们应当还会愤怒:怎么会,怎么可能?谁告诉你的?这是污蔑!

是的,我知道这个结果。但我还是选择把它说出来,信与不信就交给你来判断吧。我不能总让自己的心上压着块石头,何况,我都已经……

很久很久以前,那时我的爷爷还活着。就在他十一岁的那年,爆发了一场了不得的战争:建文二年,村庄里的人刚刚在老皇帝驾崩和新皇帝登基交替的悲痛与欢乐中平静下来,燕王朱棣就开始起兵造反。很快,混乱而巨大的惊恐就传染到了我爷爷的村子,那时它还叫"常柳"——之所以叫常柳,是因为最初建村的时候,常家在河边种植了几十株柳树,后来柳树被一一拔除,但这个名字却一直存了下来。那时我爷爷十一岁,但混乱而巨大的惊恐还是传染到了他的身上,每日早上醒来他都会听到惊恐轰轰隆隆从自己头顶上碾过的声音,以至于后来他落下了一个毛病:听不得打雷的声音。结婚之后依然是，我大伯二伯出生之后也依然是，就是我刚出生的那年，据说他刚刚下炕，想去拿放在板柜上的蜡烛，突然院子外面一声炸雷，爷爷尖叫一声便瘫坐在地上，面色惨白，随后进门来的大伯大婶闻到了一股浓重的、直抵鼻孔的尿臊气息。从那日起，爷爷再没能站起来，他在炕上又挨了四年才最终离去。

尽管常柳村位处沧州漳河下游，属于燕王的属地，但造反这件事还是让常柳村的村民义愤填膺，即使儿子在燕王的兵营里当差的赵世明也是如此，他连夜写信给自己的儿子，然后是第二封、第三封，一封比一封激烈，最后他宰杀了一只老公鸡，用它的血写下措辞严厉的信——但这封信并没能送出。没能送出的原因是，燕王的部队已打到了滹沱河，四散逃出的人们传递着各种面目不同的消息，而被他们传递更多的则是恐惧：杀人，被杀。血流成河。

常柳村的人们真的见到了成河的血流，它们形成曲曲弯弯的一缕两缕，沿着漳河的水道混杂在河水中流至常柳村，然后再向下游流去。混杂着血水的河流流至常柳村的时候，村里人的都跑到河边去看，惊恐就是在那一日传染到常柳村的，我的爷爷也就是在那一日变得胆小如鼠。

当然不是所有的人都会被河水里的血流吓住，不是，尤其是那些充满了义愤和青春冲动的年轻人。他们把自己的牙齿都咬碎了。"我们应当前去卫王，我们绝不能让反贼嚣张！我们一定要砸碎他们的骨头，把他们直接按到地府的油锅里去！" 常柳村的村民个个义愤填膺，就连我那胆小如鼠的爷爷也被感染了。那段时间，常柳村和周围的那些村子一样，热血和强烈的正义感使他们沸腾，不断地向外面冒着咕嘟咕嘟的气泡儿。年轻人有些真的去了，而留下来的年轻人则更加义愤填膺，也更加令人不安……儿子在燕王兵营里当差的赵世明一家简直是过街老鼠，他们只得在夜深的时候出门，包括料理田里的庄稼。那时春天刚刚来到，常柳一带河边的杨树也只有小小的芽，夜晚出门还有些料峭的寒意，尤其对赵世明一家人来说。赵世明把他的"血书"拿给自己的兄弟们看，叔叔大伯们，赵家染房和万卷书院，拿给那些在门前阴着脸走过的年轻人看。他换来的却依然是不屑，许多人甚至不肯多看一眼而只是用鼻孔里的"哼"来表示。他们只得在夜深的时候出门，包括料理田里的庄稼。很快，他们就发现没什么可以料理的了，那些长了一冬的麦苗竟然在一天的时间里都被拔了出来，扔得满地都是。"我的儿啊，你回来吧！"那天夜里许多人都听见了赵世明的哭喊，大家都像没有听见一样。

然而战争并不像人们想的那样，我们村庄和周围的村庄都猜错了战局，也想象不到它其实远比以为的更残酷。每日，村子里的人都会在天微微亮的时候到河边一趟，看流水更看流水中的红色血迹，"嗯，今天没有大仗"，或者"哇，今天的战斗……应当死掉不少人呢！"然后才是一天的劳作。河水的血色越来越重，到夏天的时候我们村庄里的所有人都已知道，战事越来越频繁，也距离我们越来越近。

村里出去的几个青年逃了回来，他们带来的消息实在是令人恐惧。在他们的描述中,那个长着红色胡子的燕王简直是地府里窜出的一个魔鬼,勇猛而残酷,每过一处都是鸡犬不留,是真正的鸡犬不留,更不用说是人了。哪怕是刚刚出生的孩子,他们也不肯放过,据说燕王需要用童子们的血来熬制"血粥",这让他精力过人,凶狠过人,现在他的眼睛都已经变成了可怕的红色,谁如果被他狠狠盯上一眼,立即就会变成石头……

"那,和你们一起去的……""唉,别提啦!我们本来是编在一起的,可是打了两场仗,就散啦,谁也没有谁的消息……"

我说的是真的,即使它会遭到全村人的否认——在最初的时候,红胡子的燕王被传说成一个恶魔,即使人世间最可怕的魔鬼也不及他三分,他的所到之处全是一片血腥的气息,土地都会变红,被杀掉的骸骨充斥着河道以致河水都会断流,然后从另外的地方以一种红褐色的黏黏的状态再涌出来……他们说,燕王的背后始终跟着一大团黑压压的苍蝇,它们肥壮得都飞不起来了,不堪体重的苍蝇会在跟随的路上掉进血河里淹死,但依然不得不跟着燕王的部队——据说燕王对它们施加了咒语,一旦战事吃紧,燕王就会作法将这些苍蝇变成自己的军队……

所有人都越来越怕,即使那些义愤填膺的人也均是如此,何况我那当年十一岁的爷爷了。据说,燕王的部队获得了胜利,他要用童子的骨血喂养自己,而用成年人的骨血喂养将要成为他最勇猛的部队的苍蝇们。于是，凡是燕王所到的地方一定是再无人声，再无犬吠，再无鸡鸣。"这个该遭受天雷的！他怎么不被劈死！""什么世道！朱家怎么会有这样的孽种！苍天啊，冀州的百姓们何辜啊！""我要是有把宝剑……不，不是这样的，我是说……我一定要把这个畜生一刀一刀劈碎，把他剁成肉馅……"这些话大家还在说着，但声音慢慢地小下去，几乎变成了个人的私语。那些把牙咬碎的人直摇头，他们痛恨自己没有三头六臂，更痛恨碎掉的牙齿，它留出来的空隙总是被草叶的筋和丝丝缕缕的疼给塞满。

即将初夏，正是青黄不接的时光，官府里一遍遍催粮而家家户户都没有太多的粮食。好在初夏刚过，官府里的人就不再来了，他们更是人心惶惶，燕王在他们心里已经比阎王更让人害怕。

这个比阎王可怕十倍的燕王终于来了。

来的不是红胡子燕王而是他的部队，即使如此他们也同样可怕。据说他们一路屠杀，在他们经过的地方，就连空中的鹰、水里的蟹、草丛里的蛇都立刻失去了呼吸。这大约是真的，因为常柳村南的那条漳河已经是全然的红色，偶尔有一两条鱼顺流而下，它们都把嘴巴探出水面，艰难着吸着气，一旦沉下去，不久，村里人便能看到它们翻上来的白肚皮。村里人得到消息，燕王的军队已经把周围的十几个村子都包围在里面，即使拥有了翅膀也万难逃得出去。

那些日子，乌云密布，闪电会时不时从团团的黑云里斜插下来，就像一条条血红的伤口。奇怪的是，尽管乌云笼罩，有七八天之久却没下过一滴雨，一滴也没有。我奶奶说村子里一片死寂，大家都伸长了脖子一声不哼，即使那些平日里义愤填膺的人们也是如此。孩子们也突然变得懂事，不哭也不闹，和大人们一起安安静静地站着，坐着，仿佛他们也有着满腹的心事。我的胆小如鼠的爷爷那年十一岁，之前他的胆子并没有那么小，奶奶说，他的胆子被吓破了，之后每年，都会从里面流出不少的胆汁。

终于听到了哭喊。终于听到了战鼓、马蹄，听到了刀剑砍在人的脖子上的脆响和疼痛的惨叫，它们和雷声一起向常柳村的方向涌过来，所有的人都不禁打起了寒战，尽管那时已是五月。怎么办？村里的人当然是人心惶惶，一部分人主张打开村子的围子门，人家要杀就杀要留就留，反正也挡不住，万一他们心慈手软放过他们呢；而另一部分人则主张加固村子的围墙做好防御的准备：打，当然是打不过，但万一坚持一下，燕王的军队败了，他们不就有活路了吗？

争执不下，其实争执的双方都早已开始绝望：前面的几个村子，甚至州城，无论是抵抗的还是迎接的，下场几乎一模一样，像燕王这样从地府里出来的魔鬼身上根本没有人的血液，他不会停下，一时一刻也不会。"让赵世明去，毕竟，他的儿子在燕王的手下当差……"这个提议立即遭到否决：没用，他去了也就是送死，再说我们那么待他一家……谁知道他会和燕王的人说什么。

危难之际，几乎可以说是千钧一发，赵家染房的赵戾起拿出了一样东西——我知道，它又会遭到否认，没有的事儿，甚至就从来没有赵家染房，没有赵家染房怎么会有从赵家染房出来的东西？让他们否认去吧，我说的就是真的——当时，我奶奶也说过这样的话。

是一面旗。上面有一个大大的"燕"字，而旗子的一侧则有一个已经模糊了的字，赵庆起说那是个"留"字，他这么一说常柳村的读书人也立即认了出来，对对对，是个"留"字。赵庆起说，等燕王的军队到来的时候，你们就把这面旗插在围墙的正门那里，能不能有用不敢说，但希望它能有用。

"这面旗？……它怎么来的？它怎么会有用？"

说来话其实并不长。上个月，赵家染房二掌柜也就是赵庆起的父亲赵佑亭，因为一项生意前往河间，而就在结完了账往回返的时候遇到打仗，他便被阻挡在了河间。有天夜里，燕王的军队杀进城，赵佑亭东躲西藏但最终还是没有躲过去，就在尖刀雪晃晃地砍向他的脖子的时候，他急中生智：且慢！刀下留人！我是给燕王的义兵送银两的！

你别说，这话还真起了作用。一个军官模样的人把赵佑亭带到面前：你说的银两呢？赵佑亭跪倒，把身上所有的银两、银票都献上去，然后又从怀里掏出一块家传的秀玉：大人，这是小人献给您的，它很有灵性，我们祖上三代都是靠它保下了平安。那个军官别提多高兴啦，他说自我们起兵之日开始，我们只有抢来的、夺来的、要来的，真还没有一件是主动献上来的，你可真是大大的好人啊！最后，他给了赵佑亭这面旗子，告诉他，如果燕王的部队到了，有这面旗子插在村围子的大门口,燕王的军队不进。

"是真的?你说的是真的?"赵庆起点点头,是。我父亲一下子拿出了七十两银子,而且还搭上了祖传的玉。他心疼得很,这不,一回来就病了。

"那,你……你们怎么不早说?"不能早说,你看看赵世明家。再说,也真不知道管用不管用。我父亲回来就想把它烧了,他可恨死那帮人啦!我大伯嘴上不说,但也因这事……我父亲早就想烧掉它,但一直病着,就没顾上。也不知道有没有用。

死马当作活马医吧。谁知道有没有用呢?

这一点不会有人否认,常柳村是在燕王扫北的过程中沧州府唯一留下来的村子,三年之后常柳村改了旧名字,自称为"抛庄"——意思是,被燕王的屠杀"抛弃"了的地方。之后,周围的村落都是几年后从山西大槐树底下迁来的,我们村子和它们不同。为什么被抛弃呢?村子里的人会告诉你,因为我们抛庄地处偏僻,距离海边很近,燕王的人马到来的那日正好大雾,整个村子都被大雾所笼罩,于是躲过一劫。其实这是在撒谎。他们说的并不是真的。

事实上,那面旗子真的起了作用。燕王的铁骑来至村口看到旗子之后立即停下脚步,他们转向另外的地方杀戮,而真的放过了常柳村。

如果至此为止,常柳村的人是不会为此撒谎的。让他们撒谎的原因还在后面,你听我说。

这面旗子有用，让常柳村的人躲过了一劫。可是，周围村子的人们则没有这样的幸运。有的人得到了消息，他们拼尽了力气从陆地上、河水中、沟渠里赶向常柳村，携带着自己的家眷和可怜的财富："求求你们，开门吧，救救我吧！""我是赵庆起的女儿！把我和儿子放进去！""他三舅，我看到你啦！快，你开门啊！"

在简陋的万卷书院，常柳村的头面人物、各姓代表、青年人和旧日的义愤填膺者坐在灰尘坠落着的房间里，商议着围子门能不能打开。半个时辰、一个时辰，他们依然得不出怎样的结论，但不能开门的主张越来越占上风。"我们开门，迎进来的会是劫难，燕王的军队很可能会觉得我们毫无信誉，是在骗他们，那样的话……""我们侥幸躲过这一劫，就不应当把自己再往刀口上凑。再说我也不只是站在自己的角度，我们还有孩子，我们可以不管不顾，但我们不能不为他们着想。你们说，是吧？""是难，我知道大家都难。我自己的兄弟也在外面呢，我当然也难受。可是，可是……如果燕王的军队不再转回来，也是他们命大，苍天保佑。可要是再转回来……"

傍晚的时候，乌云突然有了松动，家家户户的西墙上都有一抹如血的火烧云映在上面。我奶奶借用老奶奶的话说，那云红得，真的像血抹上去的一样，似乎还一滴滴地滴了下来。这时，燕王的部队又转回来了。也许是另一支部队，谁知道呢。

一片哀号。我爷爷躲在自己家的柴草垛里，用力地堵着自己的耳朵，但围子墙外的哀号声、惨叫声、痛哭声以及刀剑的金属撞击声还是一针针地扎入他的耳朵里。"娘"，我爷爷哭喊着想跑出来，就在他跑到东偏房的时候突然听到头上一声炸雷——奶奶说，我爷爷的胆就是在那时被吓破的。他晕倒在地。

哀号声、惨叫声、痛哭声以及刀剑的金属撞击声经久不散，像是过了一百年那么漫长，空气里弥散着血气和血腥的味道，它浓重得令人作呕。爷爷醒了过来，可他的身体却一直在不停地颤抖，随后他的牙齿也跟着颤抖起来。我爷爷觉得自己不知道什么时候被抛出围墙，被丢在无边的黑暗和血液的河流里，即使老奶奶使劲抓住他的手也不能让他从恐惧中脱离。"你爷爷的胆子啊。"奶奶一边纳着鞋底一边自言自语，她其实并不在意我是不是在听，"人善被人欺。这个村子里就没个好人。"

好吧，我们继续讲这个故事的后续。也不知道过了多长时间，哀号声、惨叫声、痛哭声以及刀剑的金属撞击声渐渐散去，只剩下风声。风声吹得凄厉无比，往常的夜晚，无论你站在院子里的哪一个地方都能听见小虫子们的连绵叫声，可那一日着实奇怪，一声虫鸣也听不见。大家都在黑暗中安静而死寂地躲着，恐惧依然无边无沿。

大胆的人们成群结队，在第二天正午的时候打开围子墙的门——就是在那个阳光最烈的时刻，就是那些一向以大胆著称的人们，一见到围子墙外的境况还是忍不住毛骨悚然。

那么多横七竖八的尸骨，被浸泡在还没有完全干涸的血水里，黑压压的苍蝇层层叠叠，穿梭飞舞，一股股难闻的气味被它们拉出来，四散而去。

"那，那……是不是我家小小小……小愉？"高宇平指向一截面目全非、已经变黑变粗的手臂，他犹豫着，不敢确认，似乎是在向一起出来的常柳村人打探。"为什么说是小愉？"旁边的人使劲堵着鼻孔，仅凭一截手臂、一条断腿，你无法判定是谁的，何况周围堆满着这样肮肮脏脏的乱东西。"手手……手镯。"堵着鼻孔的那个常柳村人才看到手臂上的手镯，他很不情愿地用一根木棍将手臂挑出来。这下，那个沾着泥土和血迹的手镯样子可以看清了：银手镯，上面雕有云朵的纹饰，一段麻线缠绕着最细的部分。"我的女儿！我的小愉啊……你爹……对不起你啊！"

一片混乱。

这段带有血腥气，还是长话短说吧，以免引起你的不适。在那些被砍了头的、被断了腿的、被划出肠子来的、被砍出骨头茬的、被劈成两半的、被血水和泥水浸泡的尸体中间，常柳村的人慢慢地认出了自己的亲戚：他是谁家的外甥，她是谁家的女儿，而这个只有半边身子的又是谁家的甥爷，她怀里的、被从心口刺透了的孩子会是谁家的外孙……

一片哭号。

终于，有清醒的人劝告，别哭啦，人死不能复生，节哀吧，我们要让亲戚们入土为安，总这样在太阳下晒着……不是个事吧？我们先料理后事吧！

长话再次短说，围子墙外的那些凌凌乱乱的尸首最终被拼贴起来，埋进了河岸处的树林里。因为已至春末，巨大的悲痛、空气的炎热和难以控制的恐惧使他们的拼贴做得并不仔细，有许多条胳膊、许多的腿和数不清的肠子不知道主人，常柳村人只好把它们和没人认领的无名尸体们葬在了一处。那里，后来成了全村人的禁地，就是我小的时候还是如此。奶奶说她刚嫁过来那几年还能听到乱坟岗处断断续续的哭声，而一到夏日的夜间，密密麻麻的鬼火把那块地方照得明亮而苍凉。

燕王的军队已经向南，村里人小心翼翼地得到消息，常柳村作为附近唯一被放过的村子得以幸存，活下来的常柳村人可以长出口气了。但事情还没有就此结束——有因有果，果又会成为下一个的因，有时这个因还会结出更多的果来……事情远没有结束的时候。这是我奶奶的话，她把这样的感慨穿插在她的故事讲述中，有时我知道她是针对哪一件事说的，而有时则完全莫名其妙，她的感慨并不针对具体的事件，而是积蓄已久的体悟。譬如她总说人善被人欺，马善被人骑，人若是没有点脾气棱角，谁都会当你是出气筒。这句话，就时常没有来由。

我接着讲那个会遭到村里人集体否认的故事，就连我的父亲母亲也会否认它的存在：这是说谎，造谣，没有的事！你不要胡说！别听你奶奶的，她……

但我还是选择把它说出来。

劫后余生……燕王和他的军队把常柳村的所有人都吓住了，包括那些义愤填膺的人，那些把他叫作恶魔和瘟神的人。现在没人敢说出他的名字，也没有人敢以恶魔或瘟神来替代他，仿佛一旦把他的名字说出口，就会骤然地把灾难招来，他可是有着千钧之力。一旦把他的名字说出口，他就会把这千钧之力用在你的身上，把你的身体和魂魄一起砸成肉饼。不过对于许多人来说，义愤还在，它丝丝缕缕，无法完全地断绝。

赵世明的孙女，赵良生五岁的女儿，被某个或某些依然义愤填膺的人带到井口，丢进了井中。赵世明提着一柄长刀，挨家挨户敲门：有种朝我来，老子忍了太久啦，你告诉我，是谁害死了我的孙女？她才五岁，她知道什么？再说去当兵的也不是她爹！她叔叔当兵，那也是皇帝招去的！你们，你们不得好死！等燕王的军队再回来……有你们好瞧的！挨家挨户，他说着同样的话，眼睛里满是通红的血丝。

接下来是，万卷书院于先生的儿子于惑岺在一个月黑风急的夜晚从书院出来回自己的宅院，在经过街角的时候，暗影中突然出现了两条更黑的黑影，一个人用一条旧麻袋套住他的头，而另一个则用木棍狠狠地砸下去——是谁呢？我们没有得罪过什么人……于先生守着自己的儿子，他们俩绞尽了脑汁才找到可能的原因：在燕王军队到来的那天，于先生是最坚持不能把外村的人放进来的那个。"我也不是为了我自己……"于先生泪流满面，"要是让那些军人们知道我们借助燕王的旗帜庇护不知道来路的外人，恼火起来——我可是为了村里百姓着想啊。我可是……"

又是一起，开铁匠铺的刘昭良家失火，好在没有太大的损失；高宇平在路上遇到刘长亭，先是侧目怒视，最后忍不住冲上去给了刘长亭一记狠狠的耳光。刘长亭也是那日进得万卷书院商议的人，据说他也是极力主张不打开围子门的人。打完了刘长亭，高宇平蹲在路上大声哭泣起来，他在哭自己的女儿和女儿的儿子：至今，他的这个外孙还下落不明。

和周围的村庄相比，幸存下来的常柳村自然是不幸中的万幸。然而同时，能够长舒口气的村庄却隐隐有一股不安的气息在，它穿进每家每户的烟筒，顺着灰烬的道路进入灶膛，因此每家每户煮出的稀粥里都冒着不安的气泡……常柳村有头有脸的，有功名的和有德望的人再一次聚集在万卷书院布满灰尘和劣质旱烟气味的房间里，他们再次商议：不能这样下去，我们好不容易才能活下来，再这样下去可不行……

两天两夜，协议终于达成。不打开围子门是常柳村全体的决定，这个决定无论是好是坏都已经成了事实，谁如果再有议论或试图报复，他和他的家族则必须搬迁出去，之后这一家族的生死贫富均与常柳村再无瓜葛，常柳村的村民也绝不允许与这一家族有任何来往；赵世明儿子当兵确实不是赵家的错，常柳村不能再为自己制造矛盾，每个家庭都派出一代表前往赵世明家集体赔罪，对赵世明一家的困难给予集资帮助，家家门口贴白纸为赵世明孙女服丧；是赵家染房解救了这个村子，以后如果建文帝剿灭反贼、南方的军队来到此地，谁也不能说出赵家染房拥有燕王旗帜一事，一旦有人说出，哪怕是无意说出，其家族男性均要填进枯井，女性则全部沉入漳河。

"南方的皇帝啊。"奶奶感叹，依然无头无尾，"你爷爷是，吓破胆了。"

收割了小麦，那年的小麦长得实在茁壮，每一粒散发着溽热香气的麦粒都让人产生一丝丝的甜蜜感，那么多的小麦集中在一起，甜蜜感就会变多变重，它们短暂地让常柳村的人忘记了之前的恐惧和艰难，包括那些心头上的背负——谁又愿意将它们永远地背在身上呢？可以说，在收割小麦的时候，常柳村的家家户户都只剩下了眼前的生活，麦子麦子和麦子，忙于打仗的官府和燕王手下也不来干扰，常柳村的村民第一次这样喜悦。只有赵世明不肯一起喜悦，他时不时会发出咒骂：细心的读者应会记得住，他们家的小麦早在春天的时候就被人连根拔起了。虽然村里的人家家户户都分出一些小麦给他，他家打麦场里的小麦比别人家的还要多，可他还是不肯一起喜悦。往年，他的小孙女会跟着他在麦田里、打麦场里乱窜，可现在他一想就心疼。

无论多难，日子都是要过的。难道还能不过了？

尽管战争还在继续，尽管大明江山最终归谁还不明朗，但幸存下来的常柳村已经不再那么关心，包括那些常在万卷书院门外晒着太阳义愤填膺的人们。麦子麦子。民以食为天。有些大胆的村民开始起个大早到邻近的村庄去收庄稼，反正，它们已经没有了主人，不能让它们都烂在地里啊，不收白不收。

我的爷爷也加入了去邻村收庄稼的队伍，跟着他的父亲我的老爷爷一起。那时，他的渗着胆汁的苦胆大约开始愈合，他当然也希望自己能遗忘得更多一些，背着那么多的东西不好。奶奶说，后来我爷爷跟她讲过他去邻村收麦子的经历。他们每到一处，先在地头上烧纸：老乡们，我们本是规规矩矩的良民，本来也无意冒犯你们的亡灵。可庄稼熟了，不收实在可惜。这样，如果你家尚有后代，无论什么时候找到我家门上，我们一定好生招待，加倍奉还。如果没有，我们收了你家的麦子你也不要心疼，我们多给你烧些纸钱，愿你在阴曹地府过得富足，有车有马，早日托生到好人家……

毕竟是人家的麦子，我爷爷总有一种偷盗的小心，老爷爷似乎也是，他们惧怕在收割的时候遇到什么人——但怎么会遇到人呢？就是鸡、狗也很难遇到。爷爷说他极不愿意收割靠近村庄的麦子，尽管远处的麦田往往不如靠近村庄的麦田长势好。他说，靠近村庄，会让人莫名地生出更多的胆怯，总觉得背后有人在盯着他狠狠地看，朝着他脖领处吹气，而收割下来的麦子里也似乎带有一股股"死人气"。他说，在收割靠近村庄的麦子时，他不小心曾踩到一条不知什么时候丢在那里的胳膊，它被埋在土里和土一个颜色，所以他没注意到，可踩下去，吱的一声，一股浓重的尸臭气直把他"撞"出很远，早上刚吃下去的饭和半块甜瓜一起吐了出来。爷爷说，他的父亲，我老爷爷竟然也跟着跳出好远——

一直以来，我爷爷对老爷爷是一个看法，而经历了那件事那个举动之后，则又是另一个看法。这是题外的话，我们还是回到这个故事里来吧，它也快进入尾声了。

——就在大家忙着收割、碾压、晾晒的时候，一支散乱的军队又逼近了我们常柳村。从旗帜上看，村里人认出应是建文皇帝的部队。"我们是拒是迎？"还没等万卷书院的商议商议出个头绪，那支军队已经来到了村外的围子墙下。

"屠杀逆贼！""踏平资敌叛逆的常柳村！""把逆贼给我交出来！"那支散乱的军队在墙外高喊，他们挥动的刀剑和长矛同样闪着耀眼的寒光。

怎么办？还没有商议出个头绪来的乡绅、富豪、先生和家族的长者又重新坐下，他们转移了话题，现在最最紧迫的是要有个对策，"我们以为自己躲过了一劫，谁知道……上天要收这方人，是不？我们平日里扫地不伤蝼蚁，点灯怕害飞蛾，怎么，怎么……"算啦算啦，有人制止住于先生的感慨，现在是我们的命要紧，先活下来，先活下来再说别的……

"赵家染房为我们做得可不少，这是大恩啊，我们可不能忘恩负义。无论如何，就是死，我们也要让他家人死到最后。我说的是这个理儿不？"

灰尘和劣质旱烟的烟雾飘浮，一时间空气突然像凝结了一样。后来，开铁匠铺的刘昭良先点点头，就是就是，你说得对。要不，我们还算人吗？对对对，就是，就是。

围子墙上，顺下了十袋麦子和一封信。有一个士兵走过来先拿走了信，后来又有一队士兵过来，拖走了麦子。"不行！我们不能答应！"有个头领模样的士兵骑在马上冲着墙里面高喊，"告诉你们，最好是自己乖乖地把逆贼都交出来！否则，我们会把你们这些逆贼和包藏逆贼的宵小一并杀尽！告诉你们，我说到做到！给你们半个时辰！"

半个时辰怎么能够……万卷书院的商议混乱而无序，根本没个中心，就在他们七嘴八舌的时候，外面突然响起了巨大的雷。不是雷，而是石块，它们被围子墙外的士兵们用投石机抛进来，砸在街道上、屋顶上或者院子里。

我的爷爷躲在灶膛侧，双腿颤抖不已。

"这这这……"

商议的速度一下子加快了许多，尽管大家小心翼翼地说出了自己的想法，而这想法其实也是别人的，只是大家不愿意由自己的嘴里说出而已。

长话短说，在一个间隙，常柳村的围子墙上挂出一条白褂子，来回晃动几下，然后，又有长长的绳索垂下去。这一次，绳子的一头捆绑着的是赵世明一家六口。"兄弟们，这是你们要的逆贼，他们家有人在燕王的军队里当差！是杀是剐是留都交给你们啦！兄弟们，我们生是大明的子民，死是大明的子民，一直都守纪守法，不敢有半点儿别的想法……求求你们，放过我们吧，村子里再没有别的逆贼啦，我们也恨他们，我们巴不得吃他们的肉枕他们的皮……""如果你们答应放过我们，我们会世世代代感恩，我们也会拿出更多的粮食、牛肉和布匹来慰劳你们，兄弟们辛苦，我们知道你们是为了国家、为了我们百姓而征战,我们……"

"少来,你们这些混账东西!你们甭想骗过我!"

士兵的队伍里突然跳出一个少年,他指着城墙上的眼睛们大声地呼喊:"你们都是逆贼,一群没有人味儿的逆贼!若不然,燕王那个恶魔怎么独独放过了你们村?别骗我们啦!他们要死,你们也要死!对你们这些没人味儿的逆贼绝不能手下留情!你们就等死吧!"

随后,巨大而伴着飞扬的尘土的雷声再次响起,那些黑石块带着呼啸,仿佛是从地府里飞过来的一样。

"那个孩子,当兵的,是不是……我看着有些眼熟。"

"我也眼熟。一时想不起来,我这脑子。"

"嗯嗯……是不是和高宇平家外孙有些像?就是他家小愉生的那个,高庄的。"

"对对对,是像。你们说是他?"

又一阵的七嘴八舌之后,高宇平的头上顶着一口铁锅,出现在围子墙的垛口处。"常欢?是你不是?是你吧?我是你姥爷啊!"高宇平的头和铁锅一起摇摇晃晃地晃出了大半截,"孩子,你还活着啊!我是你的姥爷啊!"

那个被叫作"常欢"的士兵满脸怒容。"姥爷?我没你这样的姥爷。"他的嘴唇在颤抖,眼睛和身体都在颤抖,"姥爷,你算什么姥爷?我和我娘在围子墙外叫了你三个时辰,你那时在哪?我和我娘在这里哭的时候,你那时在哪?我娘被人追着杀死的时候,你又在哪?要不是我娘……现在，你开始认我了，告诉你我还不认了呢！"

他朝着垛口的方向射出了一支响箭。"告诉你们，等死吧！我要报仇，我是不会放过你们的！"

又是一阵雷声，外面的士兵们挥动着耀眼的寒光在夕阳中呐喊，他们的喊声似乎让整个常柳村都发生着震动。在我爷爷这样胆小的人看来，常柳村正在巨石们的击打之下慢慢地沉向黑暗，沉向地府里去。

黑暗来临，但万卷书院里却闪烁着微微的灯火，他们只保留了一盏油灯，似乎害怕投掷的石头会循着光亮而来。那一夜，我爷爷一夜没睡，他睡不着，恐惧就像藏在他胸口的二十五只老鼠，他抓不住它们也按不住它们。天要亮的时候困倦开始袭来，他的父亲、我的老爷爷将他推醒。"走。"老爷爷的手里拿着镰刀。"干什么去？"十一岁的爷爷揉着眼睛，可老爷爷却没有回答。

写到这里，聪明的读者其实已经猜到，是的，和你们想得一模一样。赵家染房的二十一口全部被绑在了他们家水缸的一侧，而赵家染房的赵戾起因为反抗已经被人失手打死，他的尸体移到了挂满布匹的南偏房里。我爷爷、老爷爷得到的要求是，每个人，只要是两周以上无论大人孩子，都必须拿自己家的铁器（铲刀、镰刀、剪刀、锄头都行，但必须有尖，能看得出痕迹来）向赵戾起的身体上刺上一下，铁器上必须见血。

我爷爷刺得胆战心惊。他几乎是逃，而我的老爷爷据说也是。天还没亮，没有人看到赵家染房的其余的人都是什么表情。

"二十二口。"奶奶说着这个数字,她会不自觉地顿一下,似乎这个数字里包含着缕缕魂魄,它们需要飘散一会儿,"常柳村上没好人。你爷爷、你老爷爷也不是。"

据说,和赵家染房的这二十二口人一起吊出围子墙的还有赵家的十数匹布,那面带有燕王标志和模糊的"留"字的旗子,以及嘴巴同样被封得严实的高宇平。在砍杀完赵家染房的二十二口之后(是的,赵戾起作为尸体又被砍了一次),一个军官模样的高个子提着带血的剑,走到已经面如土色的高宇平面前。

"跟着常欢,我也要叫你一声姥爷,我是常欢大伯家的哥哥。从此之后,咱们两家恩断义绝,再无关联。"说着,他挥动手里的剑,高宇平的长袖外褂被削掉了一大片。

尽管他的嘴巴早已被封严,但围子墙上的人还是清晰地听见了高宇平杀猪一般的嚎叫,也不知道这一声是不是他们的错觉。

这就是我们村庄的秘史,尽管它会遭到全村人的否认,没有人会说它是真的。你要问他们为什么你村改名叫"抛庄"而不叫原来的"常柳村"了呢?他们会说,因为燕王扫北的时候,这个地处偏僻的村子大约受到了上天的庇护而幸存下来,燕王的部队竟然没发现有这个村!为了纪念这个万里无一的侥幸,于是如何如何……他们是说谎。也许后来的孩子们真信了,甚至他们不知道这个村子原来还叫过常柳村，不知道有赵家染房，不知道村外的乱坟岗上为什么有那么多的鬼火闪现。如果你在万卷书院读书，大概会记住永乐皇帝本是真命天子但受奸人所害，大明开国皇帝朱元璋也不得不将他派至北京以求避祸……永乐皇帝英勇神武，仁慈爱民，睿智高瞻，颇有大略——我在万卷书院读书的时候，长有两颗突出门牙的小于先生于化仁总是这样提起。永乐帝驾崩的时候于先生还悲痛不已，连续几日茶饭不思，以泪洗面，写下一副长长的挽联挂在书院的门口。

"常柳村上就没好人。"我奶奶还是习惯把"抛庄"叫作"常柳村"，她嫁过来的时候这个村子还是常柳，有时一个人的习惯是坚硬的，时间也很难改变它。我奶奶嫁过来的时候大约十三，或者十四，两年后有了我大伯，然后是二伯。不知道为什么，我奶奶始终对这个村子有着特别的敌意，她似乎恨每一个人，唯一不那么恨的是我的老奶奶，她的婆婆。有些事，是我老奶奶偷偷讲给她的，而奶奶有心都记了下来。奶奶说，我爷爷这个吓破了胆的胆小鬼，一生战战兢兢地活着，村上所有的人都想欺侮他，也都想欺侮这一家人。奶奶说，我爷爷一直想离开这个村子到别的地方去，他想了一辈子，到死的时候也没有离开。

"就是命啊。"奶奶叹口气，"你可别到处乱说！小心被人撕烂了嘴！"

刺　秦

1

你提着木匣，用鹿皮包裹的竹简充作舆图，匆匆地走到大殿上去。天色将晚，西墙上的缕缕阳光就像被谁抹上去的血，台阶上站立的侍卫们略显得紧张，他们对你怒目而视——你走在侍卫们投下的阴影中，一步一步，拾级而上，无论从上面看还是从下面看，从左边看还是从右边看，你都显得极为平静，步履稳健。走到殿门口，红漆大门吱吱呀呀地打开，你在门外停下来，等大门完全打开然后跪了下去。

有人跑出来，接过你手里的木匣和充作舆图的鹿皮，然后对你说了句什么，你站起来，跟着他走进了大殿。大门，又吱吱呀呀地关上了，它显得沉重无比。

半个时辰之后，大门再次打开，你从里面走出来，与你一起走出来的还有数十人，前前后后，太子丹、田光和元尉赵棽落在了后面，他们一边走一边交谈。三人中，太子丹说得最多，说到激动处他甚至会停下脚步，用手指向赵棽，然后再指向田光——田光不停地点着头，其间，他还打了一个大大的哈欠。

你走得很快，下台阶的时候甚至有意跳跃，一步两个台阶，像一头轻捷的豹子。你是最早从大殿上走下来的人，自始至终，你一直没有回头，一次也没有。等你跳下最后的台阶，天色已经变暗，而大殿则在一点点地变亮。

"荆轲——"街角处，牵着两条委顿的黄狗的高渐离试图喊住你，而你依然脚步飞快地走着，似乎根本没有听见。

2

"喝吧，这是它这里最好的酒。田先生，咱们不醉不归。"你给田光再次满上了一碗，然后又给自己倒满。"咱们是两个死人在喝。"你把"死人"两个字咬得很重。

"呵呵呵……"田光笑呵呵地看着你，仿佛是在看一个可爱的、被自己饲养着的动物。"田先生，你不要笑！"你有些恼怒，"我也告诉你，你也一样，你可能比我死得更早！我算被你害苦啦！"

"呵呵呵。"田光佝偻着身子，他脸上的皱纹都在笑，就连花白的头发都在笑。"死，有什么可怕的，谁不会死，谁又能不死呢？荆轲啊，我的举荐不也正是你的意思嘛？我可是按照你的想法……咱们相处这么多年，我早就可以做你肚子里的蛔虫了，不是吗？"田光伸出手来，拍拍你的手，"大丈夫，活着就应当想办法成为豪杰、英雄，哪怕是枭雄也好，反正，不能白白地像狗一样过完……"

"我说的不是这个！"你背过脸去，"你觉得，这事儿能成功不？有机会成功不？"你看了两眼，又看了一眼田光，"我觉得……太子有些鲁莽，他是被他的仇恨烧红了双眼……他根本就没想好。"

"我们做我们的事儿，我们不能做他们的事儿，他们的那些，我们想都不要想，只要按他们的想法做就是了。成还是不成，怕无论是国王还是太子，都无法准确地判断……"田光指了指头顶，"只有上苍能知道一切，可是，上苍是不会告诉我们的。再说，你刚刚说什么来着？两个死人……既然已经是死人了，你和我，就好好地把死人扮演好——死亡，不就是回家吗？"

"是啊，死亡就是回家。"你饮下面前的酒，"我并不惧怕死，反正死亡是躲避不了的，而我也早已厌倦了这种行尸走肉、无所事事的生活。能得太子的看重，已经让我感觉无以为报——我惧怕的是……你知道。"

"我知道，我知道。"田光伸长了脖子盯着你的脸，他告诉你他的眼里始终有一团模模糊糊的雾，"这事儿，他们会考虑周详的，他们，一定比你更在乎成败，是不是？你只要像今天那样——你那股临危不惧的劲儿，那种不动声色的沉稳，让我看得都喜欢。"

"听说，我是太子丹选的，第三个？"

"不是，不是。据我所知，你是第十七个。我说过，他们会考虑周详的。"

"那，我该做什么？"你问。

"吃喝玩乐。把每一天都当作是最后的一天，每一次太阳的升起都是最后一次的升起……你就尽情地把你之前愿意做的，以及想做而不敢做的都做了吧。反正、反正太子的人会照顾好你的，在真正的死亡到来之前。呵呵呵呵……"田光又情不自禁地笑起来，他摇着头，慢慢地瘫软在席上。

3

每天都是最后的一天——你的确有这样的想法，这样的打算。当然太子丹和田光、赵鞒他们也有他们的打算。"你需要成为质地优良的匕首，而且是全天下最好用的匕首"，赵鞒在你的耳边磨着那些多余的茧子，它们都已经长到了耳朵的外面。

每日早晨，或者比早晨更早一些，你会背上那个印有蓝色狰獐峨山图案的包裹悄悄地出门，在城南染房的后面钻入一辆灰帐的马车，然后消失。往往是下午的时候你才重新在自己的院子里出来，或者大梦初醒的样子，或者生龙活虎的样子……在下午的时候，属于你的生活才刚刚开始，你或者去高渐离的后院看他磨刀，看他把刀子上的寒光极为迅速地划过狗的脖子，或者插入狗的肚子里去，而那些狗往往一声不哼，安安静静地盯着高渐离，然后安安静静地闭上眼睛；或者坐在高渐离的门口，由高渐离击筑，若是你兴致来时也会伸长脖子大喊两声："浮生似梦，为欢几何？大丈夫死则死矣，死得其所！"或者到田光的欲和书院里与田光下棋——他眼睛里的雾越来越浓，你曾几次乘着他揉眼睛的时候偷偷换掉了棋子。你也会到酒肆马肆，或者女闾等地到处走走，或与来到燕都的剑士、侠客们比试武艺……和来到燕国的剑士、侠客比武，你从来没有输过，即使是大名鼎鼎的鲁桧也以一招之失败在了你的剑下。你当然记得那次比试，那是你最感吃力的一次，也是你信心动摇得最快、最猛甚至是最为绝望的一次，可是，他最后还是输了。多日之后你依然感觉恍惚，想不出他怎么会有那么突然的破绽，而那个突然的破绽第一次你并没有抓住，他竟然有了第二次。这一次，你当然不会再放过。"还是输了。"鲁桧将手中铜剑折断的时候并没有半点儿颓丧，"年轻人，天下是由最矫健的马来驰骋的。胜了我鲁桧，你的名字将会变成楯石，会让听到你名字的所有人，都感到脚下的土地在突然颤动。"

没错儿，胜过鲁桧之后你声名远扬，传播的速度甚至超过了最矫健的马的速度……"天下，都知道你是卓越的剑侠了。"有一次酒后，田光摇晃着拍了拍你的肩膀，"它说明，它说明，距离你……你会是全天下最好用的匕首的，会的。大丈夫就得……"

4

五年的时间，你过得平静，也不平静。当然太子丹、田光、赵酨和高渐离他们也是如此，天下的人又哪一个不是如此？在平静得让你感觉不够真实的时候，你甚至会怀疑，自己是不是真的和太子丹有一项天大的契约？这项契约没有具体的内容，而你能得到的好处就是挥霍，几乎可以无尽地挥霍：只要你想要的，只要你开口和自己的家丁说一声，就会有人送到你的府上或者送到你需要的地方，无论是什么。在平静得让你感觉不够真实的时候，你甚至会怀疑，自己是不是真的还活着，这样的日子是不是属于死亡之后的幻觉，是一段漂在湖面上的小小泡影？

五年的时间，尽管每个早晨你都早早地起来，按照事先的安排带上包裹和匕首，坐上马车，然后在隐秘中消失，但你依然有种不真实感，那种不真实感就像是在你体内慢慢长大的虫子……它们在不断地、轻轻地撕咬，而你，并不因此感觉到疼痛。多出来的是麻，是木，和一些更让人木然的东西。有一次，太子丹看过你与侍卫们的拼杀，竟然禁不住拍起手来：好，我要的，就是这样。只是，你在开始的时候反应过快了些，第一个侍卫朝你走来，你要更镇静，要显得你根本不知道为什么如此，你感到委屈，因为你没有企图……必须让他们相信，知道吗？这一点比后面的任何一步都重要。再来，再来——

五年的时间里，你不断地重复同一个场景，同样的刺杀，就连走上大殿要走多少台阶、在哪个地方低头、哪个地方跪下去都重复了不下万遍……有时候，你大概会希望那个可以成为匕首的时刻能够早一点到来，你早已经不想再重复下去，它实在太耗人，有时比绝望更为绝望。或许正因为如此，当你在下午时分回到自己家中，自己可以完全地变成自己、属于自己的时刻，你真的是有些挥霍。是挥霍，再没有比它更准确的词了。

大概你不会想到，许多年之后，关于太子丹对你的优待和看重会变成那个样子。他们说，你在与太子丹一起狩猎的时候赞美了两句他的弓，当日下午，那张弓已经悬挂在你卧室的墙上；有一次，你与田光或者是别的朋友一起出游，路过一家玉器店，对一块古玉打量了许久——不出一个时辰，太子丹就得到了这个消息，不出两个时辰，那块玉，已经悬挂在了你的腰间。接受太子丹的宴请你来到后花园，一只长有金黄色绒毛的金钱龟在水池中探头探脑，滑稽的样子引来了你的兴致，于是你拾起地上的一块小石子掷向水池——第二天，这只金钱龟便被人送到了你家后院，同时送来的还有一百枚金珠。太子丹说，只有珍贵的金珠才能与你的投掷相配。

不只如此，当然不只如此。他们说，太子得到了一匹千里马，喜欢得不得了，于是邀请你一起去骑；而你，几乎是不过脑子地说了一句，千里马的肝是天下美味，而当你和太子回到太子的府邸一起共用晚膳的时候，一盘刚刚煮熟、散发着诱人香气的马肝被端上来，放在了你的面前。还有一次，太子丹、鞠武、樊於期与你在华阳台上饮酒，在场的应当还有赵辥和将军羊珂……席间，兴致勃勃的太子丹令府上的女琴师抚琴助兴。大约是因为酒的缘故，或者是因为琴声的确美妙的缘故，你站起来说了一句：真是一双妙手啊！

你应当不会想到，你的这句赞美之中会沾上那么多、那么多的鲜血。太子丹命侍卫将琴师的手砍了下来，用玉盘盛着送到了刚刚赞美过它的你的面前——太子遇轲甚厚！他们说，这是你在盯着那双琴师之手时说过的话，你当时就是这样说的，所有人都听得真切。

5

你可能会试图否认：不，这不是真的，太子当然待我不薄，但我从来没有过他们说的那种礼遇，更没有面对过那样一双血淋淋的手，就连所谓金钱龟的故事、蒸马肝的故事也完全是杜撰，它不曾发生，从来都没有……

的确不是真的。你知道，你不过是太子丹养在燕都的二十死士之一（你还听到过另一说法，四十死士，但真正的数目或许只有太子丹一人知道），你们有着大致相同的目的和大致相同的训练方法，所有的礼遇也大致相同；你知道，你们之间相互并无往来，归属不同的将军率领，也不在一起训练，在元尉赵釐手下应当还有三位死士，在一场秘密的搏斗练习中你曾遇到过他们。你知道，太子的有些赏赐你必须接受，而有些赏赐则要千方百计地拒绝，哪怕是把头磕出血来……你知道，有些事，是坚决不能说的，无论对谁。你是太子丹的死士，要把自己变成天下最锋利、最有用的匕首，除此之外不应有别的念想。

荆轲，是你。你是荆轲。但这个名字并不重要，另一个名字远比它更重，更是和你骨肉相连——你在和高渐离聊天的时候曾几次说过这样的话。你说,渐离啊,如果我现在开始叫渐离,那我还是我自己吗?我认定自己是高渐离,应该就是了吧?你说,现在究竟是荆轲在喝酒还是高渐离在喝酒?是荆轲在唱歌还是高渐离在唱歌?

……如果你知道在经历多年之后,他们是如何说你的,是如何撰写你的刺秦经历的,你很可能会产生另一层的恍惚:这,真的是说我的故事?我在他们的话语里,竟然是这样子的?我做过?我真的做过吗?这,不是元尉赵襄的安排吗?发生的顺序也完全不对——那,又能怎样?

6

你见太子丹的机会并不多,一共也没有几次,但在后来的故事中,这样的次数明显地增多了起来,甚至可以说无中生有。第一次见到太子丹,即是你带着木匣和鹿皮包裹的竹简,走进燕王大殿的时候。按照田光先生教你的,你一步一步,演得步步为营,演得中规中矩,也演得随机应变,步步惊心。当你避过侍卫们的奋力砍杀将竹简里藏着的桃木匕首插向黑袍人胸口的时候,太子丹拍着手,从绘有黑色狰狞峨山图案的屏风后面走出来。接着,元尉赵襄向你祝贺,告诉你你已通过考核,如果愿意,你就将是太子丹的人了,大燕将负责你的衣食住行和一切一切;而如果不愿意,也请你在走出大殿之后忘掉所有,就当自己从来没有来过,这里发生的所有事都不要与任何人提及。你注意到闪在众人后面的田光,他冲着你点点头,然后,你朝着太子丹的脚下跪了下去。

半月之后,你在和侍卫们、黑袍人一起练习,一名矮个子侍卫大约对不断的重复产生了厌倦、懈怠,脚步明显比之前的那次慢了半分——"停!"太子丹从竹帘后面探出半张脸,那半张脸的脸色足够难看,"都给我停下!"异常气愤的太子丹命人砍掉那个侍卫的双脚,然后将他绑在柱子上——"你们,继续!"

第三次见到太子丹,你的印象也应当颇深。那天,他有很高的兴致,一项一项地对你进行着赏赐。你也一次一次表达着感谢,甚至,眼圈开始发红。或许是你的表情让太子丹更为欣喜,他沉思了一下,和身边的一位将军耳语了几句,然后宣布对你的新一项赏赐。"不,我不能要。"你拒绝了太子丹的赏赐,"我何德何能,又没建立半点儿的功勋,请您收回您的这份赏赐。""我要赏就可以赏!难道,你是瞧不上我的赏赐?"太子丹沉下脸来,他的脸上似乎有一层淡淡的蓝色水珠。"不,不是……"

无论威、逼、利、诱,你都不肯答应接受太子丹的这一项赏赐,太子丹气哼哼地站起来,气哼哼地从你的身侧走过去,没再看你一眼。太子丹走后,大殿里的光显得亮了一些,笼罩在上面的阴影也渐渐散开——赵辪走过来,重重地拍了一下你的右肩,"真是。替你攥着一把汗。你一定要守口如瓶,千万不要对别人说这事儿!半个字,就能要人的命!"

他对你说这话应当是多余。他应当清楚,你是一个牙关很紧的人,即使用火烧、用锤子敲、用水泡、用石头砸,都不会使它松动半分——你对自己的这一点儿,有着充分得不得了的自信。

第四次,是华阳台的酒宴,你和另一个剑士奉命一起舞剑。因为是晚上,因为你与太子他们的距离较远,所以从你的方向看过去,远远的太子丹就像是一个晃动着的、只有花瓶大小的小人儿,你甚至看不清他的脸。在舞剑的过程中,你突然瞥见对面的那个剑士有着和你一模一样的包裹,上面是一模一样的蓝色狰狞峨山图案——在一个瞬间,你的心突然一沉,一股百感交集的味道一下子涌了出来,它使你的脚步在那个瞬间有半刻的迟疑——随后,你使出了几乎全身的力量,你把对面的剑士逼向角落;而他,完全不知道究竟发生了什么。

第五次,大概就是最后一次——对于太子丹而言,或许他见到你的次数比你以为的要多,只是他躲在屏风后面,竹帘后面,柱子后面,侍卫们或者烛台的后面,照进屋子里的光的后面,投在屋子里的阴影后面,空气的后面,你无法确定他的存在——那是太子丹距离你最近的一次,近得你能看清他脸上的小雀斑,看得清他胡须中藏着的、两根卷卷的白色短须,甚至看得清他微黄的牙齿。他叫你一并坐在席子上,和他仅隔着一条窄窄的榻。"荆轲,我待你怎样?"你回答说,您待轲甚厚。轲将不惜性命,肝脑涂地,回报您的器重和大恩。太子丹盯着你的脸,盯了好长的一会儿,然后点点头:"如果现在……你真的要拿生命为注,你真的肯为丹赴死吗？"你站起来：太子您这是什么话！轲何时曾有过轻诺而寡信的时候？我愿意，在五年前——这五年里的每一天，我都等着为您交出这条命，我觉得您给我的等待时间实在是太久啦！太子丹盯着你的脸，盯了好长的一会儿，然后神色凝重地朝你伸出手来。"荆轲，现在真的到了……你知道不，太子丹和整个燕国的命，我要一起交在你的手上！你，要清楚落在你肩头上的重量。"

你当然清楚。战报不断地传来，它们仿佛是乌云中可怕的雷霆，整个燕都在此起彼伏的雷声中摇摇欲坠：秦国大军简直就是一群虎狼，所到之处就像是洪水断岸，火蛇窜屋，摧枯拉朽，哀鸣遍野。现今，向南攻溃了楚国，向北则击败了赵国，前锋军队已经到达易水河畔……如果接受比喻，此时的燕国就像是悬挂在枯枝边缘上的一枚鸟蛋，而鹰爪则已经向它伸出。你比更多的人早早地嗅到了气息，它弥漫于前几日的每一个早晨，元尉赵舞携带着这种气息在大殿上来回，尽管他一直试图掩饰。就在几天前，你去和田光、高渐离一起饮酒行令，中间，你对着田光的右耳朵说，先生，我的时日不多了。我应当，现在就向你们告别。"什么？"田光大约没有听见，他向你伸出了自己的左耳朵："你说什么？""我是说，咱们的赌资应当更大一些，加倍，你看如何？"

……你清楚处境，燕国的，太子丹的，以及自己的。于是，你站起来，以一种前所未有的郑重直起身子：太子，我清楚你要我做什么，无论成功还是失败，我的生命都会交出去，它会变成一团谁也认不出的肉泥。但请你放心，我不会惧怕，也不会有半点儿的犹豫——而且我向上苍发誓，我要在完成任务之后再死去，我不接受功亏一篑。那样，我会死不瞑目。

"拜托了，荆轲。我会记住你的，我会让燕国最好的石匠，在华阳台预留的石碑上，刻下你的名字和故事！"

7

风萧萧，而易水寒，水面上飘散着一股淡淡的雾气，苇花在风中缓缓摇曳，时而有一两只水鸟从芦苇丛中飞出，它们的飞远使你感觉自己更是形单影只。

你的右手紧紧抓着督亢的舆图，而左手，则提着一个红漆木匣，浓重的油漆的气味掩盖住血的气味，但你的鼻子还是能轻易地将它嗅出来。木匣里有一颗人头。这颗人头原属于樊於期，即使被人从脖颈处砍掉也依然可以辨认出樊於期的样貌。只是，它已经不能再叫樊於期了，当然失去了人头的尸体也不能再叫樊於期。那樊於期是谁？谁还能叫樊於期？而这颗已经不能再叫樊於期的人头，是不是可以看作是秦王政悬赏的那一千金？或者应当看作一个筹码，一个能够博得秦王政欢喜从而得以见到秦王政的筹码？难道，以督亢这样一块令人垂涎的富庶之地还不足以成为筹码吗？

早上，你问将人头送过来的剑客，你是怎么杀死他的，是不是太子的命令？原来说要在这个木匣里装进的，可不是樊於期将军的人头，而是——"你不要问了。问，我也不知道。我只负责送过来，别的，我不知道，知道也不会说的。"那个剑客，从鼻子到下巴有一道极为明显的剑伤。他看到你盯着他的剑伤看，于是就伸出手来，自己摸了摸："荆轲，要不是这剑伤能被人一眼认出，你的这个任务应是我来做的。那样，到对岸去的就是我了。"他呵呵呵地笑起来，或许是因为剑伤的缘故，你从他的表情中看不出是喜是悲。

风萧萧，从背后吹来的风似乎更为寒凉。太子丹的灰篷马车把你送到树林中就已返回，你踩着吱吱作响的落叶缓缓走向了河堤。昨日，你提出，如果太子允许的话，你想与田光先生在河边告一下别，毕竟，自己之所以能够为太子所用，依赖于田光的举荐，田光先生对于自己来说几乎是再造之恩。可是，你府上那个瘦黑的仆人面露难色：这这这……我不是不肯听您的吩咐，只是，只是田光大人他前日染上了风寒，卧床不起，太子府上的医师正在为他医治——他，怕是送不了您了。那，让高渐离送我一下。你又提出了要求，这次，瘦黑的仆人再次拒绝了你：不，不行，昨天他喝醉了摔了一跤，好像伤到了眼睛……再说，咱这事儿吧，可不敢走漏半点儿风声，秦王的耳目众多，他的耳朵可长着呢！我，也是为您考虑……爷，太子会把一切都安排好的，我们还是听他的吧！

听他的吧。你想，也只能如此。于是你走下了马车，踩着破裂着的落叶一个人走到了河边，陪伴你的只有那颗藏在木匣里的人头。"风萧萧兮易水寒！"你冲着喧哗着的苇荡大声呼喊，"壮士一去兮不复返！"

一只很像鹌鹑的鸟，从草丛里跌跌撞撞地飞起，然后插入苇荡。

"你是……荆轲？"苇荡里钻出半个人头，探了探，又缩了回去。然后，一个人跳到你的面前，他的手上提着一个包裹，你瞥了一眼上面的狰狞峨山图案。"秦舞阳？"你问。

"是我。"秦舞阳掸掸在苇荡中沾染上的尘灰，"荆轲，你看着我的眼睛！你从里面，能看到什么？"他把自己的脸，凑到你的面前。

8

你提着木匣，半举着舆图，慢慢地朝大殿走去。秦舞阳跟在你的身侧，你们之间，只差一级台阶。天色将晚，西墙上的缕缕阳光就像被谁抹上去的血，台阶上站立的侍卫们高大威猛，目不斜视——你走在他们所投下的阴影中，一步一步，拾级而上，无论从上面看还是从下面看，从左边看还是从右边看，你都显得极为平静，步履稳健。秦舞阳紧紧地跟着你，始终保持着大致的同步，你能听得到他的每一次呼吸。走到殿门口，你略略回头，秦舞阳学着你的样子也略有回头，他伸出右手擦了擦自己的额头。红漆大门吱吱呀呀地打开，你在门外停下来，等大门完全打开然后跪了下去。

有人跑出来，接过你手里的木匣、舆图，然后对你说了句什么，你和秦舞阳一起站起来，跟着他走进大殿。大门，又吱吱呀呀地关上了，它显得沉重无比。

这一次，你没能从宫门里面走出来……

新编《聊斋》二题

耳中人

我要告诉你,我讲的这个故事,可是真的。

我没有讲假故事的习惯——虽然有人说我们的小说本质上就是"弄虚作假",但我觉得并不是这样,我不这样认为。在我看来,没有什么能比"真实"的力量更能打动人,更有趣味和魅力了,尽管,有些故事从表面上看仿佛就是弄虚作假,就是说谎。这没办法,因为有些事情的发生就是超出了我们习惯的理解范围,我们不知道的、不能理解的还有很多呢!难道我们不知道的、不理解的,就都是假的吗?

这是一个真实的故事,因此我必须保证故事的主人公有名有姓,有据可查——谭晋玄,淄青有名的谭先生你总该知道吧?他的家距离我的家很近,大约有四十里地的路程,门前有一棵硕大的老槐树,本来之前还有另一棵的,但在谭晋玄出生后不久即遭到雷击,大火烧了两天两夜,瓢泼的雨水也无法将它浇灭。后来谭家人在原来的旧址上又种植过槐树、榆树、柏树或银杏树,但都没能栽活,于是只好作罢。这件事儿，方圆七十里，甚至整个淄川都知道，你尽可随便打听。再说这位谭晋玄谭先生，他曾在肥丘做过一个小官儿，三五年，后来回到淄川，是当地有名的教书先生、诗人，而更为有名的是他特别特别迷恋于……痴迷于……热衷于……这么说吧，这些词都可以用到他的身上，但都不及他迷恋的、痴迷的、热衷的半分，他实在是太过痴迷啦！他痴迷什么？你不会连这都不知道吧？道家方术，修仙炼丹之道。在他的房间里充塞着《太清导引养生经》《飞羽化鳞经》《炼神化虚归元经》《散魄纳精术》这类的书——不，这些书他没有存放在书房里，而是在自己的卧房里，出于怎样的原因我也并不清楚。

谭晋玄做小官儿的时候并不有名，他的诗文似乎也并不那么有名，至于教书……有几个学生私底下和自己的父母谈，谭先生的书教得不怎么好，他们总会在他讲着讲着的时候瞌睡，而他一停下他们就会醒来——不过那几个学生在别的老师那里也是瞌睡虫，不足为凭。真正有名的是他的修仙，据说他学得很深很透，颇有道行，有人说他精通奇门遁甲，能够召唤神仙鬼怪为自己所用，也能驱使当地的狐仙、蛇仙和鬼魂……我说过我要写的是一个真实的故事，这些"据说"我也并不能相信，但我还是愿意将它列举在这儿，是信还是不信全凭你的判断——对于我们无法亲眼看到的事儿，我的处理办法是先存疑，但不会一下子否决。毕竟，我们无法亲眼看到的事儿实在太多了。我们知道谭先生是一个痴迷的修仙之人，知道他或多或少会有点儿"异术"就可以啦,接下来的故事与他的修仙修道有关,马上,我就要讲到它啦。

这一日,谭晋玄正在自己的房间中修炼……即使那些并不懂得修仙修道的人也知道,这样的修炼需要平心,静气,放空杂念,物我两忘,耳朵的边上响起的是水声、风声和淡淡的鸟鸣声,水声潺潺带着一股清凉意,风声缥缈带给人的同样是清凉——然而入定的谭晋玄却感受不到清凉,他感受到的依然是酷热。仿佛一团火焰盘踞在他的头顶,而且还散发出噼里啪啦的响声,一团火辣辣的气从他的后背那里不断地冒出来,让他似乎汗流如雨。事实上也正是如此,闭着眼睛努力让自己入定的谭晋玄正在汗流如雨,窗外火热的阳光早已晒透了他的屋子,一大团乳白色的热气从门缝外面飘进来,把谭晋玄和他身上的汗一起笼罩在下面。

谭晋玄感觉自己心生愤怒,似乎还有些委屈,还有些小小的恶意——"我是一个修道的人,我不能如此,我不能任由这种情绪蔓延,它会毁掉我的修仙之路的。"谭晋玄暗暗地提示自己,物我两忘,施受两忘,恩怨而忘,无欲无为,五蕴皆空,此时此刻我不是我,我不再是我,我是……但那股炎热还是无法让他获得宁静,他感觉,有一团雾紧紧地包围着他,让他无法真正地走到他想要的清凉的对岸去。窗外,蝉在聒噪,它的出现更让人心烦。谭晋玄想如果有根细针,从蝉的背部悄悄地插进去,它甚至还没有来得及疼痛就从树上重重地摔下来,啪啪啪地拍几下翅膀——但那份毫无节奏、让人烦闷的聒噪就会止住。窗外，一个孩子的哭声，他很可能是踩进了水塘，跑过来的女仆在低声呵斥，有两声沉闷的声响，之后，哭声轻了下去。谭晋玄想，这个名叫王兰的女仆也许趁着周围没人推搡了自己的小主人，这样的行为着实可恶，她应该……在想到剥去衣物用桑枝打屁股的时候谭晋玄止住了联想，罪过罪过，我应当物我两忘施受两忘恩怨而忘无欲无为五蕴皆空才对，怎么会……

像往常一样，谭晋玄用掉了近一个时辰，也就是近两个小时的时间才让自己安静下来，这时窗外的炎热也并不像刚才，西边的墙上晚霞如血，干燥燥的树影在细细的风中晃动。就在这时，谭晋玄突然听到自己的耳朵里有一个模糊的、几乎像苍蝇只扇动了一下翅膀那样的细小声音："我可以出来吗？"谭晋玄愣了一下，身上的汗水似乎骤然变凉——什么？

当他仔细去听的时候，那个声音已经消失了，就像根本没存在过，没有出现过一样。他晃动自己的头、耳朵、脖子，毫无异样。"是不是我听错了？是不是因为炎热的缘故，情绪不稳的缘故，才让自己产生了这样的幻觉？"谭晋玄将信将疑。

晚餐的时候，谭晋玄把自己的儿子叫到身边，"过来，下午踩水了没有？湿了鞋子没有？"摇晃着拨浪鼓的儿子颇有些不耐烦，但不得不按照规矩认认真真地回答："没有，父亲。"谭晋玄看得出儿子满脸的不耐烦，他伸出手去拧了一把，"看你不老实，不说实话。"在收拾桌椅的间歇，谭晋玄叫住女仆王兰，"少爷是不是又调皮了，又惹你了吧？""怎么会，"王兰笑起来，她笑得像一朵才绽放不久的花儿，"少爷可听话啦，比我的小弟弟强得不止十倍百倍，他乖得让人都心疼。"

"怎么了，有什么事吗？"谭晋玄的夫人转过脸来，她用一种异样的表情盯着王兰的脸。"没事，"谭晋玄半闭着眼睛，"你家那孩子。我怕他太顽皮。"

"老爷，"打发走儿子和女仆，夫人一边将香点起一边对谭晋玄说，"上午去衙门打听过了，咱们在荆川买的那十二亩六分官田……"

正午，谭晋玄再次进入他的清修中，当然炎热也在同一时间再次火辣辣地袭来，这一次甚至较之前几日更甚。他身上不断地渗出有异味的汗，而腋下，则更早地湿透了，还有些微微的刺疼。他忽然想起在肥丘时的某些故事，这些事多数令人不愉快，本来他早就忘却了，然而在这个寂静的、只有蝉声喧哗的正午却又想了起来。他想象，等他法术精通之后，把那个打过他两记耳光、喜欢在河湾中游泳的主仆使用法术按进水里，等他挣扎到无力的时候再把他放出来，让他受些惊吓却不至于淹死，让他一生再也不敢下到河湾里去；他想象，等他法术精通之后，让那个嘲笑他不知躲闪，而被马尾携带的粪便甩了半身的车夫把自己的车赶进沟里去，要断一条马腿，让他再也……谭晋玄被自己突然冒出来的想象惊到了，他急忙将它们驱赶出去：物我两忘，施受两忘，恩怨而忘，无欲无为，五蕴皆空，此时此刻我不是我，我不再是我，我是……

再次，他听到了那个声音。那个藏在耳朵里，微小的，仿佛是苍蝇的嗡嗡声的声音又响了起来："我可以出来吗？"这一次，比上一次更清晰些，也更有节奏。然而当谭晋玄真正去注意的时候，它又消失了。谭晋玄晃动自己的头、耳朵、脖子，甚至在心中默念，暗暗呼唤那个声音，然而它没有再次出现。"它是什么呢？"谭晋玄想不明白，他搜索记忆，在那些讲述清修、养生、炼神化虚的书中，似乎没有一处提到过在修炼过程中会在耳朵里有声音出现，它出现之后还会有怎样的后果……"它，是不是在问我？如果我回答说可以出来，它又会怎样？"谭晋玄仅仅想了一下，他被自己的想法吓坏了。也许，问话的那个就是他的灵，是他的魂魄，而一旦将它放出来……

然而一日，一日，每次打坐清修的时候，谭晋玄都会先进入心神不定之中，甚至胡思乱想之中，只有过上很长的一段时间才会好一些；而在他进入充满清凉的水声、风声和淡淡的鸟鸣声之前，耳朵里的那个奇怪的声音就会再次响起："我可以出来吗？"

一日一日，日复一日，从初夏到仲夏，谭晋玄渐渐习惯了耳朵里的声音，他甚至在修炼的时候早早地会期盼它的出现，甚至，连偶尔飞进屋子里的苍蝇也变得有些亲切起来。日复一日，谭晋玄也渐渐习惯了夏日炎炎，习惯了在最初的时候难以入定，习惯了自己的胡思和乱想，习惯了在这胡思乱想中释放某些……谭晋玄在那种释放中小有快乐，这一点他不想否认，尽管这个小有的快乐并不能是修炼的部分，而是需要在修炼中努力抵御的部分。一日，谭晋玄随意地翻看着一本购得不久的旧版书《扣虱谈仙闲录》，随意翻看着，里面的记载让他陌生也让他兴奋：原来，仙也可以这样来修，竟然会有这个样子的仙……读着读着，已经过了他平日开始修仙的时间，然而他浑然不觉。

他读到，南宋时淄青有一姓王的书生，排行第七，从小仰慕道家方术，于是前往崂山访仙学道……大约过了四十几年他才回来，面容未改，竟然看上去比自己的侄子还年轻许多。这位归来的年轻王道士，善于医术，竟然可以使死掉的人复活，而使人复活的方法，竟然是利用从他耳朵里取出的仙丹——妙！妙极了！谭晋玄有种天灵盖被什么力量骤然地掀开，一股灿烂的光透过身体的感觉。他想，"原来，我耳朵里藏着的竟是仙丹！是它已经炼成啦！它嚷着想出来，原来是……"谭晋玄兴奋不已，他在房间里不停地转着圈儿，完全没有注意到水杯里已经变凉的茶水在光影中变成了绿色。"如果它再次问我'我可以出来吗'，那我就回答它'可以出来啦'……"

"它会是仙丹吗？它会是怎样的仙丹呢？"谭晋玄不得其解。

那一日，那个声音并没有出现。谭晋玄并不在意。毕竟，他在读书的时候忘记了时间，是天快要黑的时候才开始修炼的，仙丹大约有些挑剔，所有有灵性有才华的人或物都有些挑剔，这，他当然理解。第二日，那个声音也没有出现。第三日，第四日。

第五日，谭亚玄再次在床上坐好，让自己的身子冒出有味道的汗，一边默念平心，静气，放空杂念，物我两忘，一边让自己再次沉浸于胡思乱想中去，在想象中想象……"我可以出来吗？"终于，谭亚玄再次听到了来自耳朵里面的声音，他的心怦地跳了一下、两下，那句回答便脱口而出："可以出来啦。"

不一会儿，他感觉自己的左耳又疼又痒，仿佛它出现了小小的囊肿，而这囊肿在迅速地扩大，里面有一个怎样的活物儿在其中挣扎——终于，它钻出了耳朵，顺着他的肩膀、衣襟，慢慢地滑到了床边，然后又慢慢地顺着床角滑到地上。

是什么？

谭晋玄也想知道，他比我们更心急，只是，他不敢动作太快——没有人知道他究竟怕什么。谭晋玄屏住呼吸，硬着脖颈和自己的身体，转动的只有自己的眼珠——呀！他被自己吓了一跳，几乎要喊出声来！

他看到了什么？

我说过我要讲的这个故事是真的，我没有讲假故事的习惯，所以，我必须按照真实的情况去讲，而不是添油加醋、弄虚作假，将真实改变得面目全非；如果我要讲述一个假故事，在这里我一定会按照假故事的方式给谭晋玄送来一颗玲珑剔透的仙丹——但我不能。我只好实事求是地把事情的真相讲出来。

他看到的是，一个三寸左右的小人儿。它是灰黑色的，而且面目狰狞，就像一些图书中的"夜叉"那样——只见它，有着尖利的牙，牙齿上还垂着暗红色的涎，眼睛里尽是恶狠狠的神态……"哦，终于出来了。我先熟悉一下这里再说。"

说实话，它的出现着实让谭晋玄意外，他身上的汗毛立刻变得粗大而坚硬，一股股的凉风从他后背的汗毛孔里飞快地钻进去，它们如果能聚在一起，似乎可以变成另外一个这样的小人儿……"这，这……"谭晋玄呆得就像一块木头做成的鸡，窗外的蝉声，小孩子奔跑的脚步声，奶妈的呼喊和女仆的应答，都无法传入他的耳朵。他的耳朵里，第一次那么让人疼痛地充满了静寂。

他甚至没有听到邻居到来时的脚步声，没有听见他和王兰的对话，他是来借什么东西的。他听到的是突然响亮起来的敲门声——"谭先生，你在吧？我是来……"突然响亮起来的敲门声简直是炸雷，谭晋玄耳朵里的静寂一下子被撕开了，像许多只蝉一下子放进了他的耳朵。

"啊……"

只见那刚刚从耳朵里钻出的小人儿也无比慌张，他，简直就像一只受到了惊吓的老鼠，一只找不到自己的洞口的老鼠——在谭晋玄房门被推开的瞬间，这只慌乱的"老鼠"撞到了床角，然后又以最快的速度消失于床的下面。

"谭先生，你的脸……怎么这个颜色？你是不舒服吗？是不是发烧？"

谭晋玄昏昏沉沉，他感觉自己的灵魂脱离了身躯，晃晃悠悠地不知道飘向了哪里。在昏昏沉沉中，他似乎知道夫人来过，孩子的奶妈和孩子来过，邻居来过，另外的邻居和邻居的邻居来过，王兰来过，她请来了大夫，在昏昏沉沉中谭晋玄未能看清他的脸也根本记不得自己都有怎样的应答。黄昏，黄昏散去，黑夜，黑夜已深。

谭晋玄一个人躺在床上，不断跳跃的蜡烛只有微弱的光，而他的身侧则全是黑暗和空旷，孩子和夫人、奶妈和女仆都已歇息，谭晋玄恍惚中看到床边的木桌上放着一个小碗和两个茶杯，而茶杯里的水竟然是暗绿色的。三更天了，他听到打更人的梆子。然后听到的则是嚓嚓嚓嚓，似乎是老鼠试图顺着什么爬上床来的声音。"帮帮我，我要回去。"

是那个细小的、仿佛苍蝇的嗡嗡声的小人儿发出的。但谭晋玄昏昏沉沉，根本无法移动自己的身子。

小人儿只得自己努力，继续努力。嚓嚓嚓嚓，嚓嚓嚓嚓。谭晋玄好像听见了它的喘气声，也听见了它的叹气声。"帮帮我，我要回去。"过一会儿，小人儿的嗡嗡声又再次开始："帮帮我，我要回去。""我是我，我是你啊。"小人儿的声音里似有哀求，似有怨恨。谭晋玄昏昏沉沉，根本无法移动自己的身子，他的眼皮却也越来越沉，慢慢地进入了梦乡。

在梦里，那个小人儿终于要爬到床上来了；谭晋玄不知是有意还是无意地翻了个身，把他的左耳压到了身下。这时，又是一阵簌簌簌的响动，屋顶上，出现了一条白色的蛇，它吐出的芯子也是白色的,谭晋玄看得很清楚。它将自己的大半个身子吊在拔步床的木榻上,张开它的大口,一口将浑然不觉、正在全身心向上爬着的小人儿吞了下去。在梦中,谭晋玄啊了一声,他的左耳一阵疼痛,随后便再无知觉。

许多时日之后,谭晋玄才从他的昏昏沉沉中醒来。他醒过来的时候,夫人正在晾晒他的被子,她抱怨,一条新被子,刚给谭晋玄盖上,不知怎的,就被莫名其妙的东西给染上了莫名其妙的污渍,灰的红的,怎么洗也洗不掉。她拿给谭晋玄看,谭晋玄忽然想起自己耳朵里钻出的那个小人儿:"咱家房上有条蛇……"

据说,谭晋玄在那之后患上了癫痫,服药医治总不见好,还是一个游方道士送给他两粒看不出颜色来的丸药,服下去后才有好转,这,大半年的光景已经过了。我说过我要讲的这个故事是真的,我没有讲假故事的习惯,所以谭晋玄是否得过癫痫、是不是从那时才得的我不得而知,我知道他的故事的时候已经过了三年,我难以说清把故事讲给我听的那些人会在讲述的过程中添加什么,减少什么。在淄川的集市上我曾见过谭晋玄两次,在我去济南参加府考的时候见过一次。那年府考,正赶上春节,按照风俗立春的前一天商栈店铺都要扎起牌楼,敲锣打鼓地到藩司衙门去"春演",真是热闹极了,我也就跟着几个朋友去看。拥挤中,朋友孔雪笠指给我:"看,那个站在红灯下面、戴着皮帽的矮个子就是谭晋玄,你应当听说过他的事吧?在我们曲阜也极其有名,说他是半个圣人,半个仙人……"

孔雪笠对我说，自从谭晋玄耳朵里的小人儿被房梁上下来的白蛇吃掉之后，谭晋玄的性情大变。原来他尽管修仙修道，可心胸狭小，总是睚眦必报，更见不得别人的好。然而性格变化之后，他凡事都不再争再抢，凡事都心平气和，宽容忍让，也变得乐善好施起来……"也不知道他耳朵里钻出的究竟是什么，大概，不应当是夜叉吧？那条蛇出现得也够奇怪……"孔雪笠说道。

我一时，不知道该怎么回答他。

考城隍

我要告诉你,我讲的这个故事,可是真的。

我没有讲假故事的习惯——假故事有什么好讲的?哦,我想到一个"劝诫",劝人向善,劝人不偷不盗不淫,劝人爱父母爱妻儿,然后根据这个劝诫之词开始弄虚作假,繁衍出一个故事来……天底下这样的故事实在太多了。而那所谓的道理也实在清浅无趣,再由我来讲一个新的,似乎也没太大的意思。所以,我要讲的必须是真实的,我向你发誓。我也不想在其中塞入什么寓意和劝诫,至于你读出来的那些,大约也并不是我的本意——不过我的本意是什么在这里也没那么重要,我一向都这么认为。

我讲的这个故事是真的,因为它发生在我家亲戚的身上,是由我的姐夫宋之解告诉我的。他向我保证,这个故事是真的,因为故事的主人公是他的祖父宋焘,他不可能把一个子虚乌有的故事安插在自己祖父的身上,他说自己可没那样的胆量——我相信他。的确如此。

"我的祖上曾经阔过……"姐夫宋之解递给我一把陈旧的黑紫檀折扇,告诉我说,上面的题诗即是他祖父手迹,而另一面的画,则是王渔洋所绘,画的是山水,元林、渐江一路,"你也知道,王渔洋偶尔会为朋友们题字题诗,画,却是难得一见……"姐夫伸长着脖子,在听我称赞了几句之后才缩回他的身子,"我的祖父,和王渔洋年轻时候过往甚密,只是后来——他不是一个喜欢显摆的人,几乎从来不提他与渔洋山人的交往关系……不过,我要和你讲的这个故事,与王渔洋也确实没什么关系。"

下面,即是我姐夫宋之解讲的,他祖父宋焘的故事。

他的故事从病中开始——我不知道姐夫宋之解忽略掉了什么,或许他觉得忽略掉的故事都无关紧要——宋焘患上了一种奇怪的病,茶不思,饭不想,整日昏昏沉沉地躺在床上,却总有晕眩,仿佛天地突然地翻转,仿佛他马上就会从床上掉下去,掉进一个不可名状的深渊里去,而那深渊一片雪白,闪烁而明亮。病居住在他的身体里,并不噬咬他,并不让他疼痛,却不断地不断地让他晕眩,使他从一个奇怪的梦里跌入另一个奇怪的梦里,有时它们是连续的,有时则完全没有联系,他不得不适应新的梦境中的环境、人物和自己……

这一日,宋焘从一个令人不安的睡梦中醒来,感觉那种晕眩感似乎较往日减轻了许多,只是幢幢的人影变得更为模糊。他看到窗外的阳光、树影,心里竟然有一点点的心酸,也不知道是为什么。他努力地直直身子——他发现,自己的身体已不像以往那样沉重,他已经能够移动,甚至可以坐起来了。床几边有一盏新泡的茶,淡淡的白色气息还在渺渺飘散。他喝了一口,有点奇苦,这种苦是他之前似乎从未尝到过的，但随后又是一种他从未尝过的清香浸润进他的味蕾……他放下茶杯，体味着刚刚的茶味儿，而茶杯中的茶水似乎没有多大的减少，还是那么多，那么清澈。

他听到房门吱呀一声。然后是第二声，第二声更长一些。阳光瞬间罩满了整个屋子，那种轻微的晕眩又重新回到了宋焘的身上。进来的是一名四十余岁的中年人，官差打扮，胡须稀疏，但看得出经历过细心的整理。进到屋里，他先皱了皱鼻子：满屋子的药味儿和一些其他的杂味让他感觉不适。

"宋先生，我这次前来是奉命请您参加考试去的，请您勿要推辞，勿要耽搁，马上和我上路吧。"

宋焘本能地应了一声，探着身子用脚踩上自己的鞋，然后又端起茶杯——"且慢，这位官差，我也是不明白……"

"您不明白什么？"

"我记得今年的府试刚过，不足两个月，而殿试还要等两年……对吧？负责主考的学政老爷还没有来，怎么能突然要考试？您能告诉我，到底是什么原因吗？"

"哎，我也说不清楚，毕竟我只是一般差役，听从上边的命令就是了……我们差役，要司其职尽其责，该知道的必须知道，该听到的必须听到，该做到的必须做到，但不该问的绝不问，不该听的不能听，不能知道的还就真不能知道。我奉命过来请您，我也就只负责请您，至于您提到的为什么，最好是到了考场再问，或许您不问也就明白了也说不定……"

"可是……"

"我说宋焘先生啊,您怎么有那么多可是,我也不能回答您哪,您到了,参加了考试,一切也就都明白啦。先生啊,你收拾收拾就跟我走吧,院子外面,马也给您备好啦……"

"好好好。"宋焘再次端起茶杯,一饮而尽,"那我收拾一下……"

"您也别多带什么东西,一是那边有,二是您也不能把您的物品都带进考场,放在外面也是累赘……"

"是是是。"宋焘拿了拿扳指,然后又放下,拿了拿折扇,然后又放下,拿了拿笔和砚台,将它们放在背搭里,然后又端起水杯,一饮而尽,"官差大人,你略略再等我一下,我可能还要、还要……"

"宋先生,已经够了。那边儿还等着您哪。"

"嗯。"宋焘点点头,他又一次感觉口渴——也许是病得太久的缘故,也许是别的什么原因,反正,他又一次感觉到口渴。他转过身子,意外地发现水杯里的茶水还是满的,淡淡的白色气息还在渺渺飘散。宋焘端起水杯,脑子里一片恍惚,他记不起自己刚刚是否又新冲了茶,又朝着水杯里倒进了水。

宋焘跟着这位官差一起走到门外。阳光真好,比以往显得稠密很多,它明亮得都有些不真实,甚至能够直接穿过树叶和墙壁的阴影。宋焘看到自己的妻子正在穿越门廊,邻居家的小孩则径直跑着朝他撞过来,仿佛没有看到他的出现——宋焘避开疯跑的孩子，而自己的妻子已经转过回廊走到后院去了。

马在门外拴着，宋焘从没见过这样高、有着这样一身漂亮的长毛的马，它的额上生有一簇更长的白毛，滑顺，柔软，让久病在床的宋焘更是心生欢喜。他伸了伸腰——虽然，那种僵硬疲乏还在，但较之之前的那些日子要好太多了。宋焘心想，自己真应该感谢官府安排下的这场考试，使自己的情绪和身体都变得好起来了。

骑在马上，宋焘感觉自己的活力正一点点地恢复，而那些一点点他是能够感受得到的，只是，晕眩还在，当然这种晕眩与以往的那种晕眩略有不同……怎么说呢？以往的晕眩是发生在他的大脑内部，他会倾斜，旋转——事实上那种倾斜和旋转并没有发生，他躺在平坦的床上，周围的任何一个人都不会与他同时感受到倾斜与旋转；而此时的晕眩则是，他骑在马上，马在颠簸，而他感觉不到马的速度有多快，它的一步跨出了多远。周围的风景纷纷后退，从它们后退的速度来看这匹马应当是在以最快的速度疾驰，然而从马的动作和它的长毛的飘动来看，应当是悠闲散步的样子，而且身侧的那个官差也同样悠闲，并不需要紧紧地追赶。宋焘想自己或许是病得太久了，以至于错觉连连，完全分不清哪是真实的、哪是幻觉的……他想，"我也许不必关心这些，到了考场，也许真的会像这位差爷说的那样一切就都明白了。再说，我也没什么损失，身体都已恢复正常，病也好了大半儿。有些事儿，不明白就不明白吧，自己这大半生，不明白的事儿还少吗？"宋焘漫无目的地想着，直到一根树枝划到他的脸——他一惊，伸出手去摸摸自己的脸，庆幸的是并没有划破也没有划出痕迹来。一惊过后，宋焘意识到马奔跑的方向并不是他所熟悉的方向，它不是奔向淄川也不是奔向济南，而是一条全然陌生的大道，路边的树木高大茂密却几乎看不出是什么树，层层叠叠，几乎遥无尽头；而空中的云也是别样的白，每片云拖曳着一条蓝色的尾巴，一动不动，这匹马的奔跑也不能拉近和它的距离。"这是去哪儿……"宋焘嘟囔了半句，他知道他从官差的嘴里根本得不到答案，索性就不再问他。也不知道过了多长时间，他们来到了一座城的外面，城墙高大庄严，飘动的旗帜在辉映中闪着金光——"我们是到了都城？"宋焘自言自语，他知道那位跑得面色红润的官差是不会回答他的。

他看到了车水与马龙，人来与人往。或许是因为仍有晕眩的缘故，他没有记下任何一张脸。

"宋先生，宋先生。"刚才接他进门的另一个官差凑到他的身侧，"喏，您的位置在那儿。宋先生啊，您可真是有福之人啊，日后飞黄腾达了可别忘了我们几个，我们，可是细心地照应着您哪。"宋焘用力地点点头，然后朝他指点的位置坐下来——坐下来，他才稳住心神，可以细细地观察周围的环境了。

大殿恢宏，壮丽，似乎还有祥云围绕——宋焘想这又是自己的错觉，即使这座高耸的大殿矗立在山上，也不会有发亮的云朵从脚下升起，伸过手去就能抓住——宋耒心里生出一点小小的顽皮，他真的想去抓一把白云。这当然不可，他觉得大殿里的那些面容严肃的官员、进进出出送水送纸送看不清什么东西的小僮和立在一边的官差很可能因此心生鄙夷，觉得他没经过世面也不够稳重，那，这场考试还未开考自己已经输了大半。在他左侧，已经坐下了一个秀才模样的人，较之自己要年轻一些，面目倒是清秀，然而却显得有些柔弱、苍白。他朝着自己点点头，然后指指飘到桌角处的白云——秀才的这个动作，立刻让宋耒生出了几分亲近，宋耒朝他笑了笑算是回答。

只有两张桌，两个坐墩。笔墨纸砚是早已准备好的，宋耒想起自己的背搭和里面的那些器物，似乎比面前的这些要精致些。"考试开始……"有官差从大殿里面喊，宋耒恍惚中发现，自己的面前已经多出了有考题的试卷，试卷的上面写着八个字："一人二人，有心无心。"

——只有我们两个人考？

——宋先生，您需要更多的人一起参加吗？我建议您还是专心答题吧，笔墨已经为您准备好啦，我们也会精心地伺候您，只要您的要求与答题并不相关。

——好好好，我马上答。

虽然宋耒之前并未做过类似的题目，但他依然感觉轻松。他想起自己的阅读、经历和经验，想起自己在病中的时日和病中的怀想，想起自己在乡试、府试时与诗友们的相聚和争辩，想起……宋耒觉得，自己的笔下一下子就涌出千言万言，它们相互推拥着，相互铺垫着，相互勾连着，相互补衬和相互争斗着；宋焘觉得，他把自己的理想、梦想和种种的感悟都写在了这篇文字中，有时甚至忽略了文法的严谨，但积在胸中的那些块垒则被一一推开。

他从未如此迅捷，从未如此愉悦，从未如此感觉意气风发，仿佛那些可怕可恶的疾病从未缠绕过他的身体，仿佛他年轻了十岁，身体里充满着这样那样的冲劲和活力……答完试卷，宋焘利用空暇的时间观察着大殿上的人——中间坐着的，慈眉善目，年纪看上去不大，脸上仿佛涂有一层金粉，宋焘将它再次当作是自己的错觉，毕竟大殿里一直金光闪烁，也许是光影的缘故也说不定。右侧第一位，肤色黝黑，额上仿佛有一个月牙般的白色印迹，因为距离较远看不太清；第二位，留着长长的花白胡子，笑呵呵的一副和蔼面孔，他正在精心地阅读宋焘递上去的试卷；第五位，则正在阅读旁边那位书生的试卷，不住地点头——或许是视力不佳的缘故，他的脸和纸张凑得很近。左侧，第二位，是一个身高很高的大个儿，留有长长的黑色胡须，面色黑红，略有上吊的丹凤眼微微闭着……关、关公？！宋焘吃了一惊，仔细再看，那一位的确与戏台上的关羽有几分相像，而且越看越像……"我，我这怎么啦？难道，是我在病中梦见了这场考试？我为什么要梦见考试而不是别的什么？是不是我的功名心还在作祟，即使在病着的时候也不能完全放下？这，又是一出怎样的戏呢？"宋焘情急中忽然想起有人说过，验证一件事是不是真实发生只要狠狠地掐一下自己的大腿就可以明白，如果有痛感，说明它是真的；如果没有痛感，则说明就是在梦中。

宋焘，悄悄地把手指伸向自己的大腿——

"宋先生，里面传下话来，请您上殿哪。您的文章……"刚才和他搭讪的官差悄悄地朝他竖起拇指，"里面的爷，都在传您的文章呢，说是选对人啦。恭喜您哪！"

宋焘来到殿上，和他一起的那位秀才也跟在后面一起跪倒在殿上。"宋焘啊，好文章，好文章——当然张勒学的文章也好，只是和宋焘的'有心为善，虽善不赏；无心为恶，虽恶不罚'相比，还是略略逊色了一点……"中间那个脸色金黄、似是帝王的人冲着他们说道。他看了一眼周围，端起面前的水杯然后放下："宋焘，此次招你考试，是因为河南商丘某处缺一位城隍，为了保险和有效，我们找来你与这位张秀才一起……而你去，我们认为是最合适的。"

——城隍？宋焘咀嚼着这个词，感觉自己的胸口受到了重重的一击，突然意识到它究竟意味了什么，而一路行来的那些错觉和晕眩也就有了来由。哦，我已经死了。来此参加考试的是我的灵魂。我见到的金脸帝王不是戏剧里的，我见到的关帝爷也不是在演戏……宋焘一阵心酸，他想起自己的一生，想起自己未竟的那些事儿。他哭泣起来。

"诸位大人，仙人……我，一个小小的书生，能够得到这样的信任这样的重任，自然不敢有什么推辞……只是，只是，我的母亲……她已经，近七十岁了，身体状况并不是很好，在我病着的时候她总拖着自己的病躯来探望我，您知道她的腿……"宋焘脸上的泪水变得更多了，"如果我这样离开……别的事儿，倒是可以放下，可是我的母亲……我能不能，能不能……我知道，这个要求是有些过分，可是，我很怕我即使做了城隍也不能安心……"

宋焘听到一阵窃窃私语，尽管他的大半心思都在自己的哭泣中。"这样，你……这样，你查一查，宋母还有多长时间的阳寿？"

"九年。"

又是一阵窃窃私语，但在宋焘听来那足够喧哗。

"不如这样。"那个很像戏台上关公关帝爷的长胡须的高个子男人说道，"我们一共考了两位，而那位张秀才答得也不错，如果不是宋焘那句'有心为善，虽善不赏；无心为恶，虽恶不罚'，我想我也许更倾向张勒学一些。不如这样，我们先请张勒学代理，等宋焘送走了母亲再来接任……"

"也是个办法。"金黄脸色的人点点头，然后转向宋焘，"无论做人做官，仁孝之心当然是不能丢的，我们无法信任一个缺乏仁孝、无情无义的人，而你的这点儿，也是我们所看重的。本来，你应当立即上任才是，要知道在这个大殿里没有讨价还价的余地，我们的规定一向细密严格……但，我们可以给你开一个下不为例的口子。这样，就按关羽的建议，你先回去，等你母亲过世之后再把你召回来。"

"感谢感谢，万分……"宋焘激动得嘴唇都在抖动。他的内心百感交集。

> [时间：考试之后，傍晚。地点：芸溪街，一家叫"苍芜"的小酒馆，二楼。人物：宋焘，张勒学。几碟小菜，几杯烧酒。

"今日得遇宋先生，竟有种特别的亲切感，就是在考试的时候也没有觉得你是对手……当然，这可能和只有我们两个是新来的，同时又同是读书人有关。"张秀才的眼睛里有一种迫切，正是这种迫切也让宋焘产生着亲近。一杯，两杯。两杯过后，两个人越聊越近，相谈甚欢，不知不觉谈及自己的试卷内容。

张勒学：宋兄，你说"有心为善，虽善不赏；无心为恶，虽恶不罚"，我理解你的意思，你是想避免让人们把做善事、行善举看成是表演，避免人们为了获得某些好处才做善事。它当然有道理，太有道理了——因为我们多年来都看惯了那种表演善事的行为，他们有时的确让人作呕。可是"有心为善，虽善不赏"，我觉得似乎也有失公允。它很可能会破坏掉人们做善事、行善举的愿望，如果那样的话……

宋　焘：张兄，你也讨厌做善事、行善举的表演性，他们四处标榜自己的所谓善举，无非是想讨一个赏赐，现世的也好后世的也好……如果我们不管他们的用心而见善举就赏，势必会导致民众的普遍虚伪，他们本没那种美德却要宣说自己有那种美德，本没有那份善意却反复表现有那份善意，久而久之，我们的民众就会失去本心本性，而成为道貌岸然、虚伪无比的伪君子。只有断绝他们的这份用心，不让他们想着善行而为善行，我们的生活才会变得真实质朴，有仁有义。

张勒学：我倒不那么觉得。宋兄，你想想，我们为具有良好德行的人树碑立传，在阳间阴间都建立一个分明、严格的赏罚制度，反复劝导读圣人书、学圣人行，知书明理，这不正是有心吗？不正是劝诫吗？不正是让他们能够努力为善、克制作恶吗？所以，我觉得有心为善还是无心为善，都不能作为我们赏罚的主要条件。

宋　焘：读圣人书、学圣人行，在我看来是对人本心本性的唤醒，它与有心和刻意不是同一……迷失本心本性的善，不只是表演性一种危害，也不只是他们希望获得赏赐的欲念过强的危害，更重要的是它会导致有些人掩盖自己的失误和恶，他们会让自己所作的恶也涂上善的油脂，让你一时分辨不清……而在这个过程中，可能有的人会为此丧命，甚至是许多人。我愿意给你举一个我们淄博的例证——

张勒学：宋兄，我明白，我当然明白。只是，我们该如何判断一个人的善行善举是有心为之还是出于本性本能？如果我们的判断是错的呢？是不是会导致一种示范——他们看不到善行得到表彰和赏赐，慢慢地就丧失了善的兴趣而转向恶或者麻木呢？

宋　焘：毫无疑问，我们需要判断能力也需要判断方法，否则，张兄，我们要知府知州，要判官城隍和仵作做什么？他们就要做这样的判断，当然这个判断必须慎之又慎。是的，它不能保证所有的判断都是正确的，但我们不能因为不能保证所有就放弃这一判断和判断的可能。就像我们考试，任何一篇文章都不太可能获得所有考官和天下学子的一致好评，但评和判还必须存在，勉力为之也要分出个一二三。对不对？

张勒学：判断文字，是因为文字已经呈现在那里；而判断一个人做事有心无心，则可能完全没有条理，没有踪迹，除了那些极少让人一眼能够看穿的事件。它很容易会因为个人的好恶、做事的人面容的美丑而妄下断言……相由心生，以貌取人也不完全没有道理，但绝非完全准确，不然文曲星君、钟馗、天王都可能因为相貌问题而被……

宋　焘：我们当然不能根据相貌判断，即使它有一定的道理。

张勒学：好的，即使我们可以有判断的方法，只奖励那些不刻意求善的善，只惩罚那些故意为恶的恶，久而久之，我依然觉得它很可能会导致我们的民众失去敬畏心，他们会变得浑浑噩噩……宋兄，我还是小孩子的时候，奶奶病着，而我需要从厨房里将刚煎好的药给她送过去。路上，我洒了些药，当然这是无心，我没有想把它洒出去的意愿；路上，我在上台阶的时候摔倒了，药碗摔碎，我依然是无心，绝没半点儿的故意。母亲还是因为我的无心之失责罚了我，而正是这个责罚让我明白做任何事都必须小心谨慎不可大意。宋兄，如果一个人无心的过错不被施以惩罚，那太多的人就会变成无心人，他们就会变得粗枝大叶……

宋　焘：张兄说得有道理，极有道理。我的确未从这个方面去考虑——但我也要向你申明，我的出发点和立足点和你说的不同。我说的"有心为善，虽善不赏；无心为恶，虽恶不罚"，本质上是想制止人们的机巧之心，不使人因标榜自己的善行而假装，不使人在假装中获得好处而让世人纷纷效仿。张兄，你也看到，太多的人都称自己善良质朴本分，在外面也尽量做到他所宣称的样子，可一转身，一旦进入内部，他就完全不是那样子了。我觉得这样的伪善是不能得到赏赐，我们其实给予了伪善太多机会，以至于真的善良善心被掩盖了起来。

张勒学：我在想，我们为什么要那样追问动机呢？我们能不能换个思路？

宋　焘：兄弟，如果我们不根据个人的出发点来判断，而只根据结果来判断，那样很可能一个一生善良、做了不少好事的人因为一个偶然的、无心的过错而受到重重的惩罚，没有一点儿改错的机会。你觉得那样合理吗？

张勒学：……

　　两个人一言一语地争辩着，这个过程如果都写出来——

据我姐夫说，他的祖父宋焘的确将两个人的争辩细致地写下来过，然而那个手稿在后来的战乱中不慎遗失，我姐夫宋之解只记住了一小部分，很小的一段。"我的祖父很在意他的这个手稿，甚至想过刊印——后来出于种种的犹豫而放下了，结果这一放下……也许是天意吧，我父亲也觉得手稿的遗失应是天意的部分——那些匪贼，竟然没有抢掠我们太多的东西，容易带的歙砚、折扇和一些玉器都没动，结果唯独丢了这件手稿……"

两个人一言一语地争辩着，整个过程令人愉悦，宋焘感觉自己与张勒学的关系又近了一步，宋焘感觉这场争辩真是一种享受，一种强烈的棋逢对手感。酒，当然也没少喝。这时，宋焘听到门外的马嘶，他知道，自己应该离开了。

"我说宋先生哪，您可实在别耽搁了，若不然您回不去也就浪费了大人们的好心。你们哥俩还有重聚的时候，这里的一天可比世间不同，您可别记错喽。上一次有位老秀才可就误了事儿，唉别说他啦……"

宋焘从那个奇怪的却又清晰无比的梦中醒来，发现自己处在一片黑暗里，这黑暗让他恐惧、窒息——我这是在哪儿？

尽管我承诺我讲的这个故事是真的，我没有讲假故事的习惯，但那些熟悉《聊斋》故事的人应当会猜到，宋焘是处在哪里——你们猜得没错儿。他是在棺材里面，已经整整三天……"是我，是我啊。"宋焘在里面喊，外面正在吹吹打打，哭声一片，没有人注意到他的呼喊。

宋焘用力地踢打，用力地敲打——这时，终于有人发现了异样，他们停止了吹吹打打，也停住了哭泣，有声音传递了进来："你是……？你是谁？""是我，宋焘。我活过来了。""是是是，似乎是宋老爷的声音……真的是你吗？""是我，真是我。""你，真的还是你吗？你怎么证明？"

略过那个对话的过程，外面的人终于确认棺材里面确实是宋焘，宋焘的确又活了过来，而活过来的宋焘也依然是宋焘而不是被什么附了体，人们这才将棺材的盖子打开——我也不准备更多地描述宋焘再和家人们重聚的那一刻，聪明的读者完全可以自己想象，它将会多么多么地动人，多么多么地具有戏剧性。

刚刚从棺材里出来的宋焘身子有些僵硬，他甚至又一次感觉有些晕眩——医生来了，邻居们、亲戚们和那些好事之徒当然更是络绎不绝，宋家为此可是繁忙了好一阵子，以至于终于恢复宁静之后仆人们还有些不太适应：他们已经习惯了自己的工作被不同的人观看，被不同的人打断。最最高兴的当然是宋焘的母亲："我的儿啊，你可是把我给吓死了啊。我以为再也见不到你啦！"

"怎么会，娘。我也是牵挂你啊。"

宋焘并没有把自己的所有"遇见"都告诉自己的母亲和家人们，但他讲了自己是如何跟着一匹高大的、额上长有一缕白色长毛的马进入那座大城，遇见了金色面孔的人、白色面孔的人和红色面孔的人，其中他最能认得清的便是关帝爷，他和戏台上的模样几乎一模一样；他怎样参加了考试，考的是什么，而他又是如何回答的，考官们对他的回答基本满意，而最满意的又是什么……他们本来准备派他去河南某处做城隍的，说要"吏竭其力，神佑以灵，各供其职，无愧斯民"，然而宋焘牵挂自己的母亲，毕竟她年老多病，腿脚也不利索，即使妻子儿子都很孝顺他也还放心不下，故向上求情，然后竟然得到了应允，于是他又回到了这个人世间。宋焘没有说自己和张秀才张勒学的饮酒和争辩，他觉得家人们未必对此感兴趣；他也没有说考官们查到的母亲的寿限和留给他的时间，那是他的秘密不应轻易地说破。

三天之后，宋焘备下礼物和祭祀的用品，按照记忆中张秀才给定的地址前往吊唁。地址是明确的，只是略远了些，宋焘走了四日才走到长山，这时已是深秋，路边的层层落叶别有一番萧瑟感。到达张勒学说到的村镇，宋焘叫仆从询问，仆人回来告诉他说，的确有一个张秀才在前几日去世，现在已经入葬，葬在他们家在村西的祖坟那里；他的家住在……"不，我们不去家中了。我们直接到张先生坟上吧。"

在张勒学的坟前，宋焘按照礼仪摆放好礼物和用品，燃烧了纸钱，然后对着坟中的张勒学说出这几天来他的思考：你的提醒更有道理，这些天，我一直在想，一直在反复地想，我也觉得仅仅"有心为善，虽善不赏；无心为恶，虽恶不罚"是不够的，我们当然更需要律法规则的规约和保障，它可以是一种有效补充；不过我也依然认为，我们必须有方法和条件制约有心之善，避免大家都成为伪君子，避免伪君子的"伪"反复地获得奖赏而成为示范性的行为……

突然，一阵细细的风吹过来。它将纸钱的灰烬卷起，几乎是直直地吹上了高处。宋焘看见，一条细细的、赤色的蛇，绕过祭品，钻到墓碑后面的草丛里去了。

后记：某日，一位朋友向我谈及有无兴趣重新"翻译"一下《聊斋》，让它变成具有李浩风格的"故事新编"？他极力怂恿，我的兴趣真的被他调动起来了。西方一直有一个"改写"旧有故事重新注入新质的书写习惯，他们在部分地保持旧故事的完整性的基础上不断添加或篡改，让它变得更具现代性，变成作家有个性、有发现的言说——像不断被改写的《变形记》，像萨特戏剧《苍蝇》对古希腊神话的改写，像尤瑟纳尔对哈德良故事的改写，像乔伊斯对尤利西斯故事的改写，等等。在我看来这种重新注入当然具有挑战性，它一定会偏向原文本"未能充分提供"的那部分，它一定要有现代思考的某种有意的向度……于是，我决定一试。在这两篇"《聊斋》新编"的故事中，我克制了自己"伤筋动骨"的恶劣愿望，尽量保持了旧有故事的完整，而注入的部分则是现代性的，"我思"的部分。如果继续，我想我可能会纵容自己，会让"《聊斋》新编"在外在上就面目全非……但那是后面的事了。在完成这两篇小文之后，我承认自己的内心充满着忐忑和兴奋，我不知道这样的方式能不能被接受，我是否还可以更大胆些更野兽些？……特别特别期待您的批评。

虚构：李一的三次往生

既然是虚构的故事，我也就不安排它具体发生的时间了，你可以按照你的想象在历史的长河之中随意放置。但有一点儿小小的限制：它发生于战乱频频的年代。但考虑到在历史这条充满着曲折、泥沙和急流的长河中，"战乱频频的年代"实在数不胜数，多如恒河里的沙，这样的限制也就算不得什么了。

在某个战乱频频的年代，某个下午，一个名叫李一的男人刚在邻居的院子里磨完豆腐，端着热腾腾的豆腐回家：两家的距离不过二三十米，可就在这二三十米的路程中，李一被迎面而来的士兵杀死了，杀死他的那个士兵名叫王二。

令李一极为恼火的是自己为什么会被杀死，他本来已经躲在了一边，避开了这群看上去无精打采的士兵，前面经过的士兵连看他一眼的兴趣都没有，可当王二走到他面前的时候毫无征兆地将长矛刺向了他的肺。令李一极为恼火的还有，当他在地上挣扎的时候，当他依然可以呼喊出声来的时候，这支稀稀疏疏的队伍径直走了过去，连看他一眼的兴趣都没有，连看扣在地上、还冒着热气和豆香的豆腐的兴趣也没有。他们越来越小，越来越暗，越来越模糊。

李一死在了路边，被灰尘所覆盖，豆腐上的热气也慢慢散尽。李一的灵魂从李一的身体里挣扎出来，脸上、身上也挂满了灰。他去动了动李一，然后又去动了动豆腐——要知道自己会被杀死，刚才先吃上一口就好了。可那个士兵，他为什么要杀了自己呢？有什么理由吗？他如果是想抢豆腐，也情有可原，但他没有抢啊！

李一的灵魂越想越气，那股气在他的胸口里左冲右突，几乎要再穿一个孔才能泄得尽。不行，不能这么算了！李一的灵魂决定要追赶那支队伍，要追赶那个士兵。要知道，李一在活着的时候就是一根筋的人，而他的灵魂也是。

追上那支队伍对于李一的灵魂来说并不算艰难，虽然他也由此不能再穿上鞋子，赤脚走在路上多少有些难受。真正艰难的是他必须躲避开阳光的照射，失去了躯体的保护，那些漫天盖地的阳光就像一片片灼热的、燃烧着的铁，碰上一点儿就火辣辣的，而且一两个时辰都不见减轻。晚上的时候就舒服多了，可这时又有了另一重的艰难：他得躲避那些腰里垂着长绳索的人——他们是地府来收走灵魂的差役，看得出没有一个灵魂愿意跟着他们前去，他们不得不使用一些非常的手段。差役们很多。即使如此，他们也一个个显得辛苦而焦躁，一旦某个灵魂跑出了他所认可的距离，他也就不再去追——那条长绳索上已经捆满了密密麻麻的灵魂，少一个两个也算不得什么。

白天，李一的灵魂尽可能地躲开阳光，从树丛中穿过去，偶尔地会在某个阴凉处打个盹儿——警觉一定要有，腰里垂着长绳索的人似乎并不像灵魂们那么惧怕阳光，但炎热也会让他们慵懒。晚上，李一的灵魂就像一只狐狸或者小老鼠，既要尽量快地追赶那支队伍，又要小心翼翼，因为在晚上出现的地府差役实在太多，他们腰间的绳索伸缩自如，防不胜防。

作为灵魂，李一无法靠近那些活人，他对任何一个人都构不成伤害。追上那支队伍，他也只能远远地瞪着那个叫王二的人，怨恨的毒刺一根也甩不出去，他的诅咒也起不到任何效果。这种跟随，唯一的结果是，李一的灵魂知道了，杀死自己的那个人叫王二，原本是一个孤儿。

尽管无法靠近，也无法伤害到这个仇人，但李一不肯放弃。要知道，李一在活着的时候就是一根筋的人，而他的灵魂也是。他一定要跟着，不肯放弃。

五天之后发生了一场小小的战斗，王二的队伍被打得七零八落，不过王二却在战斗中毫发无损，相反，他还捡到了一条长丝巾、一块玉佩和一个里面还有酒的酒壶。这一结果实在让李一的灵魂感到生气，他竟然感觉到有丝丝的牙痛从他的嘴角传来，然后布满了全身。

九天后，王二被编入另一支部队，这两支部队在前儿天还是不共戴天的敌人，但现在他们并在了一起，成了没有间隔的兄弟。为了讨好或者别的什么，王二将他新得的玉佩献给了一个高个子的人，那个人在看到玉佩之后立即把王二紧紧地搂在了怀里。第十一个晚上，王二他们这支新部队遭到偷袭，守卫的懈怠让他们毫无防备，很快军营的一侧就聚满了不知所措的灵魂们，围拢过来的地府差役很快就将他们绑在了一起，然后拉走……然而不幸的是，王二又一次躲过了一劫，那个高个子竟然拉着还没有完全醒来的他蹿进了黑暗。

长话短说吧，李一的灵魂一直跟着王二，在战乱频频的年代里诸多的生命就像朝露一样、就像阳光下的蘑菇一样，然而王二却一直不死。要不是李一的灵魂实在固执，也早就放弃了。他跟了足足半年。这半年的时光，已经把一个固执的灵魂折磨得不成样子，身上满是被阳光晒出的、散发着溃烂气息的斑，而脚趾也被磨破了多处，有的地方都磨得薄了很多。灵魂也是经不起磨损的。

半年后，王二终于死掉，把他拽进死亡的不是刀剑而是疟疾，他死在一片难闻的腐臭中。王二的灵魂刚刚从躯壳里钻出，李一的灵魂就从一旁蹿过去将他狠狠地按在地上，而新死的王二的灵魂一脸茫然。

略过扭打的一路，两个灵魂，李一的灵魂和王二的灵魂来到了地府。一个差役看到他们：干什么？知道这是什么地方不知道？你们，怎么自己来了？

李一的灵魂仿佛抓住了稻草，他松开手，泪流满面地奔到这个差役的面前，试图一五一十地说出自己的遭遇。不过刚刚开个头便被不耐烦的差役打断了：去去去，我不想听，我也管不着,你就说你是怎么来的吧!胆子不小啊!竟然还知道躲!

被捆绑好,两个灵魂一前一后跟在差役的后面,前往酆都城。前面是黑压压的队伍,一眼望不到头,所以他们走得很慢。"我根本记不起你说的事。"王二斜着眼瞧了一下李一,"再说,打仗总是要死人的,你看看前面。""可你无缘无故!再说,也不抢我的豆腐……""我不抢你豆腐也错啦?打仗嘛,死那么多人,也不能一定每个人都死得有缘有故。""你这样杀了我就不行!我的气出不来!等会儿到了阎罗殿上……"

——吵吵什么!闭嘴!差役回过头来呵斥,老子已经够烦的啦,别再惹我!否则有你们好看!

战争打下来,死掉的人实在是太多了,而需要登记的灵魂又多……也不怪差役们烦,这个黑压压的队伍几乎完全不动。据说前面的灵魂已经等候了两天啦,他们的眼里已经积满了各种的不满,如果这不是条完全陌生的路,骚乱怕是早就起来啦。即使如此,等待的灵魂们也用各种方式散布着不满,他们跺脚,朝头上的乌云吐痰,或者故意发出一些这样那样的怪声……制止他们少不了周围巡逻的差役,他们阴沉着脸,突然地出现在某个骚动起来的灵魂面前,抽出鞭子。于是一阵号叫,灵魂们号叫起来比活着的时候更惨烈,更让人毛骨悚然。地府的鞭子倒是有效,但过不多久,又会有某些灵魂变得不安、烦躁,于是差役们又一次出手……经过了三个日夜的煎熬,终于要轮到李一和王二的灵魂了,可这时背后一阵喧杂和骚乱,只见一支身上还冒着烟幕的队伍横冲直撞地奔了过来,尽管已是灵魂,可他们身上的那股怪味儿还是让周围的灵魂纷纷躲避,给他们闪出了一条路来。他们插到了队伍的最前面,喧哗着,吵闹着,毫无规则感,可就连最严厉的黑差役也都躲到了一边,没有谁肯出来制止。"为什么他们能……"李一的灵魂向捆绑着他的差役询问,这也是王二的灵魂感兴趣的。"你看不出来,他们是一队军人吗?很可能,他们是整队被烧死的!""是军人又怎么了?"李一的灵魂表示不解,王二的灵魂则直了直身子:"我也是军人!我也要跟他们一起过去!"

"少给我废话!"这个差役满脸恼怒,他恶狠狠地打了李一一记耳光,然后又同样地把耳光甩到了王二的脸上,"再说话,看我不拿红皮鞭抽你们!"

"我……"李一的灵魂本来还想争辩,但考虑到这里毕竟是地府的地界,而且自己还要向阎罗王申诉,为了这点儿事得罪差役实在不值,于是,他把要说的生生给咽了回去。

一次登记。两次登记。三次登记。在李一的灵魂的计算之中,三次登记过后,十几天的时间已经过去了,可他还没有走进阎罗殿向阎王提出申诉的任何机会。他和王二的灵魂,一起被安排在一个简陋无比的帐篷里,而这样的帐篷数目众多一眼望不到头。很快,王二的灵魂就和周围的几个灵魂熟悉起来,他给他们讲自己的故事,吹嘘自己有多大的能量、有多大的胆量,作战是如何如何的英勇,如何一次次地化险为夷……李一的灵魂也不去拆穿，他只要盯着就是了，他必须在申诉的过程中把王二的灵魂紧紧抓住。

他们领到了编号，据说这是投胎时要用的。"难道，我们不用去阎罗殿吗？"李一的灵魂很是疑惑，"阎王和判官，不是根据我们在阳间的所作所为来决定我们的赏罚和来世吗？"

"你是不是还问，是不是有的灵魂要上刀山、下油锅？是不是有的还要锯成两半？"负责分号的差役笑呵呵地望着李一的灵魂，他的笑容让李一的灵魂感觉发毛。

"是……难道不是吗？"

"你是不是还知道，在判官的手里有一本记录簿，记录着你在阳间的所作所为，好的坏的大的小的一件也不差？"

"是。难道不是吗？"

差役咯咯咯咯地笑起来，"不是，当然不是啦。那些，都是你们在阳间想出来自己哄骗自己的，地府怎么会按你们的想法设置？太想当然啦！真是夏虫不可语冰。"他告诉李一的灵魂，在地府里，根本不会理会你在人间发生的事儿，根本不会理会你的所作所为——要是登记你在人间的全部所做，一亿个判官也不够用，而每个死掉的人都要阎罗殿上申诉一番，阎王爷就是累不死也得烦死。所以一般而言，阎王爷是不会见任何一个灵魂的，就是在地府里的差役，如不是极为特殊的情况也不会见到阎王。"我在地府当差三百多年了，就一次也没有见到过。还不用说阎王，就是高我三级的官儿，我也只见过两次。再说，还有当差五百年都没见过一次的呢！"

"那我在阳间的所做一点儿用都没有？你可以打听，我可是一个规规矩矩的好人，没做过一件昧良心的坏事！"李一的灵魂感觉异常颓丧，"那些可以不算，可我被无缘无故地杀死总不能这样了了吧？我完全不知道是什么理由。你说说，杀我的人竟然也不知道他有什么理由！他竟然也不是为了抢我的豆腐！我实在太冤啦！"

"到了地府就是一笔勾销。一笔勾销，你懂吧？叫你登记的那几项内容才是有用的，其他的，没有谁会在意。你也别总记着它啦，等轮到你，喝过孟婆的巴豆汤——我听说你们阳间叫它什么忘魂汤——投胎去吧。"

"不。我总要找个能讲理的地方说说。我不能就这样算了。"——要知道，李一在活着的时候就是一根筋的人，而他的灵魂也是。

"阳间，阴间，各司其职。"那个差役收拢了笑容，"你那些破事，自己觉得多大，可在阴间连个芝麻粒儿都算不上！你看看，新死的人有多少！你觉得哪一个是非死不可，必须放进地狱里的？地府的行事与人间的行事不一样，你觉得你可以为阎王做主，替他定规则？我劝你，最好懂一点事儿。"

拥有一根筋、只有一根筋的李一的灵魂绝不想放弃，他不甘心——但确如那位地府的差役所说的那样，没有谁愿意听他的故事，没有一个地府的机构愿意接受他的所谓申诉，他一次次被挡在外面。尽管时间过得漫长，地府的办事效率之差也难以恭维，但还是轮到他和王二的灵魂一同按编号投胎了。"怎么样？你是不是还要缠着我？"在地府待久了，王二的灵魂已经有些嚣张，拉肚子拉掉的力气也慢慢补充了回来。"不能就这样算了。"李一的灵魂眼泪汪汪，他的肚子里满是怒气，一点儿也没有减少。"好吧，你以为我怕你？"王二的灵魂斜着眼，"现在，我可要投胎去了。按现在地府的方案，我们应当会住得很近，你还能找得到我。当然到时候你还能不能记得那件事就不一定啦。"

"我不会忘记的，我不能让自己忘了。"李一的灵魂恶狠狠地说。要是地府的某个机构接受了他的申诉，要是某个地府的官员仔细听了他的故事，他也许就没有这么大的怨气，可现在，不行。

"好吧，你可得跟紧了。不过到了那边，很可能我还会杀你一次。"王二的灵魂用一种嬉皮笑脸的神态朝着李一的灵魂挥挥手。

……需要继续长话短说。经过三天三夜，他们终于走到了一座桥的桥边，在桥头的一侧，面容丑陋的孟婆在熬着一锅冒着难闻气味的汤，周边的差役和两个小伙计在一旁指挥：喝，喝掉！都要喝，一个也不能少！挤什么挤，都给我排好，说你呢，你要是再挤，我就捏住你鼻子给你灌两碗！让你到了阳间也还是一脑子混沌！自己来，自己拿碗！快点，别磨磨蹭蹭的，你没看后面多少人等着呢，快！

有的灵魂，还是挨上了鞭子。不过喝过了那碗黏稠的汤，他身上的疼痛就能完全消失，同时消失的还有他的记忆。所有队伍中的灵魂都一一取到了碗，然后自己挤到大锅的前面——李一的灵魂当然也是如此，不过他并没有真的从锅里舀上汤来，而是做了一副已经喝到的样子——那些差役，负责向锅里加水加豆子的小伙计们，烧火的孟婆，都没有注意到……他们吃喝着，小嘴不停但却心不在焉。

战乱年代，等候的人，排着漫长的队伍。熬汤的人当然看着心烦。

李一的灵魂投胎在一个种田农户的家里，为了叙述的方便我们依然叫他"李一"，而投胎在屠户家的王二的灵魂也依然叫"王二"。

他们俩的出生，相差不到三个时辰。李一的母亲说，李一刚出生那会儿一直哭泣不止，怎么哄也哄不住，哭得一家人都悲悲凄凄，不知道该如何相互安慰。最后，邻居周三婶婶端来一块热腾腾的豆腐，闻到了豆腐的味儿，李一才算是勉强止住了哭声。"长大了，你就学磨豆腐吧。"

七岁的时候，李一还真学起了磨豆腐，他一学就会，做得比教他的周三婶婶还要好吃。王二的母亲可没少来要豆腐，她往往丢下几句夸奖的话了事，很少给钱，李一的母亲不愿意为此伤了和气。

李一觉得，父亲母亲其实是怕。没办法，这家人，周围的邻居都有些怕，谁也不想招惹到他们——战乱还在继续，匪祸连连，小民们都尽可能蜷着身子，尽可能地避免节外生枝。

没有一天,李一不想着"上辈子"的事儿,他在"上辈子"从来没有过牙痛的病,可这时有了,他的牙还很小的时候就有了,毫无疑问这都是因为王二而起。这个没有喝过孟婆汤的李一,似乎是完全地按部就班地成长着,学说话、学走路、学耕地、学磨豆腐,但前世的记忆一点儿也没淡去。每天夜里,李一躺到炕上,他总是回想起"上辈子"、在地府里的事,于是他总是在炕上辗转反侧,为此他母亲还曾向道士求过三张符,一张贴在门上,一张压在炕席之下,最后一张烧成灰烬,让李一一口一口地喝下去。李一很是配合,他只看了两眼沉在碗底的灰烬,晃一晃,就大口地将所有的水和灰烬一起喝进了肚子。但它起不到什么作用。李一还是睡不好,一到晚上,他就感觉自己的心口处有一条蛇会悄悄地盘过来,吐着有毒的芯子……

每天晚上,李一就会在胸口的那条毒蛇的配合之下,将王二杀死一次,两次,最多三次。但第二天早晨王二还会好好地活过来,皮肤黝黑,闪着健壮而蛮横的光芒。李一试探过,先后试探过几次:他面前的这个王二已经记不得"上辈子"的事儿,他将李一按在地上猛揍不过是觉得自己受到了冒犯,或者是刚刚被父亲打过,他需要找个软柿子出气。

事实上,如果李一把他在睡觉前所设想的手段真正用在王二身上的话,他是有机会杀死王二的,但,这个一根筋的人却一直下不去手。在河里捕鱼,王二的头扎在水里,李一搬起石头但想了想又丢在一边，把头探出来换气的王二根本意识不到刚才的危险，他把抓到的大鱼甩给李一：你给我拿着！要是跑了，我就把你煮了吃！还有一次，王二在高高的山崖上朝崖边的小树上撒尿，和李一曾经预想过的情景一模一样；他专心于自己的弧线和高度，根本没防备站在身后的李一，这也和李一曾经预想过的情景一模一样；周围没有别人，这，也和李一曾经预想过的情景一模一样。只要李一抬起腿，只要抬起腿来——可李一又一次错过了报复的机会。

不止一次，母亲反复地给李一讲一个故事，故事的主角是一头凶恶的牛。它被卖到赵家，在为赵家耕地的时候突然发了疯，竟然撞倒了主人，让拉着的铁犁从主人的身上划过去——它的主人一命呜呼，于是这头害死了主人的牛在遭遇一顿暴打之后被卖给刘家。当然，它害死赵姓主人的事情隐瞒了下来。刘家得到这头牛后，让它驮着两袋粮食想去山西贩卖，然而走到一座桥下的时候，它竟然再次凶性大发，用头上的角将刘姓主人顶至桥下的洪水之中。刘家人当然愤怒，而且也听到了之前它就曾杀死过自己主人的传闻——不能让它再害人了！刘家人将这头牛交给屠户，而这个屠户，在宰杀牛的时候不小心被牛咬住了脖子……一头牛，竟然在死前接连三次杀人，自然引起不小轰动，它的肉连一两也卖不出去，没人敢买，谁也不知道自己吃了这头牛的肉之后会发生什么。这时一位得道的和尚到来，他说，这原是前世因果，是三个人应得的报应：这三个人，在前世，是兄弟三个，都是商人。他们曾以欺骗的方式骗走了一个老太太所养的几十只羊，老太太得知自己血本无归之后抑郁而终，临终前，她发誓要在来世报仇，来世，无论做牛做马她都不会放过这三兄弟。她真的做了牛。"这样吧，你们把这头牛交给我，我来为它超度，化掉它的怨恨——不然，它的怨气不散，的确会给吃了它的肉的人带来灾难。"没有人会不听这位和尚的话，屠户家的孩子也愿意接受这一提议。于是，和尚在超度仪式进行过后，叫人烧掉了这头牛，在灰烬之中，和尚找到一把墨绿色的梳子——他想了想，还是带在了自己的身上。

每次讲完，李一的母亲都会重重地叹口气，冤冤相报，没完没了。做坏事，上苍是会看得到的，到了地府你也会遭到惩罚——那些坏人，终会有命来收拾他们的，别着急。

李一几次张张嘴，他想把自己的前生讲给现在的母亲听，他也想把在地府里的事和遭遇讲给她听，但话到嘴边又被生生地咽下去，他感觉自己吞下那些话简直就像吞下了烧红的铁。"那不是真的，你不要信！"李一硬着脖子，他觉得他也只能说出这些。

战争终于打到了此地，伴随战乱到来的是饥荒以及更深的苦，那些蜷缩的人十有三四在战乱的火焰和刀剑下死去，好在这个地方地处偏远，毁掉的并不像邻近的县郡那么多。连续的几场战事过后，士兵们走向远处，可匪患却骤然多了起来，李一和自己的父亲被安排在乡勇之中，负责围墙上的巡逻——那时，李一已经长到了十九岁。王二也是乡勇中的一员，不过他们要负责的是街道，两个人轻易不会在巡逻的时候碰面。

夜火闪闪，它飘曳在那么阔大的黑暗中，就像坟场中的鬼火。李一使劲儿驱赶着自己头脑里的这个念头，他在这个念头里已经接连打了三个寒战。村庄的围墙之外，黑暗的阴影中充满了种种奇怪的鸟叫，李一握着细刀的手竟然渗出汗来，他不知道自己恐惧的究竟是什么。

已是夜半。已经是，黎明之前。李一略略地打了个盹儿，他睁开眼，突然听到了脚步声——谁？

我。有人从暗影处闪出身子，原来是王二。我来看看你。王二说着，径直朝李一走来。

李一感觉自己手里的细刀突兀地发出了呜呜的尖叫。在他所预想过的八千种、一万种杀死王二的计划当中，没有一种是这样的。他的大脑在飞快地旋转，他感觉自己迎上去乘着王二不备，飞快地挥动起这柄细刀，只见王二的头重重地摔在地上，摔在地上的头满是惊愕……随后，王二又有了第二种死法，当然还是使用这把细刀，不过这一次刀插入的是王二的肺部。王二脸上惊愕痛苦的表情和刚才的那一次死基本上是一模一样——李一听到细刀的尖叫声更响了，几乎变成了蝉鸣，可他的手和身体却变得僵硬。

就在李一犹豫和不断想象的当口，一阵剧痛穿过他的肺部，这种痛，竟然和他在前世所经历的一模一样。他发现，自己的胸前多出了血，多出了一把剑，而顺着这把剑的剑把延伸，则是王二的手。"兄弟，对不住。"王二说，"我跟华三哥干了。"

李一的灵魂又开始挣扎着出窍,李一不得不紧紧地按住他,让他用最后的力气挥起手上的细刀。王二没有完全地避开,李一的刀划过王二的嘴唇并击碎了他的半颗牙。这时,李一才松开了自己,让灵魂又一次脱离身体。不过这次,他显然更有经验一些,那种悲伤感也减弱了不少。

他想不到这个结局。这和他所预想的完全不一样,和母亲讲述的那个故事也不一样:王二,竟然又杀了他一次,又一次穿破了他的肺。他不甘心,实在不能甘心,要知道李一在活着的时候就是一根筋的人,而他的灵魂也是。他没有喝下孟婆所熬制的汤,因此也就没能遗忘那种"一根筋"的习性。

脱离了躯体的李一的灵魂,没有片刻的犹豫——他朝着王二逃走的方向迅速地追赶过去。

再次成为灵魂的李一看见,王二悄悄地打开了西门,放下了吱吱呀呀的吊桥。

这个被叫作"石抛村"的地方遭受了洗劫。王二选择一个他感觉适当的时机从一个小巷里蹿出来,装模作样地加入驱赶土匪的队伍……再次成为灵魂的李一咬牙切齿,他试图冲着人群大喊:"王二是土匪,他们是被他放进来的!"可他把喉咙都喊裂了的呼喊在村民们听来也只是风的呜呜,没有人理会。李一还想搬起石头,冲着王二的后脑砸下去,但作为灵魂,他已经没有那样的力气。

王二伪装得很像，他获得了劫难之后幸存村民的好感，那么多的好脸色，他还是第一次得到。地府里带着长长绳索的黑衣人们来了，他们绑住刚刚脱离身体不久、哭哭啼啼的灵魂们，将他们拉拽着，就像拉拽一串串捆绑好的羊羔。利用"上辈子"的经验，李一的灵魂将自己隐藏起来，那些黑衣的差役没有发现他。他发现，村南成根爷的灵魂也没被抓走，成根爷说，他放心不下自己的女儿，她在病着，不知道能不能熬得过去，不知道还能熬多久。"要走，我也得等着和她一起走。"作为灵魂，成根爷的眼泪是蓝灰色的，里面有一条若隐若现的蓝光。

李一告诉成根爷，王二是内奸，是他打开的围子墙的门，是他将土匪们接进来的，而现在没有人怀疑到他。"不行，我们一定要拆穿！不然，还不知道有多少人受害！"

两个灵魂，他们想到的办法是托梦，给家人、亲戚和邻居托梦，告诉他们要提防王二，王二是这次洗劫的罪魁——"我们分头，一定要通知到他们。"李一也认为这是一个好办法，作为灵魂，这也许是他们唯一可以做的了。

然而所谓"托梦"大概只是阳间的活人的想象，李一和成根爷的灵魂发现，他们根本进入不了活着的人的梦中，没有这样的路径。成根爷的女儿身体越来越弱，可她还在气若游丝地活着，活得磕磕绊绊、充满着惊险，然而即使如此成根爷依然没办法进入她的梦里去。每次回家，出来的时候成根爷都会变成一个由泪水组成的泪人儿——"这些可恶的土匪！我连一滴水都喂不进！"

成根爷想到了另一个办法：他跟在王二身后，不断地靠近他朝他的后脑处吹气，据说这样会让遭受灵魂诅咒的人身体弱下去，折损不少的阳寿，据说一旦被诅咒的人脖颈处变黑，则说明产生了效果——但整整半个月下来，王二的脖颈和后脑都没有任何变黑的地方，倒是成根爷的灵魂，被阳光晒出了大大小小的斑，散发出淡淡的臭味。

"这不是办法。"李一说，他有在地府的经验，这一经验成根爷应当也有，不过他喝过孟婆的忘魂汤，不再记得了罢了。李一说，地府里的行事，与我们在阳间时以为知道的完全不同，我们太多想当然，其实根本不是那回事，"你到地府就知道了。"

王二死在乱棒之下——挥动乱棒的是石抛村的民众，他们终于得知了真相，这让他们无比愤怒，那些杀死过亲人、抢掠过他们的土匪也没有像王二这样让他们仇恨。同时被打死的还有王二的父亲，他完全无辜，可挥动着的乱棒不信，它们也没有耳朵。

王二的暴露与灵魂们的"托梦"没有半点儿关系，自始至终，他们都没有做成这件事，没有一个人因为梦见而产生警觉。使王二暴露的是酒，是色——那一日，王二喝得大醉。醉后，自然口无遮拦，自然愿意显摆：他向被拥在怀里的女人发誓，将要给她一个好生活，将要让她不再受苦。他有办法，他当然有办法。在这片地方，没有谁敢惹到他，惹到他，绝不会有好下场，他有办法。

什么办法？女人不信。别人也曾向她承诺过，但最后不过是水月和镜花。

"我跟了华三哥。每次分红，都会有我的一份儿。"

王二喝得大醉，如果不是大醉，他也不会那么口无遮拦。为了证明他说的完全属实，他向怀中的女人保证：两天之后，两天之后华三的匪帮还会进到石抛村里，他们只抢劫齐家染房一户——齐家在官军中当差的三儿子送回了一大笔浮财，应当不会是什么正当的来路，"分，分了它。我不会亏待你的。"

那女人虽然名声不好，和齐家人也素无往来，但也依然知道此事的分量，何况，她的一个兄弟就死于匪祸中——思前想后，经历反复的挣扎和掂量，她还是走进了齐家大门。第三天，王二正准备将门悄悄打开，突然间四周灯火通明，齐家人和一队官兵出现在他的面前。

王二的父亲王屠户被人从睡梦中叫醒，一阵乱棒之后他依然不知道究竟发生了什么，混乱中，他的手伸向案板上的屠刀——那些乱棒当然不会让他真的把刀抓到手里……那时，王二刚刚被愤怒的众人打死。

李一的灵魂又一次跟上了王二的灵魂，他问成根爷的灵魂：你是不是也跟着过去？成根爷的灵魂摇摇头：不行。我再等等我女儿。我觉得她也没有几天了，她从小胆子就小。说着说着，成根爷的灵魂又流出了泪水，他捂着脸，呜呜呜呜地哭出声来。

李一的灵魂和王二的灵魂又一次来到了地府。一路上，王二的灵魂向李一的灵魂解释：他是没办法，他得活命，士兵们、差役们、土匪们，哪一个不虎视眈眈？他是实在过不下去了，没办法，才想到投奔了华三。其实每个村子里都有华三的人，不是华三的就是别的匪帮的。人，总得给自己想条活路。见李一的灵魂并不搭话，王二的灵魂就继续说下去：那天其实也不能全怪我，我本来没想到会遇见你，我以为你不会在那里，可是你偏偏就在。没办法，我和他们商定的事儿也不能更改，我只得咬咬牙……这都是命，是不是？你我命该如此，像我，我就不怨那些打死我的人，下辈子我也不会找他们报复，除非阎王那么安排……再说，你看你，用刀子豁的，我的嘴唇一直都不能痊愈，我从那个躯壳里脱出来了还是。也算两清了吧，要不，你能怎么着？

李一的灵魂不想和他搭话，没意思，没劲，和他能说什么？只要不让他从眼前消失就行了，他不能放走他，自己的仇怨已经积攒两世，如果就这样轻易放过，他无法接受。在阳间，等待着王二死去的那些日子，李一的灵魂天天都在想着怎么办怎么办，可他没有想出任何办法——没有一个机构、没有一个官员甚至没有一个行人愿意听发生在你身上的事儿，无论它包含多大的冤和仇。地府中，没有谁愿意理睬发生在阳间的事件，这一点儿确定无疑，可李一不甘心，他不能瞑目。于是，他有了一个大胆的想法。

和上次的情况差不了多少，差役们捆绑住他们，然后排队进入酆都城。又是几天几夜。一次登记。两次登记。三次登记。拿到编号，住进帐篷……这一切和上次的情况差不多。王二的灵魂将他的编号拿给李一的灵魂看，"我要投到安阳县去。你呢？下辈子，我再不欺侮你啦，要是能够见到，咱们最好是做兄弟。我觉得你还是不错的。"李一的灵魂说，呸！王二的灵魂并不恼，而是哈哈笑着睡到自己的席子上。

李一的灵魂，所拿到的是丹阳。安阳到丹阳，不知道会有多远的距离，如此茫茫人海，他如何能在来世将王二再次认出来呢？看着自己的编号，李一实在有些绝望。他必须抓紧时间。

是的，功夫总不负处心积虑的人，也不会负处心积虑的灵魂，他打听到某个时辰，也就是李一的灵魂将要离开阴间将成为一个新我的前一天，阎王将有一次离开酆都的出行。李一的灵魂决定大大地冒一次险，他要前去喊冤：已经两次了，他没有任何的过错没有任何不道德的行为，可是他两次死在了同一人之手！而那个人，一直恶劣，却和他一样领到了转世的号码，一起再转到人间去。这样，是不是太不公平了？

他想了又想。如果像在人间，他拦下阎王的轿子就必须从尖锐的钉床上滚过去的话，他也不让自己有片刻的犹豫。他想了又想，他要让自己记住王二的号码，以及他要投胎的地方安阳。也许，会用得着。

…………

不过，事实是，李一的灵魂根本没有机会靠近阎王爷的轿子，他被挡在了外面。他大声呼喊，努力用声嘶力竭的方式喊出自己的冤情，但他的声音完全被淹没在兴奋的地府灵魂的声浪之中，他只得远远地看着阎王的轿子一路绝尘而去。"你刚才喊什么？"王二的灵魂从一侧挤过来，他挤得自己的骨头都在乱响，"兄弟，我还真没想到你是这样的人。你见到的不过是轿子，阎王爷是不是在里面你都不知道，值得那么兴奋吗？你觉得他会因此给你赏赐，让你出生在一个有钱有势的大户家？"

李一狠狠瞪了王二一眼，当然，这是灵魂之间的事儿。

和上次的情况差不多少，李一的灵魂又来到了桥头，队伍显得还是那么多，那么蜿蜒着看不到尽头。李一的灵魂再次看到负责发放熬好的汤的差役和伙计，他们还是那种无精打采的样子，心不在焉的样子。只是，熬汤的老妇人换了一个，李一不知道是不是还该叫她"孟婆"——也许是李婆、刘婆或者王婆，谁知道呢，他也没有了解的兴趣。

差役们抓住喧哗的、乱动的灵魂，将他们按在地上，一阵号叫之后再将他们塞到队伍里面去，这样，队伍就会安静一小会儿。和上次一样，李一的灵魂同样拿上一个空碗，然后做出一饮而尽的样子——那些差役，负责向锅里加水加豆子的伙计，烧火的新孟婆，都没有注意到他碗里汤的有无。他们吆喝着，小嘴不停但却心不在焉。

李一的灵魂投胎到丹阳，父亲是个教书先生，老年得子，自然是兴奋异常。为了叙述的方便，我们继续将这个新生的婴儿依然叫作"李一",那个降生在安阳的灵魂也依然叫作"王二",不过远在安阳的他暂时不会出现。

五岁,李一开始跟着父亲读书。七岁,他成了当地小有名气的"神童"。更为难得的是,李一的刻苦让人惊叹,就是一向严苛的父亲也颇有些心疼。十二岁,李一参加童试,以第十七名的成绩成为当地最小的"生员"。那一日,他的父亲兴奋异常,多喝了几杯酒,傍晚的时候着凉,随后便一病不起。知道自己时日无多的父亲将李一叫到床前,在一番教训之后父亲突然问他:你这样地努力,是为了什么?功名还是苍生?

李一回答了一个理由。但那时,他真正想到的却是:他一定要考取功名,不惜一切也要成为一名官员,最好能调到安阳去。他要将那个王二找出来,哪怕是挖地三尺也要将他找出来,然后寻个堂皇的理由将他杀死。王二临死之前,李一一定要想办法和他密谈一次,告诉他,自己为了解去心头的仇恨,已经追踪了他三世。这一世,他绝不会再放过。

这个理由当然不能和气息奄奄的父亲说明。

在父亲去世之后,李一戒掉了豆腐,他不允许自己再吃一口豆腐,绝不。"你父亲的去世和豆腐没有关系……"母亲说,可母亲说服不了李一。他坚持不再吃,也不再要闻到豆腐的香气。

时间过得飞快,即使不快我也要将它略去,没必要在李一的日常上多费笔墨。这一年,举人李一准备参加京城的会试，家里为他准备了盘缠和一切用具，然后送他上路。略去一路的颠簸和风餐露宿，这一日傍晚，李一来到了一条河的河边。

河水浩荡而浑浊，里面布满了大大小小的涡流。岸边，李一的心里突然泛起一股莫名的悲凉，他用力将它按下去，那股悲凉被挤成小小的碎片，但它显然还在。李一手搭凉棚，他发现远处的苇荡中有一条小小的渔船。

"船家，船家！"李一呼喊。

"船家，船家！有人吧？"李一又一次呼喊。

"船家，船家！我要过河！"李一用足力气。这时，船舱里探出一个圆圆的头。随后，船慢慢地划向李一。

略过一系列的协商、讨价还价过程，李一上船。船，向急流中穿过去。

"先生是哪里人？"船家问道。他背对着李一。

丹阳。船家你呢？

"我是安阳人。父母死得早，我已经好多年没回去过了。"船家回过头，"先生这是去哪儿？是读书，还是经商？"

读书。李一突然生出一丝的警觉，也许是安阳这个具有根须的地名刺到了他。

"会试？最近这几天，我已经渡过好几个参加会试的先生了。都是要中状元探花的主儿，您也应多赏几个钱给我吧？"那个船家再次转过身子，他从船舱的一侧拿出一个小酒壶，"先生，或者应早点叫您大人了吧，您有没有兴致，陪我这个失意的人喝上两杯？"

——你是王二！李一的身体不由得颤抖了两下：这个人，应当是王二，是和他年龄相仿的王二。之所以李一会有此判断，是因为他看到船家的嘴唇上有一道并不清晰的疤痕。这道疤痕，是上一辈子，李一临终前用细刀给划出来的。

"王二？谁是王二？"王二愣了一下，"这位先生，你的脸色为什么会这样？……王二，是你的仇人吧？"

不不不，我认错了。李一摇摇头，他朝着远一点儿的方向悄悄地移动了两步。我不能喝酒，船家，你还是自己喝吧。我们什么时候能够靠岸呢？

船家看了看天空，看了看跟在船后的水鸟们。"天黑的时候。你不用着急，我一定会把你送到的。"

……沉在水中，李一慢慢地放弃了挣扎。他知道这是自己的又一次死亡，这一次会是真的死。在意识渐渐模糊的过程中，他忘记了还有个王二，忘记了他是如何落进水中的。

他的眼中滴出了两滴眼泪，它，是深蓝色的，一时间还不能和河水混淆，但随后便弥散于水中。

噬梦兽和我们的故事

0

一个古老的故事，它是我爷爷的爷爷讲的，是我爷爷的爷爷听他爷爷说的。他们总是强调这是一个真实的故事，里面不含半点儿虚构或者寓言的成分。现在，这个故事要由我来讲述了，我想的是，尽可能地保持它的原貌，我爷爷的爷爷怎么讲的我就怎么讲出来——但出于胡思乱想和总想着把曲线拉直、把直线掰弯，以及试图不断建立逻辑和可信度的习惯，我也许会做一点点的增和删，但也不准备向里面添加半点儿寓言的成分。

在很久很久以前——我爷爷的爷爷就是这样说的，他说这是这个故事的开头，他的爷爷也是这样开始——在很久很久以前，有一个猎人，这一天他去山里打猎，在追逐一只漂亮的豹子的时候走入了一片被大雾笼罩的黑色山林。两天一夜，在这座山林里发生了什么没有人知道，猎人带着遍体的伤痕和几乎能把人的骨骼都挤压出来的疲惫回到村子。不久，他就去世了，没能留下一句话。耗尽力气的猎人变成了哑巴，他本来应当和大家说些什么的，可是，他没有说。不久，真的是不久，村子里的人都在深夜里听到了巨大的脚步声，它甚至使整个村子都跟着一起颤动。早上起来，村里的人试图去寻找那个脚步声来自何处又去了哪里，是一种怎样的庞然大物发出的，它会不会像"年"那样给村子带来灾难和恐惧。当他们打开门，立刻被眼前的所见惊呆了。他们看到的是一片黏稠的、灰白色的大雾，整个村子和所有的出路，都被这片大雾所笼罩，散发着一股混合了毛皮、发霉的草叶和血腥味的气息。一天，两天。五天，十天。大雾一直不散。

"不是年。"更老的老人们说。他们对年和年的气息还有记忆。

"年来的时候，也是咣，咣，咣……"有老人回味。一提到年，他的身体还禁不住颤了两下。

"年也没带来雾，有时有雪，有时有风。"

"我们找到了对付年的办法。可现在来的这个……我们真不知道怎么办。"

"父亲，它是什么呢？"

"它是雾，孩子。"

"我问的是雾的后面……昨天的脚步声我也听见啦，那时我正在做梦，一下子就醒啦。"

"……我不知道。你没看到它躲在雾里面了吗？"

1

村子里几个大胆的人前往雾中搜寻，回来说，里面除了雾还是雾，浓浓淡淡，起起伏伏，眼前一直是模糊的一团，什么也没有找见。他们承认，他们这些人是结伴而行的，为了相互有个照应——他们害怕，要是一个人在大雾中迷失，很容易弄错方向再也回不到家的。但有一个人不信邪，他非要找出大雾笼罩的原因来不可。于是，在众人决定往回赶的时候他离开了队伍，一个人径自朝雾的更深处去了。"那个人是谁？""还能是谁，一定是铁匠，只有他才能有拳头那么大的胆！你们说，是不是他？""是的，就是他。""在咱们村，除了死去的猎人，胆子最大的就是铁匠。你们一说，我就猜得出来。""是的，就是他。"

铁匠走向了更远处。村子里的每个人，包括男人和女人、老人和孩子，都支着自己的耳朵朝外面听着，希望他回来的时候能给大家带来好消息。大约五天后，铁匠回来了，他的手里还紧紧握着打铁用的铁锤——"你，你看到了什么？是年吗，还是……？""你没受伤？是你没找到它还是它放过了你？你应当打不过它吧？"

铁匠说，看到了，他看到了。村外不远处山崖上，蹲着一只像是棕熊但长着一对猪的耳朵的怪兽，它的眼睛则更为吓人，看向哪里，雾中立刻会闪过两道射向很远的寒光……铁匠说，他没敢惊动这只怪兽，它太庞大、太可怕了，再说，要是猎人都不能把它杀死，那他铁匠也一定不能。于是，他决定跑回来给大家报信。

"会离得那么近吗？就在村外？要知道，我们也是走了很久很久……"大胆的人们感觉有点儿委屈，"你不是欺骗我们吧？真是难以置信——我们早就经过了村外的山崖，那是我们砍柴、伐木经常去的地方啊，我们怎么没有发现？"

"从山崖那到村子，一天一夜就足够了，可你走了那么长时间……"

小孩子们的兴致不是这些："它会哼哼吗，它咬人吗？""它有牙吗，它有舌头吗？""它是不是这么这么跳，你看着我……是不是这样跳？""你看到它的尾巴了吗，长不长？是像牛的尾巴那样、马的尾巴那样还是猴子的尾巴那样？""怪兽没尾巴！它要尾巴干什么！"

不知道为什么，村里的人并不信铁匠的话，除了那些刚长到板凳和条桌高度的孩子们。他们无法相信，那只所谓的怪兽已经距离他们这么近，而那些胆大的人们竟然连这么近的距离也没能走到。有人猜度，铁匠看到的，是一只能够制造幻觉的怪兽，它利用幻觉让铁匠相信他自己看到的山崖和自己其实都不是真的，也许，这只怪兽其实并没那么大，那么可怕，也许就是一只……刺猬或者山鸡。"刺猬！""山鸡！"

不过是刺猬和山鸡的说法沸沸扬扬，让和铁匠一起出去但提前回来的几个壮年人很没面子，于是，他们经历了第二次的协商，然后再次上路。这一次，他们背足了干粮和水，瓦匠还带上了爷爷的爷爷留下来的罗盘。三天，五天。村里人蜡烛一样慢慢短下去的耐心就要被耗尽，只剩下最后的烛芯的时候，他们拖着疲惫和惊恐回到了村子。这一次，他们是一直朝着一个方向走的，然后又沿着原有的记号返回的。他们既没看到大雾的尽头也没看到什么怪兽，太安静了，鸡不叫狗不咬，树上跳下来的鸟、路上窜过去的鹿和草丛里爬进去的蛇，都是一副呆呆的样子……他们越走越怕。这些大胆子的人在携带的干粮吃过半之后迅速地往回赶，再也不敢多走一步。不过，没有怪兽，没有铁匠所描述的怪兽。他们似乎经过了山崖，但谁也没有见到有什么异常，没有。

轮到铁匠自己了……可他的诅咒发誓都起不到作用，除非他能把全村的老老少少都拉到山崖那边一起看见，或者他把那只怪兽捆好了丢到大家面前：就是它！我说的就是它！都是它搞的鬼、捣的乱！然而这是做不到的。外面的雾那么大，一出去好几天，除了几个兴致勃勃的小孩子之外再无响应，而这些小孩子哪来的自主，拉着胳膊打一顿也就不再闹了；把怪兽抓来捆好——哪有那么容易啊，想都不用去想，村子里功夫最高的是猎人，他都不行，别人自然就更不是对手；铁匠的胆子是大，但他也不至于胆大到一个人去和怪兽拼命。"爱信不信！我就是看到啦！你们爱信不信！"铁匠怒气冲冲，他把全部的力气都用在了铁器上面。要不是他老婆盯着，四溅的火花说不定就把房子给点着了。

那一夜，村子里又听见了脚步声，噔噔，噔，噔噔，噔噔……

"别说话!"当母亲的捂住孩子的嘴,"别让它听见!所有的怪兽,都喜欢对小孩子下手,千万别把它招来!"

已经很长时间了,雾还没有散去,人们已经习惯了这样的生活,尽管它也确实带来了种种不适。相对于不可知的危险,村子里的人更愿意小心些,更小心些,宁可只围绕着村子摸索着来来回回——事实上,他们走出院子,走出村子,包括走过村口的那个小石桥,都没遇到过任何的危险,也没有任何阻拦,除了雾还是雾,它严重影响着视觉,让人对略远处便看不清楚。"我们可不可以……走得更远一些?""也许,来的这只散布了灰雾的怪兽,是一只好的怪兽——它什么也不想做?""怪兽怪兽,能来和我玩吗?"

2

"铁匠说的应当是对的!他真的看到了怪兽!"

村里的教书先生显然兴奋异常,这个鼻孔朝上的人,第一次,几乎是挨家挨户,坐在人家的板凳上向人家念叨他从一本名为《山海别经》的书中看到的内容:铁匠说的那个怪兽是存在的,古人早已见过并且在书中写了下来。那个怪兽,名叫"噬梦兽",它出现在哪里大雾就跟到哪里,只有它离开了当地才会恢复正常——它以食一种名叫"瞿如"的鸟和一种名叫"阴蝼"的虫为生,一般而言是不出深山的,除非……"除非有人招惹了它!逞什么能!好像天下就他是第一似的!"听到这里,男主人和女主人往往截住话头,一副愤愤的样子,他们的孩子也跟着表现出愤愤的样子,虽然他们未必清楚父母愤恨的究竟是谁。

教书先生说,噬梦兽之所以叫噬梦兽,是因为它只要把大雾带到什么地方,那里的人就不会再做梦,所有的梦都会被它吞噬下去,存在腹部下面。教书先生还说,噬梦兽本来是"豹身",就是像豹子那样,只有梦吞得多了才会显得像是熊身,甚至会是猪身——一旦它成了猪身,就会变得更懒,就会住下来不走了。那么,大雾笼罩的村子也就将永远地、永远地被大雾笼罩下去。

"可恶!都是他招来的!现在好啦,它都不准备走啦!"村里的人继续他们的愤愤,若不是猎人早已死掉,还不知道会发生什么呢——要知道村子里胆子大的人很多,他们能干出很多的事儿来。

"噬梦兽——对了,它是不是真的会吞掉我们的梦呢?"

大家都开始回想。是,似乎是。谭豆腐说,怪兽来的那天晚上,他做了一个晒豆子的梦,那些金灿灿的豆子个个颗粒饱满别提多诱人了。在梦里,谭豆腐将豆子放在苇席上晒,突然间它们就哗啦哗啦地跳起来,越跳越快也越跳越高,然后变成了一只只黄色的小鸟——梦在那时候醒了,他听到了脚步声,感觉到自己的炕在颤。之后……他真的就没再做过梦。田家嫂子说,她也做梦来着,在此之前她总是做梦,可自从那天开始,她一个梦也没做着……有天半夜突然醒来也不是从梦里惊醒的,而是一只老鼠掉到了枕头上。木匠说，听到脚步声的那天他也在做梦，他梦见自己打开院门，竟然在南偏房的草垛边上发现了一只硕大无比的獾（两年前，他的确在自己家南偏房的草垛边上发现过一只獾。这只獾也被他捉到了，猎人还帮助他扒掉了獾皮，为他的女儿做了一件皮坎肩——从那之后，木匠总是隔三岔五地梦到同样的梦，他又在南偏房的草垛边上见到了一只獾），与以往在梦境里出现的獾不同，这只明显更大，脾气也暴躁了不少，在木匠拿起叉来朝它靠近的时候它竟然发起火来，咚咚咚地跺着地……正在那时梦就没了，木匠睁开眼，耳边响起了巨大的脚步声。"我也做了个梦！我梦见一大堆的萤火虫！"木匠的儿子从人缝里钻出来，"然后……后来……就没啦！一点儿也没啦！"

教书先生叫大家仔细地想：在那晚之后，是不是所有人的梦都没了？如果是，那就说明铁匠看见的怪兽是真的，它是一只噬梦兽。

大家拼命地回想：是，是这样。没有再做过梦。没有。从那天开始，梦真的没了。

大家再想想……再想也是。所有人都扬着脸回忆：没，昨天没有，前天没有，大前天，大大前天……没有，都是没有。你要不说，大家就完全没注意到，可你这么一说……嗯，还真是，没再做过梦。一个也没有。

上了年纪的、晚上睡觉总是盗汗的二奶奶没有再做过梦，原来，无论是谁进她家门，她都能给人讲一串晚上做的梦。她都能记得一清二楚。现在，她一清二楚的是，她最近真的不做梦了，虽然身上的汗还是那么多。

总是梦见被鬼压床、一晚上不知道多少次从可怕的梦中尖叫着醒来的瓦匠媳妇，也已经很长时间没做过梦了。自从大雾笼罩之后，梦里的鬼和床都已不知去向。

"对了，那个上山采药的赵散，他不是总爱做噩梦吗？他不是总是梦见他弟弟赵汇来向他索命吗？我们问问他，最近还做梦不做了！""对对对，问他！"

村里几个好事的人走到赵散的门口，却被赵散的妻子挡在门外：别，你们别进了，赵散正在睡觉呢！你们要把他闹醒了——他那脾气，你们可别说我没提醒过！"不是……他还在晚上做噩梦？还是天天做？"赵散的妻子说，那倒不是，晚上不做噩梦了，可是他因为不做噩梦才更不敢睡——他总觉得，噩梦就在墙角的哪个地方埋伏好了等着他，他一睡，噩梦会以比之前厉害一百倍的恐怖扑到他身上。熬不住了，他就在白天睡，反正大雾天也不好出门。"找到……你们找到赵汇没有？"上哪儿去找？赵散的妻子摇摇头，从山崖上掉下去，肯定骨头都摔成末了。他们兄弟情深，要不然，赵汇也不能缠着他哥哥不放。

对对对。村里人点着头，散开了。铁匠说的是对的，教书先生说的是对的，猎人引来的是噬梦兽，是它制造了大雾，同时把村里人的梦也给吞了。

3

一个村子的人都不再做梦,他们的梦,被一个叫"噬梦兽"的怪物给吞了去。几乎是过了一个月的时间,村子里的人经教书先生的提醒才意识到:噢,有这样一个损失。当然说是损失也不确切,因为对于像瓦匠媳妇、采药人赵散和寡居的二奶奶来说,没有了梦反而是件好事儿,求之不得的好事儿,尤其是赵散,在得知他的噩梦也被噬梦兽给吞掉了以后再也不用担心噩梦连连之后,他开始睡得极其安稳,鼾声雷动,倒是他的妻子患上了失眠症,一时不见好转。

一切被雾笼罩着。太阳照下来也只是一个淡黄的光晕,再无往日的威力,而田野间的庄稼、禾苗依然在茁壮成长,看上去并没多大影响。唯一的影响是,禾苗的叶子是灰绿色的,丝瓜结出的果实是灰黄色的,玉米刚刚吐出的穗是灰紫色的,而这些颜色还都是靠近之后才分辨出来的,相对之前有较大的不同。"要是你们一生下来,见到的都是这种雾天,也就不感觉有什么别扭的了,不就是个颜色吗,现在看上去不也挺好的吗?"村子里的锔锅匠辛爷爷说。他的眼早在十几年前就看不太清东西了,在他眼前一直有一团灰白色的雾,现在,不过是那团雾更重了一些,更宽阔了一些。"没那么多事儿。适应了就好。"

之所以要提锔锅匠辛爷爷的这些话,是因为村子里那些大胆的年轻人正在密谋,他们试图想办法把噬梦兽杀死或者驱赶出去,这些蠢蠢欲动的人已经影响了大半个村子,尤其是那些更为年轻的孩子们。关于这个冒险，村子里的人并不统一。

"为什么要梦？不要就不可以吗？我觉得现在晚上睡得可香啦。"

"可梦是你的啊，你的，你就得要回来。"

"是我的但我不想要的东西可多啦，你看，我现在就想把这双穿旧了的鞋子丢了。"

"它们不是一回事。你需要梦，和你需要不需要一双旧鞋子不同。"

"我觉得就是一回事。"

"你想想，嗯……你是木匠，我要把你的斧子和锯拿走……"

"可它没有拿走我的斧子，也没有拿走锯。你还是说点别的吧。"

"……天天生活在雾里，你不觉得厌倦，憋闷，难受？这难道不是理由？"

"是理由。不过我也不想参与你们。你想想猎人。太可怕了，是不是？"

…………

这些密谋者们没有获得成功，因为村上的人很少响应，而那些试图响应的人也被自己的父亲母亲或妻子给拉走了，他们的计划只得搁浅。不就是有雾吗？不就是见不到太阳吗？据说遥远的蜀地和黔地一到秋天就见不到太阳了，直到第二年夏天，偶尔的晴天才能重新见到——他们能那样活我们也能，我们又不会比他们少一条腿；至于被吞掉的梦，它本来就是些可有可无的东西，不影响吃也不影响穿的东西，有和没有能有多大的区别？要为这个不当吃也不当穿的东西去和危险的噬梦兽搏斗，就毫无道理了；要是像猎人那样弄得遍体鳞伤最后还要搭进性命，就更无道理了。

是有点不适。但忍着吧。忍忍，也就过去了。

这是一个古老的故事，它是我爷爷的爷爷讲的，是我爷爷的爷爷听他爷爷说的。他们说，经过一段时间，村里的人已经习惯了没有梦的生活，没有梦其实挺好的，至少让他们能够睡得安稳了，而且不必再为梦的出现而提心吊胆，或者猜来猜去。只有一些胆大的人还在心有不甘——这里面，不包括那个胆子更大的铁匠。他很少出门，而是在家里专心致志地打一把锋利的宝剑。村子里的人都说他在专心致志地打一把宝剑，只有铁匠本人给了否认，他说不是，他要打的不过是一百把锄头，因为数量太多而不得不废寝忘食，不曾出门。没有谁肯相信铁匠的话，但也没有谁会在意铁匠的话。反正，蠢蠢欲动的密谋已经失败了，铁匠打出来的是宝剑还是锄头又有什么关系呢？

4

是什么时候起的变化？具体的时间可能没人说得清楚，但具体的事件则是村里人的共识：因为收红薯。一般而言，收红薯的日子是村子的节日，男男女女老老少少，种田的和不种田的，所有的人都来到田间，大家一起帮着农家收红薯一起分享收获的喜悦……在大雾笼罩的那年，不知道是出于怎样的原因红薯的秧苗长势极旺，叶子和叶子、蔓子和蔓子层层叠叠地叠加在一起，冒着一层灰绿色的油——人们猜测，所有人都那么猜测：那年应当是一个丰收年。村子里的种田人笑得啊，真的是合不拢嘴，那种矜持的样貌他们谁也保持不住。

然而，当他们剪掉了秧，收走了叶，刨开了土，理清了茎，拽出了……埋在地下的红薯竟然结得那么小那么少，小得就像是鸡蛋、鸭蛋甚至鸽子的蛋，少得只有往常收成的一半儿或者不到一半儿。合不拢嘴的种田人还是合不拢嘴，不过他们的脸上挂出的则是悲戚的、失望的或者不敢相信的表情。

收红薯的日子是村子的节日，然而它变成了一个被破坏的节日，一个打击到所有人的节日，一个人心惶惶、议论纷纷的节日。在窃窃私语、交头接耳和发出呼喊之间，有人早早地认定并笃定，这件事与笼罩村子的大雾有关，与可怕的、可恶的噬梦兽有关。肯定是它造成的，甚至，这只噬梦兽不只是会吞掉村里人的梦而且还会偷偷地吃掉地下的红薯，若不然，怎么解释今年的收成会变成这个样子？

收红薯事件在村上议论了很久才慢慢平复，但随后，发生了田家的孩子在村口的草丛里撒尿被毒蛇咬伤的事件，织布的刘家下蛋的母鸡毫无征兆地失踪而鸡蛋还在窝里的事件，梁家小酒馆凉棚在无风的日子突然倒塌的事件，牛家新过门的儿媳用剪刀刺伤赵家爷爷的事件，以及铁匠的锄头突然断裂的事件……这些事件貌似纷乱、孤立，但村上的明眼人看得明白，这都是因噬梦兽的存在而引起的，是它在操控着、安排着这一切，有的事可能并不是它安排的，但它依然摆脱不了关系：如果没有大雾，田家的孩子怎么会注意不到游到脚边的蛇？刘家的母鸡怎么能那么容易地被谁抱走不叫也不逃？赵家的爷爷怎么会因为看不清路而误闯进牛家引起新媳妇的误会？至于铁匠的锄头……要不是没有看清，使用锄头的人一定不会用力地去砸一块石头，他是一定会绕开的，他会把石头丢到田垄的外面去……

收红薯的事件是个引子，然后就是一连串的这样那样的事件，这些事件让村里人无法回避消失的梦和噬梦兽的存在，它在那里，你越来越不能忽略它了。

"整日被大雾笼罩，好好的太阳一直都看不清楚……你是不是感觉乏力、胸闷、疲倦，什么事儿都不想做？是的，你一定是这样的，因为我就是这样。大雾让人迷茫。噬梦兽吞掉的远远不只我们的梦，它其实还吞掉了和梦相关的一切，譬如梦幻、梦想、梦乡、梦魇、魂牵梦萦、酣梦迷梦恍然若梦和痴人说梦……现在，你再想想，就拿梦魇来说吧，是多有趣的一件事儿啊，多可贵的一件事儿啊……"

"大雾正在使人变傻，你没感觉出来？看看水家赵四你就知道了，昨天我让他背《论语》的第一段，他竟然吭哧吭哧背不出来……好好好，你说他没脑子，那王家当铺的老七总是聪明的吧？连脚指头上都是一百二十个心眼！你没看到，前几天被他爹追在院子里打！他竟然算错账，给他爹亏了好多的钱……"

"没有梦就是不行！行，咱们就说赵散，他睡得好了，大白天有精神了，看看他做的那些好事儿！天天打老婆，到处欺侮人——原来，他哪来这么大的精力？"

……蠢蠢欲动的人们再一次活跃起来，这一次，加入他们中的人就多啦，男男女女老老少少，胆大的胆小的，有胆的没胆的——反正，两个人走在对面，只要你开口不是对大雾和噬梦兽的抱怨，对面过来的人一定不会搭理你，而且你很快就在村子里遭到孤立，你不得不在别人面前说出三倍到五倍的抱怨和愤恨才会获得村里人的原谅，才会重新被接纳。你是德高望重的关二爷也不行，你是耳背的、总是和别人打岔的、别人说东你说西的田四奶奶也不行。

蠢蠢欲动的人成为村子里的大多数，他们是最受大家敬重的一群，太多的人在加入他们中间。"实在是无法忍受！这样的日子可怎么过哟！""可不能这样过下去了，这日子，什么时候是个头啊！"

……如果说，大雾弥漫的村庄像一口大锅，人们的怨气就像是咕嘟咕嘟冒泡的开水，而蠢蠢欲动的人们和他们的鼓动则如同干柴和加在锅下面的火焰。所有人都意识到，那一天会来临，它终会来临的。已经没有什么可以阻止它的到来了——至于最后的结果是什么，已经没人在意，至少是，不那么在意了。

5

你可能读过许许多多人们挑战巨大的猛兽而进行殊死搏斗的故事；挑战者是一个猎人，在菩萨、仙人或者道士的帮助下最终战胜了对手；挑战者是一个半人半神的勇士，他借助从神灵、仙子和巫师那里得来的工具，最终战胜了一个又一个的对手……你可能听说过屠龙的战士最终变成恶龙的故事，听说过因为战利品分配不公而造成战士们自相残杀的故事，听说过勇士赢得了胜利但国王已经忘记了他的诺言的故事……而我要讲的这个故事是真的，是发生在我们村子里的真实故事，是我爷爷的爷爷讲的，是我爷爷的爷爷听他爷爷说的——它和那些故事有所不同。它的里面不包含什么寓意，只有事件。

摩拳擦掌的村里人集中起来了，一个个生龙活虎的样子让人看着心惊。村长和教书先生一起给大家分配着任务：谁谁谁，使用枪和矛；谁谁谁，把猎人的弓箭拿来，他的更好用些，力量也更大；谁谁谁，你负责把噬梦兽引出来，因为你学驴叫完全可以乱真，几次把邻村的驴子招到家里——书上说，那种叫"瞿如"的鸟发出的声音就像驴叫，你就用这个方法……谁谁谁负责治疗，要是有人受伤的话；谁谁谁，谁谁谁，你们俩负责物资供应，要是谁的剑、刀或者矛损坏了，你们要能及时地为他们换新的；等等等等。

铁匠拿来了一把新打的宝剑。"你不是说，你在专心地打造锄头……""不是锄头，是剑。我早就想打一把宝剑了，剑柄上的图案，还是猎人活着的时候设计的，可惜他再也见不到这把剑了。""可你当时说是锄头……""我就是随口一说。"

采药人赵散也加入队伍中。谁都知道他并不喜欢噩梦，所有人都不会喜欢噩梦，可他还是来了。"就是噩梦，也比没有梦更有意思。"他向众人解释，虽然大家都不会真的相信他说的这句话。来了就好，就是一个大帮手，至于他内心里想的是什么谁又会那么计较呢？

教书先生为他们设置了路线、进攻方向、注意事项——这里都是书上有的。村长则根据教书先生的设置补充：谁谁谁在前，要先进攻什么方向，后面的谁谁谁要注意，别让噬梦兽如何如何——"你还有补充的吗？"村长问。教书先生摇摇头，"没有了。这里后面还有一小段话，我一直弄不明白是什么意思……也许是咒语？要不，让谁谁谁他们也记下来。"

一村人，几乎是整个村子里的人，除了老人、女人和孩子，浩浩荡荡地走进了大雾中，很快他们就再也看不到影子。一天。两天。三天。留在家里的老人、女人和孩子，村长和教书先生一起拔长了脖子等待，可是没有等来半点儿的消息。这天早上，教书先生从一个模糊的、令人不安的睡梦中醒来——我似乎在做梦！我又开始做梦啦！

教书先生高兴地从炕上跳下来，他把昨夜一直不停翻看、盖在被子上的那本《山海别经》甩在了地上。从地上拿起来，教书先生重新翻到有关噬梦兽的那一章节，仔细地揣摩着最后一段话的意思……突然,他一屁股坐在地上,大声地哭泣起来:"我错啦,我弄错啦!是我害了他们啊!是我害了他们啊!"

"你错在哪儿啦?你怎么错啦?"闻讯赶来的村长,老人、女人和孩子向他询问。

"它,它说的是……杀死噬梦兽,只能到梦里去,唯一的办法就是到梦里去……可我们的梦都被它给吞掉了啊!他们,是杀不掉它的!"

——教书先生的话,真像是一个晴天霹雳。

6

这是一个古老的旧故事,它是我爷爷的爷爷讲的,是我爷爷的爷爷听他爷爷说的。因为年代久远的缘故,因为讲述的人记忆偏差的缘故,他们竟然漏掉了其中最最重要的环节,反正,我的爷爷的爷爷已经无法解释清楚。他说,老人们就是这样讲的,他也就是这样听的,但这个故事里的一切都是真实发生的,没有半点虚构或寓言的成分。

不知道是不是书上记载得不对还是别的什么巧合,反正,村子里的勇士们经过半天的搏斗最终杀死了噬梦兽。噬梦兽被杀死之后大雾并没有马上散去,但所有人的梦却立刻被还了回来……已经受伤的赵散在一个喘息的瞬间便被噩梦附身,他再次梦见了自己的弟弟,带着他的断肢和满身的血来向他讨债。这时候,采药人赵散已经不肯再接受这个纠缠自己多年的噩梦了，他大喊一声，直直地跳下了山崖。

两天之后大雾散去，迷路的村里勇士们马上找到了回家的路。原来，它真的像铁匠说的那么近；原来，他们在雾中绕弯、在雾中做下的记号不过是给自己制造了迷宫，使路程变得远了太多。大雾散去，村里的一切都恢复了正常，只有赵散的妻子——她竟然疯掉了。她坐在村口，见到过往的人就扑过去抓住他：我们家赵散是个好人，他没有害死自己的弟弟，他不是那样的人，你们别听他们胡扯！这些人，除了我们家赵散，没有一个是好东西！

大雾散去，村里的一切都恢复了正常，当然是一切。在屠杀噬梦兽的过程中使用长矛的田家二哥喝醉了，在小酒馆里滔滔不绝，过度的自我夸张引起了赵家三叔的不满，他走过去嘲笑田家二哥在噬梦兽面前就像个跳来跳去的跳蚤，直到噬梦兽死掉一枪都没刺中过。两个人自然而然地打在一起，砸碎了盆，撞翻了碗，被老婆提着耳朵拉回家去的时候还不时朝空气中踢腿："踢死你，踢死你！"瓦匠到赵家偷鸡被人抓住，他向人狡辩：这是我们家的鸡，你看它的冠子，不信让我老婆来认一下！只有两记耳光，他就承认了自己偷鸡的举动，而且还供出多年之前在谁谁家偷过盆，在谁谁谁家的灶台下面偷过钱。在路上欺侮赵家侄子、从他手里抢走了两块烤红薯的木匠被赵家人堵在门口大骂，有人看见，木匠悄悄地从后窗那里跳了出去，一路跑进了野地。赵家爷爷再一次摸进了牛家的小门，这一次，看到他的是牛二和牛三……"老不死的！你怎么这么不要脸！"是的，村里的一切都恢复了正常，在爷爷的爷爷的爷爷讲述过的旧故事里，村里的勇士们劣迹斑斑，实在和他们屠杀噬梦兽的身份不相称。

这天，阳光灿烂得几乎能把整个村子都晒成玻璃的早晨，一位来自远方的货郎来到了村口。他眯着眼，看了看厚厚的阳光，然后推着小车朝村里走去。经过种植着玉米的田野，在一片小树林的边上，他发现小树林的上空有一小片彩虹，而树林里则雾气浓重，仿佛那么灿烂的阳光也晒不进里面去。富有好奇心的货郎走向树林，突然，一只长着一对猪耳朵的细毛小兽窜到他面前，一副活泼可爱的样子。货郎心生欢喜，情不自禁地伸出手去。

"干什么！走开！"

一个只有十几岁的男孩，死去的猎人的儿子，拿着一根木棒出现在他面前。

为什么没有我

1

他们叫我在月光里站着,别踩到雪。"你听到有人来,看到有人,就学鸟叫。咕咕咕,记住了没有?"

"他记不住。"齐三推我一把,"别总是哼哼。看看你的鼻涕。把棉袄脱下来。"

"你要他棉袄干什么?"齐大的嗓子里可能有痰,他们说我的二爷爷就是被痰给呛死的。人有一百多种死法,不知道哪一种会是你的,这得看阎王爷高不高兴。"看看上面的鼻涕!"

"我怕弄坏了。"齐三也脱下了他的棉衣,披到我肩上,他的嗓子里也有了痰,"二傻子,你不许用袖子抹你的鼻子。记不住,我就砸碎你的脑壳!"我用力缩了一下头,齐三的手里没有木棒。"你先给我学一遍,怎么叫。"

"咕咕咕。"

"快点。你也别哼哼了。"齐大说着,他把一条黑乎乎的布袋塞给了杨栋。"给我看仔细点。要有人来,你就学鸟叫——没人的时候也别瞎叫。别忘啦！"

"你把棉袄穿上。"齐三说，"别等不到我们出来，你就冻死了。你他妈的不至于傻到这样吧！我看你追赵保长家丫头的时候，挺机灵的呢。"

我冲着他笑，我就是想笑，忍不住笑。"你看，一提赵保长家丫头，二傻子多高兴！"杨栋把黑乎乎的布袋缠在腰上，拉了拉，"记吃不记打，那顿鞭子是白挨了。"

"二傻子，你听到有人来，看到有人，就学鸟叫。记住了没有？"齐大弯着腰，他就变矮了，我的眼睛能看到他的头顶。他低下来，我就咕咕咕地叫了几声。"小点声，"齐大又变高了，"别给我忘啦！等我们出来，给你买——武大烧饼！"齐三拉拉我的耳朵，"记得住才给！要是记不住，别说烧饼，就是鸡屎也不给你！"

"差不多了。"齐大看看上面，齐三和杨栋也跟着看看上面，我也跟着看，虽然我不知道他们要看的是什么，"我们走。"

"你……放心不？"杨栋冲着齐大的屁股跑了两步。"没事儿。"齐大的嗓子里大概又有了痰，"我试过。还行。""你真要买烧饼给他？"齐三也跑到了齐大的屁股后面。

我看着他们，三个人叠在一起，齐三踩着杨栋，杨栋踩着齐大，他们慢慢地抻直了，六条手臂扶着墙头。齐三先没了，然后是杨栋，他也没了，墙角那里就只剩下齐大一个。他朝上面伸着手。一会儿杨栋的头露出来，然后是齐三，他

189

们也伸手过来,齐大摇晃着,像只大壁虎那样升起来,三个人一起没了。

我看着墙。它有一块灰,一块黑,又是一块灰,一块黑,别处也是这个样子。我想走过去敲敲,看齐大他们是不是还在墙里面,但他们说过,不允许我走到别处去,一步也不行。我可不能不听他们的,齐三的木棒敲在脑袋上可疼啦!一想到他,我的脑袋就又开始疼了起来。

有雪。从我的头顶飘下来,落进我的脖领里。我不知道它们为什么只朝我身上下,而别的地方就没有。我抬头,有些讨厌有黑压压枝条的树了,又没有柿子,又没有叶子。

2

他们不让我动。我不动,脚就更麻,还有些痒。我只好在鞋子里动自己的脚趾,它们胖起来了,我感觉。有些风钻进去挠它们,就又痒起来了。

他们不让我动,我就看墙,看树,看对面的草垛,草垛下面的雪。月亮不照那里,那里也不黑,街那边的墙角就黑。远处更黑。我抖着落在身上的雪,抖着抖着,整个身子也跟着抖了起来,我不知道自己为什么会这样。我觉得不安。

我支着耳朵,想从墙的里面听到一点儿动静,可那里没有。三个人一下子就都没了,墙把他们一起变没了,而且还不让他们发出动静——墙真是可怕。他们不让我动,可墙在动。有时在动,有时又不动。

又有了鼻涕。齐三不让我擦,我得听他的,他有很疼很疼的木棒。齐大没有木棒,可齐三和杨栋都听他的,不知道他有没有比木棒更厉害的东西。我支着耳朵,耳朵被我支得生疼,被我摸过的地方有些痒。他们不让我动。

沙沙沙沙的动静来了。我咕咕咕咕叫了几声。沙沙沙沙的声音又没了。

过了一会儿,我又听到了刚才的声响。我又叫,"咕咕咕"——一片干萎的玉米皮在街上跳。"你看到了什么?"墙的里面露着半个头,我不知道是谁的。"它——"我指着玉米皮,它还在跳,沙沙,沙沙。"人,你盯的是人!这个二傻子!"那半个头又没了,又进到墙里边去了。墙真大,似乎什么都能吞得下。

又有了沙沙声。我再次支起耳朵,现在,我的耳朵冲着声音的方向,然后眼睛转向那边。那边太黑了。月光铺不到那边,我伸长脖子也无法看得更清楚些。这时,沙沙声突然停下,我不得不把自己的脖子伸得更长些——他们不让我动。我感觉,自己在伸脖子的时候一定是拉到了心脏,它跳起来,像受到惊吓的小兔子那样。"你是谁?"我急忙收住自己的声音,他们也不让我这样说话。

声音没了。我支着的耳朵再也听不到它。我再次向前探了探身子,动动脚趾。沙沙声变成了踏踏声,慢慢地,朝着墙的这边走来。

"咕咕咕……"

191

踏踏声又没了。然后突然变快,踏踏踏踏……我看到一个灰色的东西从草垛那边跑出去,它有一双黄眼睛。"吓……吓死我了。"我对自己说,对撞着我的嗓子眼的心脏说。"一只狗。"我对自己说,对自己的心脏说,"它跑了。"

墙的那边,一顶帽子露出帽檐儿,露出额头和眼睛。停了一会儿,杨栋的整张脸都伸在墙的上面。"咋……咋回事儿?"他朝着东边看,然后又朝着西边看。

"一只狗。"我对着墙说,"吓……吓我一跳!"

"你这个二傻子!还吓我们一跳呢!差一点儿……你再胡嚷嚷,看老子出去不扒你的皮!"杨栋的脑袋又进到墙里去了。扒皮,可不是好受的,卖卤货和兔头的张屠户扒兔子的皮我是见到过的,我还看过他扒狗的皮。兔子不叫,但狗叫,扒皮时的狗也叫,不一样。兔子的肉好吃,狗肉也好吃。我害怕齐三的木棒,也害怕杨栋的扒皮,也许,杨栋的扒皮更让我害怕一些。我总是在想,张屠户给兔子扒皮时的样子,他咬着牙,很可能他想着直接把兔子给吃了。他是能吃生肉的,还能嚼骨头,我二爷爷早就说过。他说,"惹谁,你也别去惹他!别说二爷爷没告诉你!"

腿也跟着冷了。我不能像动脚趾那样动它。"汪,汪汪!"我听见狗在叫,可不知道它在哪里。"汪汪汪!汪汪汪!"我支着耳朵,墙又开始动起来,一个包裹从上面掉下来,然后是脚步声。"咕,咕咕——"我扯着自己的嗓子。

墙开始动起来,像是有人在跑,有好多的腿在跑,还有人在喊，有人咳嗽，咚咚咚，咣咣咣，"快！有贼！""有人偷东西啦！"呼呼呼，咚咚咚。墙的后面亮了起来，又亮起来，一会儿这里亮，一会儿那里亮。墙又动了一下，从墙上掉下来一块黑东西，它比刚才的包裹要重。我想仔细看看。这团黑东西突然地伸开，然后从我身边跑过去。墙没有再动，我听见门开的声音，几个人头上顶着一大团火，一起冲到了门外。"快，我看到了，他在那！别让他跑啦！"他们带着那团火一起冲着刚才那个人追过去。有人！我的心又开始撞我的嗓子眼了，"咕，咕咕——"

墙那边，传来几声惨叫，然后又是几声，就像是有人给扒了皮。我想，杨栋可能躲在墙里面，像张屠户扒兔子的皮那样，在给哪个人扒皮。可我没见到杨栋身上的刀子。张屠户的刀子是一直亮在外面的。

3

月亮越来越冷，它的光也越来越冷。可他们不让我动。我既不想让木棒打碎了脑袋，也不想被刀子剥掉了皮。我只能在那里继续站着，有人过来，我就冲着墙咕咕咕咕地叫几声。人那么多。我不知道他们都是从哪里钻出来的，有些人还穿着土衣服，大概是来自地下。二爷爷说过，那些死去的先人们比我们还好奇，就喜欢新鲜事儿。

那么多人，男男女女，老老少少。"走走走，赵老爷家遭土匪啦！""谁这么大胆，敢抢赵老爷？不怕杀头打枷吗?""不去抢赵老爷,还能来抢你?家里值俩钱的,也就那两条破棉裤吧!"我听他们吵着,嘻嘻哈哈地吵着,倒和前天的集市一样。

来一个人,我就咕咕咕地叫几声。来一个人,我就咕咕咕地叫几声。

可他们就像没有看见我一样。我咕咕咕咕地叫着,也没有一个人让我离开。

"唉,那个包袱……"他冲我眨眨眼睛,并把手里提着的扁担抱在胸前。他的头像一个葫芦。我摇摇头。"它是从墙里掉出来的。"我说。

"墙里?"葫芦头哈哈哈哈地笑起来,"一看就知道。二傻子。""嗯,我是二傻子。"我不知道他是怎么知道的,但他能叫上我的名字来,我就高兴。他有一条扁担更让我高兴。他的脸上有一片一片的白在晃动。"他们不让我动。太冷了。你冷不冷?"

"不冷。"他的手伸在包裹里,只有半条袖子在外面,然后又把手伸进自己裤子里掏。随后,他的手又伸进包裹里。

"赵老七,你在干吗?走啊,快点!"有人喊。那个人摇晃着屁股,像个奔跑的鸭子。

"来,来啦!"他的一条胳膊又没了。

他扛走扁担,却把包裹丢在了雪地上。他一蹦一跳地跑着,像是在被什么追。杨栋曾经这么跑过,追他的是一只被剥掉半张皮的兔子。他们说,张屠户笑得,把牙都喷掉了。

他有颗牙一直活动，吃肉吃的。

"你笑什么？"他跑回来问我，"你个二傻子，知道什么，你就笑？"

我愣了一下，我知道什么？我用力地想着，可就是想不起来。想不起来，我就冲着他摇头。他能叫我二傻子，我还挺高兴的。他还有条扁担。我们家也有条扁担。

"还乐！"他冲着我竖起了扁担。我抱住头。我睁开眼，他又朝着门口那边跳过去了。"看！赵老爷！我找到了什么！多亏本家多了个心眼！"

他们乱哄哄地，踩了好多的雪，把地上的月光都踩脏了。我一边咕咕咕咕地叫着，一边用衣袖抹着鼻涕。我不抹，它们就变得太长。

有人从院子里出来："这些傻贼，偷谁不好，非要偷赵老爷——赵老爷能偷吗？"

"那个……给打死了吧？我看，只有出的气儿了。那个鲁栓也是，人都那样了还非要踹，要是出人命了，赵老爷能给他担？你说，是油里有他还是酱里有他？"

"可不是！显着和赵老爷亲呗！赵老爷也未必真看得上！"

"真是挨千刀的……你看吴妈哭的……"

"就是就是，吴妈干吗……她是不是被吓到啦？"

"是！那个贼，钻到她屋里去啦！你想想，你想想！"

"不是吧，我刚听管家和护院的说，他们去的是赵老爷的书房和账房，被抓的那个，在老爷的染房当过两个月短工……"

"我听的可不是这样！你想，要是未出阁的三小姐让人祸害了，赵老爷会嚷嚷不？"

"咋，还有三小姐的事？我刚才可没见到她……"

"没，没她的事儿！我就是打个比方！太太逼她缠脚，听说跑到姥姥家去了。"

我咕咕咕地叫着。他们这才注意到我。"吓！这里还有个人啊！怎么这么面生……""走走走，"矮个子拉了拉高个子，"咱们走！你看不出来，他那样儿！"

"你是说……"

好多人冲出来，他们举着火。"快快快，我们朝那边追！没想到还有一个！"

"追！他跑不了！我们把路口都把上！"

一个顶着火的人跑了几步，在我前面停下来。"是他不？""不是不是，我刚才看到了，不是他！""他是谁？你们见过他吗？是咱们鲁镇上的不是？"

我看了看月光，也看了看火光。这时我才看清楚，火并不是长在他身上的，而是在他手里举着的，有一股难闻的油烟味儿。"咕，咕咕——"我有些害怕。可是他们不让我动。我害怕木棒也害怕扒皮。

"追，我们继续追，他们来的，一个也甭想跑掉！"

"我就不信，能让他们跑喽！也不打听打听，敢偷赵老爷，也不知道都吃的是什么！"

"烧饼。"我冲着火光说，我的鼻孔里突然闻到了烧饼的气味。

但没人理会我。

4

"你是干什么的？"火把们聚集过来，一起过来的还有好多的腿，他们的脸跟着火光一跳一跳。

"他们叫我就站在这里，有人来就咕咕咕。"

"你怎么不跑？"

"不让我动。"我的身体哆嗦了两下。有火把在，还挺暖和的。

"傻子，一看就是个二傻子。"好多的牙齿都露出来，他们笑得可开心了，"让一个傻子在这里放风，可见那些贼也够灵光。"又是一团笑，好多的牙又一次露出来，他们的脸跟着火光一跳一跳。

"你说说，他们——跟你分赃不？"

我盯着前面的火把，烧黑的木头在噼里啪啦地响着。"你说，他们跟你分不分……""你这么说，一个二傻子也听不懂。你就问他，每次站半晚上，他们都给你什么？"

我摇摇头。没给过我什么。我在脑袋里细细地想着，就是想不起来。

"他们就没分给你点银元、衣服啊什么的？他们就这么……"火把凑到我的脸上，"二傻子，你说，为什么没有你的份？"

我的鼻涕又流到了外面。"为什么没有我？"我张大嘴巴，冲着火的后面问。他退了两步，火也跟着退了两步，雪又落到了我的脖子上。就是啊，为什么没有我呢？我想不出来，为什么没有我呢？

"因为你傻呗！"

又笑起来，他们都在笑。他们都在笑，我也就跟着他们笑。"看，傻子笑啦！你知道我们笑啥？知道我们为什么笑不？"

我摇着头，可是我就是想笑。他们一笑，我就觉得可笑。

"你说，他们几个人，都叫什么？"

我想说，但想想，不能说。"他们不让我说，说了没有好果子。"我说。我想到，他们往我嘴里塞红薯的情景。红薯软软的，刚从地里挖出来，一股难闻的臭味儿。"你不说，更没有好果子，你知道不？"有人踢到我的膝盖，有人踢到我的屁股和小腿，"疼。"我说。

我不知道更不好的果子还有什么，大概就是另一块坏了的红薯，个头更大一些。

"他们给你什么好处？"我听到有人问。

"好处？"我看着他们，他们也都朝着我看。我想起来了——"烧饼！"我想到了烧饼。当然我没有烧饼，齐大还没给我烧饼，他说了会给。只要我站在这里不动，人来了就学咕咕鸟叫。我爱吃烧饼，我吃过烧饼，大伯给的，他去末庄买米没再回来。

"他们骗你哪，傻子！他们什么都不会给你，屁也不给！"

一群人，在哈哈哈哈地笑。我也学着他们的样子，笑。"一个傻子，还想学人家当贼……他们分东西的时候，就没你的份！"

没有。没有我。他们这么一说我突然感到委屈，尽管想不出为什么会有委屈。我不想笑了，想哭。我咧开嘴，鼻涕又流下来了。

踢踢踏踏的人，顶着火的好多人从门里出来。"赵老爷，快快快，我们抓到一个望风的！是个傻瓜！""赵老爷，这个傻子……不跑，他都不知道跑！"

"打他！敢偷赵老爷！真是！""打，我叫你偷！"

他们都在打，连刚才在后面的拳头也都伸了过来，就像赵老爷是一大堆拳头一样。他们打得更厉害了，都有大力气。

咕咕……我把后面的咕咕咕咕给咽回了肚子。我感到害怕，像木棒打到了头上一样害怕，像要被剥了皮一样害怕。"他们不让我动。"我说，"他们说，听到有人来，就咕咕咕咕。"

"就你？"穿着宽大大衣的赵老爷也跟着笑了。他用一根黑木棍指着我。那根木棍，像被火烧过的一样。

"就是，就你这样的，也敢来偷赵老爷！也不打听打听！""这帮小毛贼也真的没长眼，赵老爷家，能是那么好进的？""哪里是没长眼，是没长脑袋！不是从来没开过窍，就是给驴踢过！""老爷，是不是还有什么东西没追回来？看看是不是在这个小毛贼的身上！""对对对，搜一搜！"

"……可不能便宜了他们!""……砸死他!给赵老爷出出气!"

好多的声音从后面涌过来,我听见太多张嘴在说话,都在说话。声音越来越大,也越来越近,地上的月光都被他们挤得不像样子。有人敲到我的头。"疼!"我说。

有一条袖子伸过来,脱我的棉袄。有两条手臂,脱我的棉裤,我的屁股也被人拧着。"别……"我说,"我没有……他们不让我动……"

一记耳光。那个秃头在甩着手。我的眼前闪过不少的金子,而一只耳朵里,尽是知了的叫。"疼!"我说。"可不能轻饶了他!看他以后还敢不敢!""给赵老爷出气!看把赵老爷气得!""这样的二傻子,打死算啦。也不撒泡尿照照自己,还给人家望风!""打傻子喽!""打毛贼喽!""看他还敢不敢!"

"让开!让我来!"葫芦头的头先钻出来,接着是他的扁担,"非要做贼,看我不开掉你的榆木脑袋!"

…………

5

"疼。"我说。头像裂开了一样,里面不知有什么东西在往外挤。"疼。"我说。我睁睁眼,可是睁不开,它们像是被什么东西给糊住了。

我觉得自己被人按在地上,从腰带那里拔出刀子。他在给我剥皮，从脑袋那里开始。张屠户剥兔子的时候就是那样，好多人在旁边看，看他的刀子。他们提着我，把我放在水里洗，张屠户就是这样洗兔子的。我在水里跳，哗哗哗，哗哗哗。

可我的眼睛还是睁不开，它被什么给糊住了。

"……怎么办？咱……"

"等下去也不是办法……咱可是一天半没吃东西了……"

"大哥也不知道怎么样了……这帮王八蛋，下手可狠呢！"

"……救……""怎么救，咱们能怎么救？……""再搭进去……"

我的眼睛被糊住了，耳朵也就不再灵光，只能模模糊糊地听到。"疼。"我说。"你哼哼什么！"一只脚踩在我的肚子上，我觉得它一下子就踩出血来了。

"都是这个傻子……他妈的，都坏在他的身上啦……"

"大哥也是……要是咱们……不再去……"

"杨栋，你说，接下来怎么办？……咱们不能守着这个傻子在这里等死吧……"

"你有什么办法不？"

"咱们……还得干一票……"

"可大哥不在……这个傻子可不能用了……"

"要不然，咱们怎么办？回黄庄？等着饿死？……"

"有点憋屈，不是？"

我用用力，睁开了半只下边的眼。看到了杨栋的鞋，我认得，他摸鱼的时候我给他看衣服来着。我再用力，把上边的那只眼睛也睁开，眼皮被扯得生疼。"二傻子，你醒啦？"杨栋又踢了我一下，我并没有流血。

"我……"我说，"疼……"我让杨栋和齐三看看，我是不是被扒掉了皮，我的皮还在不在。

"傻子还会做梦呢！"齐三把一块墙皮丢到我脸上。他总在那里抠，使劲地抠。我又听见了水声，哗哗哗，哗哗哗。

"我们还得做一票，不然……"齐三把另一块墙皮又丢到我的脸上，再一块。

"要不……我们……去当兵，怎么也有口饭吃不是？"

"那口饭更不好吃……再说，人家要不要……"

"南方，不是正闹什么……革命党？我们要不投了去……"

"别瞎说！那可是掉脑袋的！……不过，话说回来……"

"疼。"我说。我没有被扒了皮，可脑袋和身上还是都在疼。我动动身子，疼得更厉害了。

"傻子，你被绑着呢，别动！"杨栋的脚又落在我的肚子上，"怎么不叫人打死！要是你他妈的能换回大哥来……"

"别理他！我们收拾一下，还得再做一票。就是去当兵，也得先做了这一票，不然我们都没有盘缠，更别说吃饭了。"

"行。我们先去踩踩。"杨栋直起来,我只能看见他的半条腿了。

"我。"我说,"还有我、我。"

"去你妈的,狗屎!"齐三冲着我说,"要不是你瞎咕咕,我们早就得手了,也不至于非得……要不是你,我大哥也不至于折在那里,被人家抓到!你,你你你!还你你你!"

他一脚一脚,一脚一脚。

"算啦,算啦,和一个二傻子。"杨栋扯着齐三的棉袄,那是我的棉袄,袖子一侧闪着油亮亮的光,"我们省点力气吧,都饿了一天半了。走。"

杨栋踢踢踏踏地朝外面走。我才看到灰头灰脸的土地爷,二爷爷说它是泥巴做的,里面填的是芦苇和棉花。"别……"我喊出声来,"还有我。为什么没有我?"

我用很疼很疼的脑壳想了一下:"咕,咕咕咕……"

"这个二傻子!"齐三转回身子,"他怎么办?要不,我们把他丢在河里算了,说不定,还能讹赵老爷一下……"

"嗯。"齐三和杨栋,一起朝我走来。

203

像是影子，像是其他

偶尔，奶奶会只言片语地提到我的爷爷。在我的感觉中，奶奶嘴里的爷爷像是一道影子，或者别的什么——反正，是一种稀薄的、抓不住也摸不到的"漂泊之物"，一种似乎不那么真实的存在。在奶奶的只言片语中，爷爷有太多的名字，譬如"你爷爷"，譬如"他"，譬如"不着家的""睡窝棚的"，譬如"死鬼""痨病鬼""胜儿他爹""瘦兔子""疯子"。还有的时候，爷爷会被奶奶完全地省略掉，她直接从事件讲起。听着听着我才意识到，哦，原来她在说我的爷爷，原来，她又记起了他。

"痨病鬼"是奶奶提到爷爷时最最常用的称谓，是故，从未见过面的爷爷在我脑袋里一直是一个穿着长衫，瘦瘦的，偶尔会咳一点儿血出来的病人形象，他弱不禁风，面色苍白……我父亲最听不得这个称呼，他只要听到，就会对着奶奶一次次纠正：他得的可不是痨病，而是肺结核，不是一码事儿，不是一种病，他是肺结核——"咱娘犟，你更犟。"母亲对父亲的所谓纠正很不以为然，"痨病，不就是肺结核吗？怎么会不是一码事呢？你没学过医，你不懂。"

母亲在公社里当过两年零三个月的赤脚医生，这段经历足够让她鄙视父亲更为可怜的医学知识。"就不是一码事儿！要不然，有了痨病，怎么还有肺结核？都叫痨病或者都叫肺结核不就行了？"父亲也不肯认输，只要奶奶再在他面前提到我的"痨病鬼"爷爷，他还会固执地纠正，尽管他的纠正对我奶奶起不到半点儿的作用。

那个痨病鬼躲在树园子的窝棚里。他可鬼着呢。有几次我去找他，本来他就在那个破破烂烂的窝棚里，可我就是没看到他。要不是我出来的时候他从后面叫我，我怎么也想不到，痨病鬼藏在那里。

那个痨病鬼，一天天就是咳，就是咳。他藏着钱呢。我早知道，他藏着呢。可就是不肯抓药。我说你就等死吧！痨病鬼还笑。我说你天天东躲西藏，就知道东躲西藏——你想没想过，你被二鬼子抓去？像林苍那样？痨病鬼还笑。

不怕？瞎说，他怕着呢！有一天半夜，痨病鬼敲门，我打开门，他在家里换了一条裤子然后就朝外面跑，我喊他他也不回头。什么味？我低头一看，裤子都是湿的，都是他尿的！那时林苍和林强都还没死。林苍说他们从滨州回来，半路上遇到二鬼子检查。二鬼子坏着呢！他们摸人的手，摸人的肩。痨病鬼让人家抓住手就吓傻了。他说自己的确不是种地的,是教书先生,没书可教了才去贩卖布头什么的……人家当然不信啊!路边还绑了三五个呢,他们被打得鬼哭狼嚎,就因为手上没有茧子。痨病鬼吓傻了,他哆嗦成一个儿,有个二鬼子笑起来:看,这家伙尿裤子啦!林苍说,你爷爷因为这泡尿救了自己。一个经人一吓就尿裤子的人,怎么会是当兵的,怎么会是地下党?他们又故意折磨了他一阵儿,然后把他放了。放了,痨病鬼就和林苍他们逞能,就说自己本来就内急,眼看要躲不过去的时候急中生智,有意把尿尿在了裤子里……

他怕。要不怕,他也活不下来……痨病鬼后来还跟我解释,说自己是故意的,是急中生智,先把自己救下来再说……他可鬼着呢。阎王叫了几次都没把他叫去。要不是他和挨千刀的四癞子换了命……

对于奶奶的这个说法,我父亲一直不以为然。他承认,我爷爷怕过,但这不能证明他是懦夫,只能说,他是一个珍惜生命的人,他这么一个珍惜生命的人,却投身革命,干一项"要命"的事儿,恰恰说明他是勇敢的。父亲也有他的证明,甚至,他的证明来自市志和当地的资料汇编。我母亲对父亲的证明也不以为然,她的例证是自己的舅舅,"前些年,他说自己打伤过一个日本兵,后来那个日本兵就被他打死了；去年，报纸上又登采访，他一个人就杀死了三个日本鬼子，明年可能更多……"

那个痨病鬼，什么也没给家里留下。他还给小花传上了病。

我母亲说，这才是我奶奶心里的症结所在，奶奶对爷爷的怨气和愤恨皆是由此而起。母亲说，小花是我的三姑，活到六岁，据我父亲说她一向乖巧，一副讨人怜的样子，腮一直是红红的。"那时候她就已经病啦！当时，兵荒马乱的，没有谁能把命当命。"母亲说，我爷爷的肺结核没有传给奶奶、我父亲和四叔，却传给了三姑。在三姑咳了几天的时候，奶奶去村外的窝棚里去找我爷爷——这并不好找，我爷爷居住的地方常换，十里八村废弃的窝棚都被他睡遍了。奶奶求他，拿出几块银元来给女儿抓药，就算是借他的也行。好说歹说，一脸难色的爷爷终于从一棵槐树的下面扒出了一块银元："这不是咱的。你记得，咱得还。咱得还上。"

我母亲说，爷爷的那块银元并没有起到任何的作用。大夫来了，也抓了药，但我三姑还是一日病重一日，最后，她都照看不了自己的弟弟了。你四叔也懂事儿，他拉着姐姐的手不哭不闹，你三姑留给他的鸡蛋羹一口也没吃。我母亲说，奶奶又去找爷爷要钱，爷爷告诉她已经没有了，一分也没有了，都发出去了……"其实他有。你爷爷吧，这个人……当年那些人，都这样。也不是他一个。"

爷爷是地下党。1996年出版的《滨州市志》上有他的名字，职务是中共地下党滨州区委副书记。他负责整个滨州区地下党的活动经费。《滨州市志》曾专门提到一笔，他在负责这部分"党的资产"的时候，没丢过一分钱，也没把一分钱用在自己的身上。据说这项内容是我父亲到市委史志办"要来的"，他向"兜里习惯插两支钢笔"的寇永革详细地讲述了我爷爷的故事，他的遗产和奶奶心里一直化不开的结，直到把自己说得泪水涟涟，把专心记录的寇永革也说得泪水涟涟。"你知道吗？我娘，到现在也没原谅他。她总觉得，要是我爹能多拿几块大洋，我的花儿妹妹就不会死。他也不会。"

我的"痨病鬼"爷爷还是个"不着家的"。他总是在外面，宁可睡在外面，宁可东躲西藏、风声鹤唳地躲在外面，也不肯像别家的男人那样，在家里待着，坐着，种种地或锄锄草什么的。"他痨病了也不肯在家里待。"

奶奶的怨恨并没有随时间的流逝而消逝，至少表面上如此。她真的不肯原谅。在奶奶的描述中，爷爷在这个家的存在就像是淡淡的影子，有一种似有似无的飘忽感，他的心在别处，身在别处，尤其是后来，日本人占领了之后，尤其是"紧张起来"之后——"里里外外，都得我一个人。你找他？不着家的可不能让你找到。他忙着呢，瘦兔子似的。"奶奶一边纳着鞋底一边自言自语，油灯的细火苗一蹿一蹿，油烟中弥散着混杂了蓖麻油的灯油气味，它早已把整个屋子充满了。"受的那个罪哟。"奶奶说的这句没头没尾也没有主语，我不知道她是在说我爷爷还是说自己。

对爷爷的"不着家",我父亲也有同样的感受,他承认,家里所有的事儿都是奶奶在操持,而我爷爷则完全不在场,他只是偶尔地回一次家,更偶尔地会坐下来和家人们一起吃顿饭——在我父亲的记忆中,爷爷能留下来吃饭,对于全家人来说简直算是个节日。"那样的时候太少了。"我父亲记得,有一次爷爷回来,还给我的四叔带来了一个玩具:一只用陶烧制的、绘有彩色斑纹的泥老虎。我父亲记得,那只陶虎一下子变成了我四叔不肯释手的宝贝,只让我三姑摸——我父亲在吃饭的间隙偷偷伸出手去摸了一下虎头,四叔立刻哭着尖叫起来。

在四叔的记忆中,爷爷几乎不存在,就连影子也算不上,"我没印象。我根本想不起他长什么样。不过,你爸爸说的泥老虎我倒是记得,不是陶的,用胶泥烧的,上面涂的油彩没几天就被擦掉了。我记得是你奶奶,和换布娃娃的用纳好的鞋换的——没你爷爷什么事儿。"四叔认为,我父亲把发生在奶奶身上的事儿挪给爷爷,"他那心思……你爸爸就怕别人不知道他是你爷爷的儿子。哼,也没沾上光。他死得早,屁劲儿也使不上。"

是的,爷爷是一个不着家的人,他在家里的时间很少,特别是"紧张了"之后,日本兵要抓他,二鬼子要抓他,国民党兵和土匪也想着抓他——有几次,我奶奶和三姑四叔还睡着觉,门突然被打开或者窗户纸突然被捅破了洞,但他们找遍了角角落落也找不到爷爷的影子。奶奶对闯进房子里的人从来没有好气:没见!他早死啦!我还想问你们要人呢!

你看看，这个家——那个死鬼要是在，能过成这个样子？

"你奶奶，厉害着呢。"四叔拍拍我的头，"咱们家里，你奶奶是最厉害的那个人，她可不是让人的人，任何人只要经她一嚼，连骨头都得被嚼碎喽！十里八村都有名！也是没办法的事儿。"四叔再拍拍我的头，"不这样也不行，活不下去。要不是她，咱这个家，早就……唉。这个家，得感谢你奶奶。你爷爷……家里没沾他半点儿光。"

"你四叔，就想着沾光，沾了一份还想着十份儿。"我母亲对四叔的说法并不赞同，"他可没少沾光，你去公社广播站——你以为人家不是因为你爷爷的关系才照顾的他？没待太久，是他自己不争气，还能怪谁？"一提起四叔，母亲就有一肚子的愤慨，她始终觉得奶奶太过偏心，"占便宜没够。干啥啥不行。"

好啦，话题还是回到我爷爷的"不着家"上来吧，在这点儿上，他真的就像是一条时有时无、多数时候是无的影子。他在家的时候很少。即使回来，也多是夜间，甚至多是后半夜，那时候我的父亲、三姑和年幼的四叔都已睡去，只有纺线的或者纳鞋底的奶奶还在油灯前醒着，墙上跳动的影子比她更瘦更长……偶尔，被自己的身体压麻了手臂的父亲翻身，睁一睁眼，他看到爷爷坐在炕沿上的影子——他根本来不及说句什么就被自己沉重的眼皮压进了梦乡。"家里的事儿他什么都不管。"我奶奶这样说，四叔这样说，而我的父亲……他不否认这是事实。"你爷爷是很少回家，而即便回来，也多是大人孩子都睡着的时候。没办法，那么多人抓他。他还管着钱,整个滨州、烟台地区的活动经费。再说,你爷爷不回家,还有别的理由。"

父亲给出的理由是:一、爷爷不回家,是不想给家里带来危险,他可不想家里人受自己太多牵连。那时的地下工作,可真是掉脑袋的事儿,要是在家里被抓那一家人可能都跑不掉。二、他得了肺结核,怕传染给家人,就是这样他还是把肺结核传染给了我的三姑,最终导致了她的死亡。

父亲的理由并不被奶奶接受,至少,她不能接受第二条。

"这个家,就像没有他一样。"

小时候,我被父母安排在奶奶身边,跟着奶奶睡,而他们则在不停地忙,用父亲的话说就是都在忙"革命工作"。作为酬劳或者别的,父亲和母亲会给奶奶一点点儿的钱,会给奶奶购买小米儿、蜡烛、沧州红枣、针和线、棉花……母亲说,不止一次地说过,你奶奶真的是——她觉得让孙女跟着自己睡就仿佛亏了多少似的,好像油也是孙女用的,灯也是孙女用的,米和面也都是孙女用的……"我们给你奶奶的东西,养你三个都足够!"

奶奶则是另一种说辞,她说,我父亲可真是我爷爷的儿子,"不着家也是随啊!又是一个油瓶倒了不扶的手!"她说,哪来那么多的革命工作,他们就是懒,不愿意管孩子,又不是在打仗,又不是紧张时期!仿佛是为奶奶的话语佐证,我四叔时常坐到奶奶的炕头上,说着说着就聊到我的父亲母亲，很随意地说一句，二哥今天下午捞了不少的鱼。他们没给你送来？二嫂子今天看戏去了，她买了糖葫芦吃，弄得嘴上全是糖！你知道，刘栓嫂子爱嚼舌头，就是她告诉我的。奶奶说，你嫂子，是个什么样子！没工夫看孩子，倒有工夫看戏！

偶尔，奶奶会做出制止，你别说了！别让孩子听见！"她还会传舌头不成？"四叔拍拍我的头，"我说的又不是假话。传也不怕。小宁啊，他们就是不要你了，要不然，放你奶奶这里干吗？"

看看你！奶奶并不愿意听这话，你怎么长了一副娘们舌头！我们家小宁，懂事儿着呢，可别和你爹娘说啊。大人的事儿，小宁不掺和。

是的，我不掺和，我也不知道自己能怎么掺和，怎么掺和了还不被训斥——所以，我躺在炕上，玩着自己的衣服或者被角，一副没有耳朵的样子，但他们说的我都听得见。譬如，我奶奶也会和四叔提及我的爷爷："那个死鬼，本来可以不死的。也不是要命的病，都带了三四年了。可是，他非要。他的命换给了挨千刀的——本来那个挨千刀的早已经死了。""他跑到关东去了，没听说再被抓到。""该死的偏死不了，那不该死的……"

我奶奶不止一次地提到爷爷的"换命"，这是她对爷爷耿耿于怀的另一个缘由，每次说起她都会咬到自己的牙——"这个死鬼！自己的孩子都不管不顾！"

在很长的一段时间里我都无法知道奶奶讲的是怎样的一

个故事，什么是"换命"，我只是默默地听着，反正奶奶也并不是讲给我听的——我觉得她是讲给自己听的，只是讲给自己听的，而我在她身边，不过是给了她一个可以不顾忌地说出声来的理由。随着时间推移，我的这一感觉越来越重。因为她讲的故事多数无头无尾，多数只是一个片段，一个跳跃不已的句子，一个场景，甚至一段人物不明的对话……她似乎是在和自己的记忆说话，这个倾向也随着时间的推移越来越明显。

把那些只言片语以及我父亲、母亲和四叔的讲述串联起来——于是，我在自己的大脑里搭建了有关爷爷的那个故事。那个故事是个黑故事，它始终被奶奶记恨，在我父母那里多少也有些讳莫如深，似乎奶奶的记恨也传染给了他们。下面，是我搭建起来的故事，它可能与我奶奶、父亲和四叔那里的故事并不太一样。

故事是这样的：我爷爷有四个兄弟两个妹妹，然而在兵荒马乱、缺衣少食的年代，到我爷爷十三岁那年，家里就剩下了爷爷和三爷爷兄弟两个。他们相依为命。后来我爷爷去天津上学，而三爷爷则不知道为何离家出走，当起了土匪——我们当地管土匪叫"仨儿"，三爷爷变成了"林仨儿"。变成了"林仨儿"的三爷爷立刻有了另一副面孔，不几年的时间，他就成了杀人不眨眼的恶魔，让人闻风丧胆，大人们习惯用"林仨儿来了"吓唬不听话的孩子，而一听说"林仨儿来了"，多不听话的孩子立刻成为不哭不闹的木头人……林仨儿的名头越来越响，而且不止一次地使用分身术，可以同时在阳信、高青、桓台和利津犯下命案，杀人越货，把十六七个壮年的小伙儿打断了头骨或肋骨。"林仨儿"声名赫赫，几乎所有的恶行都有他的份儿，他的后背上背着数十条人命，而每条命的背后又各自有着一条流不尽的鲜血河流……他什么人都杀，男人和女人，老人和孩子，国民党的溃军、二鬼子、还乡团和财主，还有日本军医，两个步兵战士和一个日本女人，两个地下党联络员——当我这位三爷爷被共产党的部队抓到的时候，他毫无辩驳地就认下了所有的罪行："不都是我干的，但有我一份儿。"

"这个林仨儿罪大恶极，不杀不足以平民愤——"区委书记梁朝河当着我爷爷的面儿签署了召开公判大会、会后将林仨儿一伙六名土匪枪决的命令，他命令我爷爷负责看押和枪决等事宜。当时，梁朝河似乎并不知道我爷爷和恶名昭著的"林仨儿"之间的关系，我父亲坚持这样认为，但我四叔并不这看。他认为梁朝河其实是故意的，他就是想考验一下我的爷爷。我的爷爷，真的没经受住考验。

在得到梁书记命令的时候我爷爷并没说什么，他表示要坚决执行——这些土匪实在是当地的大祸害，不杀掉真的是不足以平民愤，他们的存在始终让人惶惶不安，提心吊胆。第一天，第二天，我爷爷都没说什么，但第三天上午，经历了一夜辗转的我爷爷还是走进了牢房。说是牢房，不过是逃跑的地主家的一栋独院儿，院墙高耸，原是为防土匪的，现在做了牢房正好派上用场。我爷爷和三爷爷谈了一个上午，中午的时候，我爷爷还叫人送了一坛子高粱酒进去。他也喝了一点儿，走出牢房的时候他的面色更为红润，而咳，也比平时厉害。据说，他找到梁书记，建议用活埋替代枪毙——毕竟，子弹要省着点儿用；活埋会比枪毙更有震慑效果，也更能让那些受害人的家属出口恶气——梁书记想都没想就答应了下来，好，就这么办吧！你组织咱们的民兵去挖坑！

批斗会开得热烈而顺利，毕竟，"林仨儿"和他的同伙实在招人恨，而"供认不讳"的林仨儿也完全没有悔罪的意思，一脸笑嘻嘻的模样，这让他自然变得更加招人恨。围观的百姓不甘落后，抢过民兵的铁锹你一下我一下地朝林仨儿他们身上丢土，一边丢土还一边咒骂。据说，我奶奶也在人群中，她也抢到了铁锹。她的一个对她很好的舅舅，在给她家送高粱米的时候被土匪劫了，没等家里凑上赎金就撕了票，可赎金一分也没少要。据说（我忘了是我父亲说的还是四叔说的），我奶奶看着埋住了头的那些土包还在一鼓一鼓，就又抢过铁锹朝着土包各自拍了一下，"叫你们作孽！"

那时，日本已经投降，国民党的部队也在节节败退，地下党也慢慢地浮出了水面，我爷爷偶尔也可以回到家里好好地待上一会儿，毫无风声鹤唳感地和一家人吃顿饭了。在奶奶的讲述中没有这一段，但我听得出来，那种紧张得让人窒息的日子马上就要结束了。傍晚，爷爷回家了一趟，他拿走了家里最好用的那把铁锹。如果不是他取走铁锹，奶奶也许不会把后来发生的事那么顺畅而迅速地和爷爷联系在一起。第二天早上，有人发现，埋下"林仨儿"的那个土丘被人挖开了，里面那么招人恨的应当挨千刀的"林仨儿"已经不知去向。

爷爷受到了审查。地下党有着极其严格的纪律，而我爷爷的所作所为，却是严重的违反甚至破坏，何况，他还是滨州地区那么重要的人物——爷爷被五花大绑，送进了刚刚空出来的牢房。据说，我爷爷拒不承认是自己放走了"林仨儿"，而他拿走的铁锹也没有挖过土的痕迹，挖土救走"林仨儿"的应当另有其人；据说，爷爷在第二天上午就向组织坦白了。"林仨儿"真是命大，爷爷将他挖出来的时候他已经毫无气息，但爷爷用铁锹拍了几下他的后背，要将他再埋下去时，他却又活了过来；据说，同样是据说，我爷爷在牢房里，就和三爷爷商量了把三爷爷救下来的计划，不管怎么说，这个让他也咬牙切齿的土匪头目是他的亲兄弟，老奶奶临终前反复叮嘱过我爷爷，要看护好他，千万要看护好他。救三爷爷的主意是三爷爷想的，他和我爷爷说，即使这样你也救不下我，要是真想救下我，你得换命，把你的命换到我身上我才能——"你可自己想好了，要救我，你自己就活不长；要不救，兄弟和你今天的相见就是永别。"整整一个晚上，我爷爷都在床上辗转，在救还是不救、换还是不换之间来回反复，天亮起来的时候他终于下定了决心：换。按照三爷爷教给的方法，我爷爷……"那是迷信！怎么会！不过，你奶奶真还信了，一直在说，你爷爷的命被他挨千刀的兄弟换去了，人家铁石心肠，还不念他和这家人的好！"这段说辞，我父亲和四叔取得了一致，说实话他们很少有一致的时候，无论是对记忆、旧事还是现实。

没有人真正知道我爷爷是怎么"脱罪"，又被放出来的，即使在家里我爷爷对自己的所做也是守口如瓶。很长一段时间我奶奶并不知道爷爷在后面都做了什么，后来知道了爷爷的身份但也不知道这个身份意味着什么，有哪些事儿要做，她知道的只是爷爷在做"要命的事儿"，随时可能被杀头，认同嫁鸡随鸡、嫁狗随狗的她只能一路掩盖，尽她的最大可能……我父亲认为，爷爷应当是没认，在当时整个地下党组织中他的人缘好，大家都睁一眼闭一眼就过去了，也都理解他的难处。四叔坚持另一种观点，他觉得是区委书记梁朝河救下了我的爷爷，他们一起出生入死，感情实在太深了，是梁书记舍不得他。

下面的故事或许包含了虚构但基本合理，我承认，这里面有猜测的成分，并非完全依据奶奶的只言片语，或者来自父亲与四叔。在得到这个消息之后，我奶奶自是吃惊，紧接着怒火难抑，紧接着则又是紧张和惧怕……"我一听，就知道是他。是他挖出了这个挨千刀的！"多年之后，奶奶提起这件事儿来话语里还是包含着怨恨和不满，她不肯原谅，这是直接扎到她心尖上的一件事儿，直接让她感觉自己的身体硬生生被挖掉一块肉的一件事儿。

经过审查之后的爷爷被放出来，不知道是不是审讯的缘故，反正他看上去心力交瘁，咳得更厉害了。他决定回家住一段时间，反正那时段国民党已经败退，一些散兵游勇也翻不起风浪——可是，他的归来遭到了奶奶最为坚决的拒绝。

"你干吗要放他？你要想放他，别抓他啊，让他继续杀人放火多风光啊！这么多年，我真没想到你会是这样的人！"

"他的命你都能救，那咱家花儿的命就不是命了？也没见你用这么大的力气！咱家花儿，临死的时候就是喊爹，你那时在哪?!"

"我不信！我不信你这个人！你别回来啦！少了你我们一样过！"

连续几夜，奶奶都早早地闩门，一听见外面的动静马上就熄灭油灯，她坚持不给我爷爷开门，即使后来我们瓦爷爷、六奶奶和梁朝河前来求情也不行。之前，梁朝河和我父亲回家来过多次，尽管他从不在奶奶面前多说什么，但我奶奶早就心领神会、心照不宣，心理上早就有了特别的亲近和尊重——可是，我奶奶连他的求情也拒绝了："我这个家，容不下他。老梁啊，我瞎了眼，难道你的眼也瞎吗？"

大约我爷爷也没有想到奶奶的坚决，平日里她可不是这样。她被"林仁儿"脱逃这件事儿伤透了，再加上我花儿姑姑的死。爷爷在房子外面徘徊了几日，最后，在门口放下了一堆破破烂烂的东西和三斤小米，又退回到果树园里的窝棚里。这一去，便是与家的永别。

小时候，我被父母安排在奶奶身边，跟着奶奶睡。奶奶睡得很晚，往往是，我在半夜里醒来，她还在点着油灯，一边做活一边说话。她的话有时只是无头无尾的片段,我总觉得她并不是说给我听的,而是说给自己和自己的回忆听的。偶尔,奶奶会只言片语地提到我的爷爷。在我的感觉中,奶奶嘴里的爷爷像是一道影子,或者别的什么——爷爷的存在极为稀薄,这个稀薄里还包含着怨愤的成分。在讲述爷爷被拒之门外的片段时,奶奶的语气中怨愤的成分似乎会变得更多,可我母亲却觉得,"你奶奶应是后悔了"。

之所以说我奶奶"后悔了",母亲给出的理由是,我爷爷在不到两个月的时间里突然病情恶化,他开始咳血,大口大口地咳,大口大口。奶奶被人叫去,她和我爷爷在窝棚里说了很久,然后,我父亲和四叔也被叫进了窝棚,爷爷就在荒郊中的窝棚里咽了气。关于爷爷的遗言,我父亲记下的是:你爷爷说,革命马上要胜利了,我们已经看到了曙光,会好起来的,一切都会好起来的。你们记住,将来我们胜利了,你们一定要……而我四叔,他所记下的则完全不同。他记下的是:我爷爷问他,拾麦子去不?你拾了多少?以后想干什么啊?我四叔想都没想就径直笃定地回答:我要当卖花生的!要是没人买,我就自己吃了它!爷爷竟然笑起来:我这儿子,有出息,就是不忘吃!

尽管是自言自语,尽管奶奶在晚上讲述她的故事的时候说出的都是只言片语,有时候我根本无法通过想象为她搭建起连贯的画面,但在我的印象中,奶奶从未向我提及爷爷临终前都和她说了些什么。她像我的爷爷在家里时那样,守口如瓶。

我知道的是,据我父亲的讲述而知道的是,奶奶从爷爷的窝棚里出来,径直走到蹲在门外的柳树下吸着旱烟的梁朝河面前:你给我找两个人,跟着我走。

他们在果树下、生有三棵白蜡树的艾草地里、桥墩的缝里,以及河边老槐树生着虫子的树洞里,先后找到了二十几枚银元和一小包被蓝布包裹着的东西。它们,被交到了梁朝河的手上:"他刚告诉我的,都在这儿了。大概能对得上。"

深陷于悲痛中的梁朝河显得更为悲痛:"我这林哥,这,这是……"

"他没动过一分一厘,你清点一下。"奶奶认认真真地对梁朝河说着,"他说,等胜利了,就再也没有穷苦人了,就都能有饭吃了——是这样吗?"

在我的感觉中,奶奶嘴里的爷爷像是一道影子,或者别的什么——反正,是一种稀薄的、抓不住也摸不到的"漂泊之物",一种似乎不那么真实的存在。而更为稀薄的,几乎未曾被提及的还有一个人,奶奶的大儿子,我父亲和四叔的大哥,他大约比影子还要淡,还要稀薄。我不知道奶奶为什么几乎从来都不提他,要知道他是在十一二岁的时候走失的,而只活到六岁的花儿姑姑却时常被奶奶提及——奶奶,为什么从来都不提及自己的这个儿子呢?

父亲和母亲,包括与奶奶最为亲近、总把自己当成是母亲肚子里的蛔虫的四叔也并不清楚具体的原因,他们给过我不少的理由，但那些泥做的理由都无法独立站住。在奶奶去世五年之后，我父亲突然接到一封来自黑龙江的信，那封信里提到了我的大伯，他有了认祖归宗的念头，决定回家来看看。当然，这已经是后话，我会在另一篇文字中再做介绍。

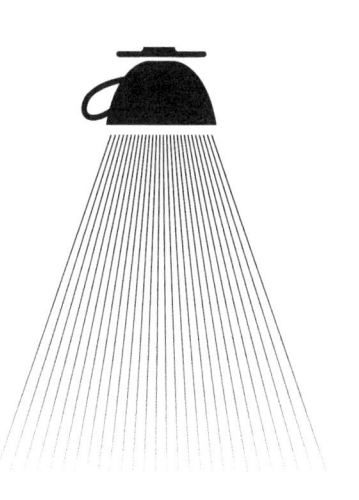

外国故事

小说家马尔丹，和故事里的玛格莱娜

法国作家马塞尔·埃梅[①]在一篇题为《小说家马尔丹》的文字中曾提到，"从前有一位小说家，名叫马尔丹，他总是情不自禁，将书中的主人公甚至是次要人物处理死掉。所有这些可怜的人物，在开头一章都精力旺盛，满怀希望，到末尾二三十页时，就像得了传染病似的，往往正当壮年就一命呜呼……"当然马塞尔·埃梅也承认，"其实，马尔丹是个心地非常善良的人。他十分喜爱他的人物，巴不得能让他们活得长久些，但是他却无能为力。"

如果我们熟悉马尔丹的写作，会发现埃梅的陈述是一个事实。的确如此，马尔丹其实很爱他笔下的人物，小心翼翼，倾力地呵护着——他甚至会用自己的血液来喂养那些人物，这是他在小说《拉卡丹的昨天》中反复提到的句子："但他们，那些小说人物终会走向某种马尔丹无法控制的结局，一个个令人忧伤地死去。"这也让马尔丹异常地痛

[①] 马塞尔·埃梅（1902—1967），法国短篇小说大师，被誉为"短篇怪圣"。

苦，他甚至一度怀疑控制着他的手的不是"上帝"而是"撒旦"，在他心目中，"上帝"不应有这般的狠心。每次一篇小说写完，马尔丹都感觉自己的一些血肉和骨骼被抽了出去，那些人物的死亡也是他部分的死亡，两者是那么地相像。

每次，一篇小说写完，马尔丹都会极其痛苦地喝下两大杯杜松子酒。他要用一种苦味抵抗另一种苦味儿，用一种辛辣感抵抗另一种辛辣感，然后筋疲力尽地倒在床上。"原来，写作是这样痛苦的一种事业，"马尔丹一百次地发出同样的感叹，"可我又不能摆脱。"

好啦，下面我要讲的，就是小说家马尔丹的故事。

小说《阿尔芒狄娜》为马尔丹赢得了巨大的声誉，"巨大"这个词是马塞尔·埃梅用的，他还用到了"轰动"——如果不是他，我一定会更为审慎地描述马尔丹的成功，毕竟我对法国文学了解得不够充分，而且不太在意作家们的传记。那，往往是另一重的虚构，他们总是遮遮掩掩，不会有一个人给这个世界留下什么信史，就连《忏悔录》中的卢梭也是如此。同样是出自马塞尔·埃梅之口，他说马尔丹的小说《阿尔芒狄娜》"不到半年的时间，这部小说仅仅在法国就整整销售了七十五万册"——真是一个了不得的数字。

《阿尔芒狄娜》的成功让马尔丹兴奋，甚至有种微微的眩晕，当然这种眩晕感，部分来自酒精。马尔丹的应酬多了起来，他不得不会见更多的出版商、名流和名媛，以及传记记者的采访。挟带着这份微微的眩晕感，马尔丹开始了新的创作，一部题为《樱桃与远处的船帆》的长篇小说。

他写得很快。那份夹杂了更大成功的期许的创作喜悦仿若是一剂吗啡，让他克服漫长的写作所带来的疲倦，而一向专横的出版商此时变换出的嘴脸更使他小有幸福。"终于，不用顾及那些苛刻要求、向他妥协了。这样的写作才是一件真正快意的事啊！他总想干涉小说中人物的命运——虽然，正是因为他的干涉，《阿尔芒狄娜》才没有人物死亡。但我还是反感他的干涉，要知道，我自己都不能干涉人物的命运，只能任由他们自己走向……现在好啦，《阿尔芒狄娜》给我提供了道路，在这部新小说里，将再没有一个人走向死亡，就是大盗罗道尔夫也不必有所不安。嗯，他的命运当然还是会多舛，但他终会好好地活下来，相对于活下来，身上多几道伤痕又算得了什么。"

……尽管小说家马尔丹没有明确，但我们基本可以认定《樱桃与远处的船帆》是一部充满浪漫气息的爱情小说。位于诺曼底的一座城堡里，一场盛大的宴会正在进行，跟随母亲来到城堡的玛格莱娜与众多的女伴们乘着间歇来到樱桃园。她和女伴们聊着时兴的话题，聊着充满了无聊幻想和琐细小心思的流行小说，以及《拉摩的侄儿》。玛格莱娜并无多大的兴趣，她一边礼貌地点头，一边移向墙角，望向远处的大海和隐隐的船帆。这时，宴会突然出现了骚乱，原来，一个名叫罗道尔夫的江洋大盗悄悄溜进了城堡，他不仅在众目睽睽之下喝掉了仆人送上的金箔酒，并且将小穆德吕伯爵心爱的凡尔赛银酒杯盗进自己的怀里。若不是喝醉的、让人讨厌的奥杜波瓦纠缠住他非要谈自己所经历的风流韵事，而急于摆脱的罗道尔夫显现的慌乱被站在一旁的苏必龙警官注意到的话，这个臭名昭著的江洋大盗将以大摇大摆的姿态走出门去，而让那些丢失了物品的显贵们相互猜忌……经历一番喧哗与混乱，罗道尔夫闯到了樱桃园，他在急速的穿梭中碰到了玛格莱娜的杯子，在杯子即将落地的时候罗道尔夫伸手接住，并将水杯递还给玛格莱娜，然后转身，从怀里掏出一条长长的绳索，然后就是"他简直像一只敏捷的猴子，充分地利用着绳索所荡出的弧度，轻盈地飞下了城堡……"

两个人的第一次相遇给玛格莱娜留下了很深的印象，她甚至记下了罗道尔夫脖颈处的一道伤疤。但她从未想到自己会和这个人再次相见，毕竟，她和他属于不同的生活，而传说中江洋大盗的名声也并不怎么样。那时，情窦初开的玛格莱娜暗恋着一个在卡斯特兰的小有名气的诗人，而诗人放荡的、混乱的情感生活又令她痛苦不已……这一日，她从诗人常待的咖啡馆里带着一点点的憔悴走出，突然发现迎面走来的那个戴礼帽的绅士竟然是罗道尔夫，他的伪装未能骗到她，尤其是脖颈处那条浅浅的伤疤。于是，她突发奇想，决定跟踪这个江洋大盗，看他伪装成这个样子究竟是想做什么……我当然不应当复述马尔丹写下的整个故事，余下的只能用最为简略的方式说出：在交往和了解中，玛格莱娜不能自已地爱上了罗道尔夫和他的那种生活，她在罗道尔夫那里发现了一种炽烈的纯洁性；而江洋大盗竟也不自觉地爱上了玛格莱娜，他原以为永远不会如此。两个人都在冒险。两个人，也都在煎熬。

"我甚至，能听到他们因为强烈的渴念而产生的噼里啪啦的火花，我不得不朝着纸页上吹气，免得这些火花把我刚写下的纸张烧毁掉。唉，当一名作家是多么地艰难，我不得不小心翼翼，生怕有一点点的不合适……在小说的最初，我原本没有想让罗道尔夫和玛格莱娜会这样地靠近，我甚至想让玛格莱娜在走近罗道尔夫的船的时候失足落水，而感染上肺炎……"

"你，亲爱的马尔丹，你不是又想把女主人公解决掉吧？"出版商伸出肥胖的手敲敲咖啡杯，"大家刚刚欣喜地发现你笔下的人物可以不死，你又来这一套，我代表你最最坚定的读者表示难以接受……""不不不，不会，这一次不会再有谁死去，如果不出现特别的意外的话，就是不断冒险、行走在刀尖上的江洋大盗也不必有这样的担心。我现在想的是，如何避免两人之间不断闪现的火花将我写到一大半儿的作品燃烧掉。我想，我需要一些钱，一点儿的预付金……"

没有问题。出版商第一次那样畅快，飞速地从胸口的衣兜里掏出支票，填上一个数字。"记得，这本书里不需要死亡，死亡是能够侵蚀到整本书让它发臭的毒药。我希望他们在文字的最后一页都活得好好的，无论是否能在一起。"

"他们将会克服一切困难，你知道，我一直在试图让困难加剧，支配我手的力量一直迫使我这样。我已经无法控制他们的相爱，无法控制他们相爱中的那份炽热——他们就要进入到真正的爱情里啦,还有大约三个页码。明天……明天我会有些事做,让惹人爱怜的玛格莱娜再多等一天吧,尽管我和你都已经了解她的急迫。我和马蒂厄·马蒂厄在明日中午有个约会,鸭绒酒吧,你知道他为《阿尔芒狄娜》的完成提供了很多……"

我或许需要再次提及小说家马尔丹的晕眩。它是来自意外成功的兴奋;来自酒精,它的作用不能不提及;来自劳累和疲倦,毕竟长篇小说极为需要体力——还有一层可能是,小说家马尔丹很可能患有血压方面的疾病,不过他从未朝这个方向想过也没有做过相关的检查。总之,他时有晕眩,在小说《阿尔芒狄娜》获得巨大成功之后更为明显。

第二天,马尔丹带着轻微的晕眩感出发,穿过马路,准时地赶到街角处的鸭绒酒吧,一间面积不大的小酒馆。在走进小酒馆之前,他先和露天座上的两位顾客打了个招呼,尽管马尔丹并不熟悉他们,是他们先把晕眩着的小说家马尔丹认出来的。在酒馆里,马尔丹和希望体操协会的拉贝杜利埃打过招呼,他是一个成功的商人,与马尔丹早就认识,但在《阿尔芒狄娜》成功之前拉贝杜利埃总裁总是有意无意地忽略马尔丹的存在,但这时已经不同。他让服务生端给马尔丹一杯龙舌兰,热络地邀请马尔丹参与他的希望体操协会所组织的户外活动,马尔丹不失礼貌地拒绝了他,但答应在适当的时候会出席拉贝杜利埃希望体操协会的酒会并做简短的发言。诗人、马尔丹的好友马蒂厄·马蒂厄绕到前面,用他硕大的拥抱将拉贝杜利埃隔开:"哦,志得意满的老兄!看看你身上的得意,就要把你肚皮上的扣子撑开了!而我,还是那个遭受诅咒、遭受唾弃的孤儿,镶嵌在马口铁上的阿马拉珍珠!……想想吧,你的成功建立在你放下了屠刀、接受肥胖的出版商规划的结果之上……你竟然不带半点儿羞愧的表情。哦,老兄,你在我面前假装一下也行啊……"

下午的某个时分,教堂的钟声响过不久,卡斯塔兰谷物市场街区那边传来一阵马蹄声,而小说家马尔丹也正从酒馆里摇晃着走出来,带着他加重的晕眩,试图横穿马路。马车不知道受到了怎样的惊吓;而马尔丹也已经走到了路的中间,可能的晕眩让他想不到躲闪——行人们赶过来,值勤的警察也赶过来,脸色惨白的马车夫也赶了过来,酒馆里的马蒂厄·马蒂厄和拉贝杜利埃也赶过来,很快拉贝杜利埃就消失了。他们看着马尔丹脸上和胸口处的血,试图……下午四点十分,总是情不自禁地将书中的主人公甚至是次要人物处理死掉的小说家被送进医院。而在此之前,他就已经离开了人世。

他,死啦?小说家马尔丹就这样去世啦?

是的,确实如此,心地善良的马尔丹死于一场可怕的车祸,受惊的马蹄和沉重的车轮分别踩踏、碾压了他的胸口、大腿和额头,让他头脑里的晕眩一下子扩大了数百倍,然后沉入黑暗中去。那时,医院外面的阳光极为灿烂,烁亮得让走在路上的人都感觉晕眩。

"唉,那个作家,那个总是习惯把人写死的作家,他,去世了……"

"可怜的人，他才刚刚获得了成功，也许正是成功要了他的命……"

"怎么会？昨天，我还看见……"

"那，他的故事连载……我的上帝！他怎么能这样结束！这个可恨的马尔丹竟然就这样掐灭了我的期待！我都不知道自己能不能把他饶恕，该不该把他饶恕……"

夜黑下来的时候，关于小说家马尔丹的话题就在慢慢地消散，尽管城市的远处暂时还不知道他已经死亡。第三天，第五天，关于小说家马尔丹的话题则更为缥缈，他已经悄悄地沉入遗忘之中。

……并不是所有的人都遗忘了他——不是，他的死亡，至少让两个人心痛不已，悲痛欲绝——那两个人就是马尔丹新小说中的人物，大盗罗道尔夫和可怜的玛格莱娜。要知道，小说家马尔丹的死亡也许对别人来说并不意味着什么，也不会影响到他们的生活，哪怕是上一篇小说中出现的阿尔芒狄娜和苏必龙，然而对罗道尔夫和玛格莱娜来说则完全不同：小说家的死亡使他们的生活出现中断，他们只能停在那个满怀火焰和渴念的十字路口……如果不是小说中的这两个人物，你是无法"完整地"理解到他们的痛苦的，不能，绝对不能。

玛格莱娜一直在哭泣。她的泪水已经慢慢地洇透了纸面，若不是那些日子阳光充足，说不定马尔丹写下的《樱桃与远处的船帆》会变得濡湿，上面的字迹变得不可辨认。而同样痛苦着的、不吃不喝的大盗罗道尔夫，则砸碎了船上的镜子、罗盘和一切放置在身边的物品，把鱼叉和绳索也丢进了大海。夜深的时候，你甚至能听到从纸页中传出的哀号，和海上的风声混杂在一起。

"我记得你说过，你曾从书页中穿出去过，历尽种种的艰险到过外省的小城……告诉我，你是怎么做到的？"玛格莱娜来到海边，看上去，她比之前更加清瘦也更加坚毅。

"很难做到，真的。我当时……几乎是蜕掉了一层皮，我难以向你描述那种痛苦……好吧，我告诉你出去的方法，但我真不建议你出去。太难了，我不忍心让你也遭受那种痛苦……"

"那种痛苦，那种痛苦，难道那种痛苦比现在的痛苦还要更痛苦吗？罗道尔夫，如果你真的爱我的话，那就把你知道的告诉我，我必须……亲爱的罗道尔夫，我拯救的不只是马尔丹，还有我们和我们的爱情，你应当明白。如果我们在这里被卡住，那才是最最可怕的地狱呢！我觉得自己正处在火焰的中央，正在干涸……"

没办法，大盗罗道尔夫只得告诉她走出页面的方法。他还想吞吞吐吐地阻拦一下，然而玛格莱娜已经转身。

她有些迫不及待。

就像被雨水泡过了三遍，被泪水泡过了三遍，被血水泡过了三遍，玛格莱娜终于来到了纸页的外面。她特意看了看城市广场上竖立的日历，是小说家马尔丹停笔之前的那个时刻——也就是说，这时候距离马尔丹的死亡还有二十几个小时，差不多一天的时间。"哦，感谢上帝。"玛格莱娜长长地出了口气，"罗道尔夫说的是对的，当然他不会对我说谎。一切，都还来得及。"

重新打扮一下，玛格莱娜让自己看上去状态好了些，然后按下门铃。

"请进。"马尔丹打开房门，然后径直走回写字台前的台灯下面，"请您原谅，您需要先坐一会儿……我正在结束一句必须一气呵成的话，请给我一点点一点点的时间……这也是干我们这行的可笑的一面，总以为受灵感的催促……"

玛格莱娜坐下来，注视着她已经熟悉的房间，注视着做着沉思状的马尔丹，然后悄悄地流出了泪水。"你……"小说家马尔丹有些不知所措，他再次道歉说自己不应该让新来的访客坐在昏暗中，的确是种怠慢，"我，我们，是不是认识？实在抱歉，我觉得有些面熟，可是一下子想不起来。"

"我是玛格莱娜。"玛格莱娜一字一顿地念出自己的名字，她低下头去，"我是您书里的人物，尊敬的马尔丹先生。而我也知道，您根本不是在思考什么必须一气呵成的句子，您今天的书写已经结束了，它停在罗道尔夫赶来的路上，罗道尔夫转过了民族大街，第三根灯柱将固定住他的影子。"

"我，我是在思考……"马尔丹略有些小小的不快，"我的思考有时未必会马上落到纸上，有时它刚刚成形就被另外的想法给涂改掉，那些想法啊思考啊就再没机会落到纸上——我觉得，"马尔丹将手里的笔丢在写字台上，"你应当能理解小说家的工作方式，毕竟，你是被塑造出的人物。哦，之前，阿尔弗雷德·苏必龙太太也曾前来，就是上一本书《阿尔芒狄娜》中的人物，你知道她有些……她的脸有些臃肿，从下颏儿到领口之间的皮肤很白但有点粗糙，呈紫红色，这一现象在经受更年期困扰的多血质女性身上比较常见……"

"我知道。马尔丹先生，我读过您写的那本书，它让我触动，百感交集。但今天，马尔丹先生，我不准备和你讨论上一本书的故事，甚至不准备讨论你正在写的、关于我的故事的这本……我要说的，是您的明天。我不知道该怎样向您来讲述——但请您相信，我说的是真的，否则我也不会用那样大的力气来到这里找您。马尔丹先生，我建议您取消明天中午的约会，不要横穿马路到卡斯塔兰谷物市场街区那边的小酒馆里去。您会在那里遭遇到车祸，受惊的马车将会把您的骨头压碎。为了让您相信我说的是真的，我要告诉您，与您约好见面的是诗人马蒂厄·马蒂厄，他会带着他新的小妞姬姬，不是拥有'美妙的腿'的那一个。而且，你会带上你为马蒂厄·马蒂厄准备的自来水笔，它花掉了你的二十一法郎。"

"哦，我是要见马蒂厄·马蒂厄……"马尔丹一副将信将疑的表情，"我也的确为他准备了自来水笔。可是，你容我想想——如果你是玛格莱娜，书中的人物，我和马蒂厄·马蒂厄定下的约会你是早知道的,在前天我们已经说好,我为他准备自来水笔以便他写出伟大的史诗来,你也应当知道。这,说明不了明天会发生什么事儿,说明不了。"

"我不仅知道明天会发生什么,而且知道您将被送到哪家医院,巴黎的、里昂的、马赛的报纸将会怎样报道您的死亡……尊敬的马尔丹先生,请您相信我所说的话,您只要不到那家小酒馆去,不遇到该死的马车,一切就可以避免……"

"等等。"马尔丹略略沉思了一下,"不对。那条街区很少有马车经过,很少,而且,究竟能有什么让它受惊?""是一个表演的小丑……""玛格莱娜小姐,您是想阻止我和马蒂厄·马蒂厄的见面吧?所以您才找出了这样一个发生在明天的理由。是的,马蒂厄·马蒂厄曾建议我在《樱桃与远处的船帆》的后半段将您……解决掉,无论以怎样的方式,他给出的理由是只有悲剧才更为动人。但我已经否决了他的提议,您知道,作家并不能随意地安排人物的命运,一点儿都不能,除非是命中注定才会。他并不能违背规律地将人物命运移动半分……"

"我并不是害怕马蒂厄·马蒂厄再次说服您,让我在爱情到来的那刻死去——如果您所说的命运必须那样的话,我也会接受,尽管我不能说我十分情愿。" 玛格莱娜咬了咬自己的嘴唇,她似乎在掂量接下来的措辞,"马尔丹先生,我希望能够把您救下来,当然也就救下了我的故事。无论我的故事结局如何,我都希望它是完整的,您能完成最后一个字。"

马尔丹盯着玛格莱娜的眼睛,她的确不像是试图说谎的样子,但这个故事在小说家马尔丹看来都有些过于离奇,他需要她的证明。"你。"他恢复到"你","你能不能证明你所说的是真的?譬如,你将报道我死去的报纸拿给我看,无论是巴黎的、里昂的还是图鲁兹的……"

"我拿不出来,先生。"玛格莱娜也盯着马尔丹的眼睛,"因为您的书本停在了过去的时间里,我出来,也只能从您结束的那个时间里出来……"

"那您也看不到未来的时间,您也无法知道未来的发生。这才更合逻辑,对吧?"马尔丹掐了掐自己的头,似乎他的头又发生了晕眩,"亲爱的玛格莱娜,您知道我不可能会听从您的劝阻,我不会随意地更改我和马蒂厄·马蒂厄先生的约定,这可不是一个好想法,他会嘲笑我患得患失,并把我因为害怕死亡而毫无理性地更改约会的事说给众多的同行们……我甚至不能接受自己晚到半分钟。在我这里失约是不可允许的,它事关尊严,您应当早就了解我的性格。我会按照计划的时间出发,按照计划的时间进入酒馆,但我会注意……小丑和马车,对不对?放心吧,我绝不对他们吹口哨。"

"亲爱的马尔丹先生……"

天变得更黑,浓重的黑暗从四面向街心聚拢,它们把黑漆漆的重量压在原本就单薄的玛格莱娜的身上。玛格莱娜敲打着房门。过了一会儿，门开出一条缝，一双小眼睛从下边探出来，退回去，然后是一张苍老的、超过了年龄的脸。

"不好意思，这位女士——我不能请您进入我们的家，我的妻子病着，而孩子……不知道您找我有什么事，有什么可以为您效劳的？"

"我只有一个请求。"玛格莱娜把自己在马尔丹先生那里说过的话在马车夫的面前又说了一遍，"我只有一个请求，请您明天不要赶着您的马车前往梧桐路，不要穿过卡斯塔兰谷物市场街区，不要出现在鸭绒酒吧的门口……这样，危险的、让人痛苦的车祸就可以避免了。"

"女士，"马车夫仔细地却又是极为隐秘地打量了玛格莱娜两眼，"我不太能相信您的话，尽管，您知道我明天将会给卡斯塔兰希望体操协会送货——您可以在体操协会的办公桌上见到我的预约单子。在对马匹的驾驭上，我可是一把好手，从未出现过马受惊而控制不住的事儿。"

"但明天，就会发生这样的事儿……路边表演的小丑和周围的尖叫声会吓坏你的马，让它不受控制地奔跑起来。"玛格莱娜本想说出自己是小说家马尔丹小说中的人物，但这更为惊世骇俗，满脸老实木讷的马车夫肯定更是接受不了。
"没有人能预测明天的事儿，谁知道明天会是一个什么样子——如果您能治好我妻子的病，让她不再那样撕心裂肺地咳嗽，能够面色红润地给我和孩子做香喷喷的面包，我就相信您。"马车夫打个哈欠，"不好意思，我想了想，我不能因为不能证实的理由而改变行程。那里是我为希望体操协会送货最近的路，而我也想回来的时候去谷物市场买点什么。如果改变行程……太不方便了，我会手足无措的，我也不能相信我的改变是为了救人一命——您觉得体操协会的收货员会接受这个说辞？他会把镶嵌不久的门牙给笑出来的，前几天在听一个笑话的时候他就曾把牙给笑出来过。他会认为，我是在为自己的不守时寻找理由，而且是一个拙劣的理由。梧桐路，鸭绒酒吧，我记住了，我会好好地控制我的马。"

"不，先生，您真的不能经过那里……如果您觉得更改路线或者晚送一天的货自己不便和体操协会收货员说的话，那我替您去解释……我可以说，您的妻子病得厉害，需要您的照看，需要看医生——这是个极为合适的理由。"

"他们会以这个理由解雇我的，他们正需要这样的理由，好把拉货送货的差事安排给更会讨他们喜欢的人。我的妻子病着，我的孩子饿着——我不能失掉这份工作。这位女士，如果您真的是出于好心，如果您可怜我这个穷苦人的话，那就请您什么也别做。我已经和您说了，我从来没有犯过什么错，我能驾驭好我的马，现在，在卡斯塔兰，能有我这样好的驾驭技术的人已经很少很少……我要回屋去了，您听见了，我的妻子又在咳，我担心有朝一日她会把自己的心脏给咳出来。"

玛格莱娜站在昏暗的灯光里，她感觉那样疲惫，仿佛心脏在碎成小小的碎片。"他们都不肯相信我，都不肯略略地改变一下自己的习惯和行程——哪怕，这个略略的改变就会救人一命，甚至救下的是自己。唉，如果罗道尔夫在，他也许会有办法说服他们,他经历过那么多那么多……我的罗道尔夫,你现在在哪儿,在做什么呢?"孤零零的玛格莱娜更为孤独,也更为想念那个人和发生在小说中的生活。她不属于这城市、这街区、这黑暗,尽管这城市、这街区和这黑暗并不让她感觉陌生,马尔丹在小说中塑造的与这个地方有些相像,她甚至知道再走三条街,经过一座哥特式教堂之后将有一间能容纳上百人的大咖啡馆。而事实也确实这样,只不过这里的咖啡馆叫"绿橄榄"而不是"波兰水手"。

"一个人,罗道尔夫会在纸页里做些什么?他会不会按捺不住心头的愤怒、痛苦和渴念而将书毁掉?不,他不会的,我相信他,他一定渴望我能重新回到书页间与他相聚,我相信这个可怜的莽撞汉子能够保留住最后的理智……他一定喝了不少的金箔酒,这个被烈焰烧灼着的人,他不该再喝了,那些跟随他的水手们应当劝一下他……"

一夜的时间足够漫长,好在这里的风并不像想象中那么凉,来自纸页的玛格莱娜还能经受得住。有几个醉汉站在街角撒尿,他们冲着玛格莱娜的方向吹口哨,大声地说着脏话。玛格莱娜也熟悉这些,她在小说中已经经历过这一场景,甚至比这更为不堪。一夜的时间足够漫长,可是相对于玛格莱娜胸口的波涛和交织的火焰来说它又算不得什么,她在一种内在的颠簸中度过,说不清楚时间是快了些还是慢了些……慢慢地,晨曦开始渗透进来,它不是撕开,而是黏稠地掺杂进来,慢慢地,慢慢地……玛格莱娜按照昨日傍晚查到的地址来到了小丑的家。他正在院子里修剪干枯掉的树枝。而罗道尔夫，则蜷缩在门外的一个角落里，朝着玛格莱娜到来的方向张望。

"你，也来了……"玛格莱娜百感交集。

"我找不到你，我找了整整一夜。后来我想，我还是在这里等着你吧，你会想到来这里的。"罗道尔夫抱住她，他的怀抱里依然有大海的以及海螺的气息。

——不，不能。我不接受，难道，你们还嫌弃我的生活不够惨？你看看，你看看，这些枯死的树枝，这扇总能灌进风和沙土的门！上帝，我已经受够你的折磨了！我，一个曾经有着无限的荣光和巴黎那些风流貌美的女人们青睐的喜剧演员，怎么会沦落到这样的地步！上帝啊，你要么是个聋子要么是个瞎子，我的请求和抱怨你一句也听不见，我这种在垃圾堆里的生活你竟然一点儿也看不见！我诅咒这样的生活，当然要诅咒它了，难道我还要在表演结束之后再给它笑脸？

玛格莱娜和罗道尔夫交换了一下眼神，她不知道怎样中止这个落魄的小丑没完没了的抱怨，他那样滔滔不绝，而一片虫蛀的树叶、一条有了污渍的领带、门外张望的小狗都能引发他的感慨，而这些感慨无不和命运的不公有关，和上帝赋予他的灾难有关。"小丑先生，我说……"

——怎么称呼，怎么能这样称呼我？我是小丑？哦，你把我看成是马戏团里那种不招人待见、只在前面的表演结束之后后面的演员还没准备妥当的空隙中插科打诨，招来廉价的嘲笑的小丑？哦，艺术，难道你已经在世人眼里沦落到现在这个可怜的地步，用一个"小丑"就可以统称了吗？

"小丑先生，你已经耗尽了我的耐心，我不想再听下去了！我不管是什么原因让你落得了这样的境遇，但现在是，你需要接受这个结果，就是这个样子。"大盗罗道尔夫抓了抓小丑的衣领又放下，"今天下午，你不能出现在梧桐路上，不能出现在卡斯塔兰谷物市场街区，不能靠近鸭绒酒吧。这，也是你需要接受的。"

——如果不呢？小丑挺直身子，难道，你还会为此杀了我不成？谢天谢地，我早就厌倦了这样的生活，你替我了结了也好，反正我自己下不去手。我也告诉你，尽管我所居住的这个街区充满了各种各样的垃圾，各种各样，但警察不坏，他们都是恪尽职守的人！他们不会允许任何一桩刑事案件在自己的眼皮下面发生，绝不允许！不信，你可以试试……

罗道尔夫的方法不能奏效，至少对小丑来说不能奏效。玛格莱娜制止住他，用一种低眉颔首的样子对着小丑：尊敬的演员先生，我对我朋友的无礼向您道歉。您知道，我们说的都是真的，而且这件事对于我和我的这位朋友来说，无比重要。我们是想救人一命，救下那位同样受人尊敬的小说家马尔丹先生——不能杀人是我们教义中的基本准则，我想您尽管抱怨我们的上帝，也不会完全无视这一准则吧……所以，我请求您，仅仅一天，一个下午，您不要在靠近鸭绒酒吧的地方进行表演。我，我们，愿意赎买您的这一次表演，只要您肯答应我们，无论您需要多少……

"实在是没有想到,你说这位小说家……他那么逼真地把自己的生活、生活的街区和那些路灯及路灯的光晕都挪进了小说,他那么愿意恪守现实主义原则,精心地描绘你的帽子、鞋子和脸上的光晕感,可,可就是,在这一点上……"罗道尔夫愤愤地,把手里的纸钞丢进了河流。这些纸钞,既不是英镑也不是法郎,而是"塞里塔尔",一种虚构的、在现实生活中无法使用的货币。

"本来,这是可以成功的。我们已经说动了小丑。"

"我倒感觉……我觉得他不会真正地遵守诺言,即使我们给够他足够的筹码。算了,我们还是想想,还有什么办法能够改变,留给我们的时间已经不多了。"

"是的是的——对了,刚才,他说什么来着……警察,恪尽职守的警察!我们去找他们,或许,他们能给我们提供一些帮助。"

"警察,他们能提供什么帮助?"罗道尔夫嘟囔了一句,然后跟上玛格莱娜的脚步,"好吧,就让我信任他们一次吧。"

看得出您是一名好警察。是的,我们需要帮助。这样说吧,也许您难以相信,但它是真的,我向上帝和一切可依赖的事物发誓——是这样,再过两个小时或三个小时,这里,顺着这条路将过来一辆马车,它会走向梧桐路,从西向东,直到那个方向,对对对,鸭绒酒吧那里。在那里,将会发生一个事故,对对对是车祸,马车将会把小说家马尔丹撞倒……您也知道马尔丹?那就更好啦,事情是这样的……

执勤的警察招来另外两个伙伴，他们颇有些兴致勃勃。"有这样的事？请问，你是不是……一位女巫？不是？那你怎么会预测到将来？""不好办啊，这位女士，我们如果要拦住马车，那就必须有合法的手续，而合法的手续，你知道办起来会十分地烦琐……""首先要提供拦截诉求的申请！""对，首先是申请，你要在申请里提供这份要求的合理性和必要性，而且要提供法律依据……""需要律师的帮助。""对，需要律师。他们知道怎样做才合法。但这是第一步。""警察局会核实，然后向上级部门提出执行拦截的申请，并附上之前的诉求申请。""这是第二步。审核委员会会对两份申请进行会议审核……"

"它需要花费多少时间？"罗道尔夫有些不耐烦。

"三天……或者更久一些，还得看审核委员会、执行委员会、法规处和督察处的大老爷们都有时间，而你的诉求申请让他们感觉需要抓紧时间。否则……""否则嘛，就不知道会用多久啦。不过你们如果能到达市长办公室，说服他派出警力拦截这一危险车辆的话，也许时间会短一些……""前提是你能说服市长相信你所说的。""前提是市长没有别的安排，接受了你的预约。""前提是……"

"前提、前提、前提，这里有一个人的生命，难道这个前提还不够充分？"大盗罗道尔夫再也抑制不住他的火气，"这，就是你们的恪尽职守，从不懈怠？你们是在杀死一个人，而且无动于衷……"

"你怎么能这么说话？难道，我们不够恪尽职守吗？否则,我们怎么会围在这里听你们信誓旦旦地胡扯?""你是谁?你凭什么这样说话?我们在杀人——哼,被我们杀死的人呢?他在哪儿?你怎么证明是被我们杀死的,而不是你杀的?""我怀疑,严重地怀疑,你们两个参与了一桩刑事案件,至少是盗窃。你们是不是有意识地纠缠住我们,以便你们的同伙……?"

说着,三个警察交换一下眼色,他们朝着大盗罗道尔夫逼近。罗道尔夫吻了一下玛格莱娜的额头,"我们在第九十七页第三行再见。"玛格莱娜抬头,而罗道尔夫已消失在人流中。"追上他!别让他跑啦!"

……"我相信你说的是真的。"马蒂厄·马蒂厄叫来服务生,让他为玛格莱娜倒上一杯柠檬水,"你是说,你做了一天的努力,可是没有任何一个人被你说服,包括即将成为死者的、可怜的、骄傲的马尔丹,是吗?他这叫愚蠢的固执,姬姬,你说是不是?"他的脸转向身侧的姬姬——这个姬姬,可不是那个有着"美妙的腿"的姬姬,而是另一个额头上有黑痣的黑美人。姬姬嘟着嘴,一副很不屑的样子:"她在撒谎。"

"不,她没有撒谎。就是在去年,阿尔弗雷德·苏必龙太太也曾从书里走出来,就是那本充满着荒唐、无聊得要命的《阿尔芒狄娜》,他真是浪费了他的天才!把作家当成是贩卖下水的小贩了!这没什么新奇的,有一个拥有美妙的腿的小婊子还顺便到这本书里转了一圈儿,差一点儿我也跟进去……不不不，我才不会让自己身边拖着那样一个货色！我根本不可能爱上她，我只爱我的黑痣美人，你甚至摧毁了我的才华！我没能想到，我会在你的身上这样地沉陷，不能自拔！"马蒂厄·马蒂厄安顿好姬姬的表情，将目光转向玛格莱娜："不得不承认，笨得要命的马尔丹倒是很会写女人，他总能创造出让人着迷的尤物……亲爱的玛格莱娜，你知道我曾向马尔丹建议——那真是一个该死的建议！要是你早点出现在我面前，我会修改我的建议，让你一直鲜艳地活到小说的最后一页，你实在是太可爱了，就连上帝也不会忍心将你摧毁，他一定会紧紧抓住马尔丹的手不让他下笔！要知道要命的马尔丹习惯草菅人命，他的这一怪癖一直改不了……"

"就会花言巧语。"姬姬移动了一下她的身子，看得出，她的脸上已经是满满的敌意。

"谢谢你的修改建议。尊敬的马蒂厄·马蒂厄先生，现在，我最为关心的是您的好友马尔丹，我已经和您说过了他将在与您小酌之后赶到马路的那边，而一辆受惊的马车将会直接将他撞飞……"

"他应该有这样的……你知道，我曾提示过他，他要警惕动不动就把人处理死的怪癖，你猜他是怎么回答我的？'凭什么权利？就凭小说家的权利啊！我的人物想哭的时候，我不能让他们笑，我也不能强迫他们按照他们没有的感情去行动，但我始终有把他们一笔勾销的自由。死亡是每人身上时刻都存在的一种可能性……'你听听他说的这些话！

我觉得，他应当把强加给笔下人物的命运自己也经受一遍！这样，以后他再写作的时候，肯定会慎重得多。"

"马蒂厄先生！您能否认真地考虑一下您刚才说的？马尔丹是您最要好的朋友，他始终觉得您是整个法兰西最最伟大的诗人……他不是小说里的人物，而是生活里的，如果他经受了您所说的那种命运就没有机会再活回来……"

"命运是平等的，无论是对现实中的人物还是虚构的人物。难道，你不认可我的这个看法？哦，愚蠢的马尔丹在你的头脑里都种植了什么！"

"我的意思是……"

"你不能试图改变马蒂厄·马蒂厄先生，何况是这样的强迫。他会掂量如何做的，他是一个健全的人，一个有自己想法和主意的人。"姬姬从沙发里站出来，将自己硕大的胸挺在玛格莱娜面前，"我比你了解马蒂厄·马蒂厄先生。如果你想让他做出改变，救下你的马尔丹，那就和他上床。"

"闭上你的臭嘴！你在这儿，以为是在自己的家里啊？"马蒂厄·马蒂厄伸出手，试图为玛格莱娜拢一下散乱的头发，玛格莱娜侧着躲开了，"玛格莱娜小姐，我当然相信你所说的，但我想你找错了说服的对象，要说服，你应当说服你的创造者马尔丹才对。你可以让他改变，让他不过这条马路而转到下一个街口，你也可以说服他……有太多的办法啦，我相信你终会找得到的。不过，我也会把你到来的情况和马尔丹提及的，至于他是不是会像我这样信任你，那就不好说啦。我相信他会躲开你所说的马车的，慌乱的马总不会闯进酒吧里曲曲折折地撞倒可怜的马尔丹先生吧?哦,看,散发着铜臭的拉贝杜利埃进来了,我早早地就闻到了他身上的那股臭味儿,"马蒂厄·马蒂厄搂住姬姬的头,"他的身边总围绕着那么多苍蝇,体操协会,哼,嗡嗡嗡嗡地让人心烦。"

玛格莱娜转身,她看到拉贝杜利埃和他的随从们进入小酒馆,他们的到来立即使小酒馆里充满了喧闹和熙熙攘攘。这时,小说家马尔丹也走进了酒馆,他弯了下腰,他的脸色比以往更为灰暗。

……走出酒馆的玛格莱娜也挟带了晕眩,她感觉那种晕眩简直有种空荡的夺目,从她的身体内部一直扩散、扩散,而她的身体仿佛变得透明,再也盛放不下反反复复的晕眩。阳光那样恍惚而灿烂,玛格莱娜熟悉这样的场景,她知道它曾经令人心悸地发生过,现在,即将再发生一次——而对于即将再发生一次的灾难,她完全无能为力。

恍惚而灿烂的阳光中,一层淡淡的雾气似乎从不远处升起,它笼罩了下午的这段时光,把房屋、人群和商店的招牌都笼罩在里面……教堂的钟声响过,它比平日里低沉、短促,包含着意外和不祥。从玛格莱娜的角度看去,卡斯塔兰谷物市场街区聚集了一些淡淡的影子,小丑应在这些影子的里面开始他的表演,他应当比平时更为卖力,制造出来的惊险引发了一阵阵骚动和尖叫——马车来了。尽管还望不到马车,但玛格莱娜已经隐隐地听见了车铃。

她的心在剧烈地跳动着，让她有了更重的晕眩感。这时，脸色依旧灰暗的小说家马尔丹推开了鸭绒酒吧的木门，站到了路口。他犹豫了一下，似乎犹豫了那么一下，朝远处看了看，然后走向马路的中间。

尖叫声突然传来。马车，受惊的马车以疯狂的、几乎要散掉的、充满着吱吱作响的锐利声响朝着呆住的小说家马尔丹——

在马车即将撞倒马尔丹之前，玛格莱娜扑过来，朝着受惊的马车直撞过去。

"你知道，我是何等的痛苦，她，就在我的面前被奔跑的马车带了出去，在车轮的下面变成了薄薄的纸片……"马尔丹脸上的痛苦几乎像是一层厚厚的霜，一不小心就会将它们碰落，在台灯的前面摔得粉碎。他希望得到马蒂厄·马蒂厄的安慰，而马蒂厄·马蒂厄则完全沉浸在得到马尔丹精美的自来水笔的喜悦中："我还像往常一样写稿子，什么也没有觉察，你瞧瞧有多怪。等打印出来一看，我竟被自己吓了一跳！我的文笔完全地改变了。一种钻头的风格，一直钻入障碍物的中心，使之爆裂开来……一点儿也没意识到，接着，咔嚓一下，非常干脆。感谢亲爱的马尔丹，文章成啦！现在我就是这种状态……"

"哦。"小说家马尔丹点点头，他还不肯轻易地放弃他的痛苦，"你不知道，当玛格莱娜死在我的面前的时候我是多么地伤心，我真的伤到了。我之前和你说过，死亡是每个人身上时刻都存在的一种可能性，在这方面，无论什么时候，我都能一抓一个准儿——可我真的不希望……不过，这也许是一个很好的结局——就在大盗和玛格莱娜的爱情如火如荼之际，一次意外的车祸带走了玛格莱娜，而把可怜的大盗罗道尔夫孤零零地留在了人世间，让他继续漂泊……"

"我梦想写一首史诗，让诗歌恢复丰胸和肥臀——现在的诗歌病得多重！那么个大脑袋，可怜的小眼睛贼溜溜的，就是用巴氏灭菌法消过毒的梅菲斯特的形象——只有《浮士德》中的魔鬼才拥有这样的体态！……"

"哎，亲爱的马蒂厄·马蒂厄，你竟然完全无视我正在遭受的痛苦。要知道，我从来都不是那种残忍的人，可小说家的职业感让我不得不……"马尔丹摇摇头。

他在抹掉自己眼泪的时候，似乎没有注意到稿纸上，大盗罗道尔夫投过来的恶狠狠的眼神。

自我，镜子，与图书馆

1

关于博学的豪尔赫，由阿根廷国立图书馆编撰的《名人记》中并无任何相关记录，我知道这个名字是因为来自意大利的克罗齐[①]——作为访问学者他曾在六十九岁的时候前往阿根廷，在布宜诺斯艾利斯生活了三年。《精神哲学后记》专门谈及豪尔赫对他的帮助和影响，他说假如没有与豪尔赫的遇见，他几乎不可能完成这部书，知识广博的豪尔赫给过他诸多的教益，"几乎没有一本他没有读到的书，反正，我所知的所有书竟然全被他读过，而且大部分可以背诵"。后来，豪尔赫再一次在克罗齐的文字中出现，《诗歌集》，他被塑造成一本移动的图书，这一形象应是从英国诗人丁尼生的《食荷花人》中移用来的，它们共同提到了"书籍的重量"，并说"它足以让世界发生沉陷"。让我产生兴趣的就

[①] 贝奈戴托·克罗齐（1866—1952），意大利哲学家、历史学家，新黑格尔主义的主要代表者之一。

是充满着夸张的这句话,但是《诗歌集》提供给我的很少,那首提到了豪尔赫的诗歌的核心在于描述玫瑰街角的黑玫瑰:

> 黑玫瑰,它们仿佛是用墨水和血写下的"火焰"
> 在风中燃烧成一团团忧伤的灰烬;
> 足够久远,足够沧桑,
> 沉积的记忆在它们的"黑"中布满了斑纹
> 只有博学的豪尔赫才能把斑纹里的秘密读懂……

几年来,我忙于诸多纷繁的事务而"遗忘"了豪尔赫,甚至遗忘了我曾给克罗齐写过一封长信,在向他求教艺术美学的有关问题时随便询问过有关豪尔赫的情况——或许因为身体的原因(我的信寄出去不到一年,克罗齐便带着悲欣交集离开了人世,他死于食管癌)克罗齐没有回复——直到前几日,一位双目失明的瘦高老人在黄昏时候敲响我的房门,他是在书信和好心人的双重帮助下才找到这里的:是克罗齐,是他的原因我才来的。关于豪尔赫,也许尚在人世的人们当中,没有谁比我了解更多了。

下面,即是豪尔赫的故事,它来自那位失明老人的讲述。不过,出于让故事更流畅些、更生动些的想法,我略略地添加了一些连贯性的词,一些不影响真实性的渲染——我想读者能够理解我的做法,我要让它符合"小说的伦理"。

2

豪尔赫的少年时代我们无从得知,当他在这篇文字中出现的时候就已经是中年,我们所能知道的是他来自以博闻强记著称的赫沙家族,据说是这个家族里唯一的男丁。同样是据说,这个赫沙家族的徽标是一枚小小的弯月,弯月下面是由难以理解的罗马文字组成的拱门。失明的老人否认了这一说法,他说根本没有弯月的存在,所谓的弯月其实是被尖刀刻上去的痕迹,就像玻璃上的裂纹,它是古老的赫沙家族兄弟失和的象征——出于自尊和虚荣,赫沙家族掩盖了真实,才将那道有力的划痕解释为弯月。"但由此,赫沙家族也遭受了诅咒,近百年里,这一家族中的兄弟在成年之后全部分道扬镳,相互不再往来,直到豪尔赫的父母只生了一个儿子。"老人语调平静,端着咖啡的手有些略微发抖,他看不到沾着杯子滴到桌面上的咖啡。

豪尔赫出现在老人的视野中,是因为他来到名不见经传的伊雷内奥·富内斯图书馆,竞聘一个图书管理员的职位。富内斯馆长亲自接待了他,馆长对豪尔赫的到来似乎有些惊讶——我们没有张贴任何的告示,没有向任何人谈起过,你怎么知道我们需要一个图书管理员?"不是您需要,有需要的是我,富内斯馆长。我听我父亲在很早之前说过,您的图书馆里,有我所需要的,虽然具体是什么我也并不清楚。"

"我们并不需要管理员。"伊雷内奥·富内斯回答,"您的需要不能成为我会将你留下来的理由。我想,您还是去别处看看吧,也许您所需要的更容易找到。在我这里,只有一些冷僻得无人问津的书。"

……豪尔赫没有获得他所需要的职位,尽管看上去他已经赢得了富内斯馆长的一些好感。在送豪尔赫离开时,富内斯馆长很是随意地问了一句,现在是几点钟啦?这个问话属于自言自语的性质,所以馆长并没有期待回答而是问过之后继续向外面走。走在前面的豪尔赫没有停顿也没有张望,同样很随意地说出,先生,现在是下午四点四十七分。

"您是赫沙家族的?"

"是的,先生。我是路易斯·赫沙的儿子,我的父亲,是去年秋天的时候去世的,他死于十月三日清晨七点二十一分。"

"愿他安息。愿藏在你们家族头脑里的时钟不会再惊扰到他。"

3

老人向我讲述了豪尔赫与富内斯的第一次相见,豪尔赫的背影消失在科尔多瓦街街角的深巷里富内斯馆长才收回视线,认真地看了两眼刚从怀里掏出的怀表,它早停了,停在一个模糊的时间点上。这时天空突然乌云密布,南风又在推波助澜,街上树枝乱舞,仿佛是一群不安分的魂灵操控着它们。富内斯急忙转回他的图书馆,将已经到来的暴雨关在了外面。那时候,他竟有些怅然若失,心里惦记着赫沙家的豪尔赫是否躲得过暴雨，被淋湿了没有。

老人说，伊雷内奥·富内斯在之后的半年里没有再见到豪尔赫，但他时常会想起那个下午四点五十一分突然聚集起来的乌云，天空黑暗得毫无征兆，随后硕大的雨点便倾泻而至，藏身于树枝间的魂灵们一定来不及躲避。半年之后，豪尔赫又一次造访了位于偏僻郊外的伊雷内奥·富内斯图书馆，看上去他比第一次到来的时候还清瘦了许多，他依然试图谋求图书管理员的职位——它很可能是一本只有在您这里才能见到的书。它也许像传说中的"阿莱夫"那样包含了整个宇宙……我说不好。

根本就没有这样的一本书。伊雷内奥·富内斯先生说，没有哪本书会包含整个宇宙，任何一本伟大的书也都是有缺陷的，包含整个宇宙的书即使是传说中的穴居永生人也写不出来。何况，他的这家私人图书馆藏书虽然也算浩瀚，但每一本藏书都是他亲自购买的，他并不记得有这样的一本书，绝对没有，如果出于寻找这本书的目的而充当图书管理员的话，豪尔赫先生肯定会大失所望。

倒也不是……豪尔赫解释说，他并不清楚自己要寻找的是什么，也许并不是一本书，也许是浩瀚图书的总和，也许都不是书，它甚至连空白的纸张都不是——但豪尔赫坚信自己会在伊雷内奥·富内斯馆长的图书馆里有所得，即使这个所得没有自己所想的那样巨大。"图书管理员的职位足以让我安心，我会把其他的所想都看成是多余的非分。有首《天赋之诗》：天堂，应当是一座图书馆的模样……"

"博尔赫斯故弄玄虚的昏话你也信。他本身是条走火入魔的虫子，却总以为自己是悉达多那样的求知者。他可怜的命运就像一张涂满了字迹的纸片，字迹完全地遮住了他。"富内斯馆长的语气里带着嘲讽，"豪尔赫，图书会淹没你，它们就像被压缩装进袋子里的迷雾，甚至会扩展你的偏见，让你看不到真正的生活。我们……我们中的失明者已经够多了。"

"可您也建了这座图书馆。我觉得，您的博闻强记应该不逊色于任何人，包括赫沙家族。我甚至觉得您似乎和赫沙家族也有什么渊源。"谈到赫沙家族，豪尔赫的神情暗淡了下来，他说富内斯馆长应当了解，赫沙家族一直被过早到来的失明症所困扰，这份遗传似乎没放过任何一个男人。为此，他父亲一直忧虑，现在则轮到他了。"从不认错的命运对一些小小的疏忽也可能毫不留情。"豪尔赫说道，"只不过，我们家族的疏忽是上帝给的，但我们每个人都不得不担责。"

"悲剧无非是赞美的艺术。"富内斯馆长借用埃内斯特·勒南的诗句劝慰豪尔赫乐观些，相对于他人和整个人类，赫沙家族的命运也许好不到哪里去，然而也坏不到哪里去，而博闻强记无论从哪个角度来说都不能算是太坏的事。安慰归安慰，富内斯馆长始终不肯允诺图书管理员的职位——这座图书馆里已经有两个职员，虽然表现平平但也没出过什么大错，足以打理好这座古堡建成的图书馆，平常的维护和新书的购进又时常让富内斯馆长感觉资金拮据，无力再雇用豪尔赫先生，为此他也很是遗憾。

尽管聘任的协议仍未达成，但这不妨碍两个人交谈甚欢，两个人谈论着"骄傲的拉丁文"，洛蒙德的《名人传》、基切拉特的《文选》、朱利乌斯·恺撒的评论集与普林尼的《自然史》，谈论着但丁、劳伦斯，维吉尔的《牧歌集》与荷尔德林，谈论着永恒、无限、死亡、失明和轮回……豪尔赫离开的时候已经是晚上九点二十一分，不过他们依然有勃勃的兴致，这份兴致让他们错过了平时的晚餐时间。九点十八分，豪尔赫在门外挥手，随后他马上报出了准确的数字对自己进行修正，"看来，时间真是相对的。我大脑里的时钟已经变慢。"

富内斯馆长再次向豪尔赫表示了遗憾，他抬头望了望头顶的星辰和弥漫着的凉意，"我想这次，您应当不会再遭受什么暴雨了。"

4

从不认错的命运对一些小小的疏忽也可能毫不留情。后来富内斯馆长时常会想起豪尔赫说过的这句话，他想起，它出自博尔赫斯的《南方》——老人说富内斯馆长曾和博尔赫斯有过一些交集，两个人相互都有轻视，若不是富内斯馆长购得了威尔版的《一千零一夜》，若不是他迫不及待地想察看这本书的品质、内容和插图而被敞开的玻璃窗划破了头，也许他永远也不会记起博尔赫斯曾说过这样一句话。这句话，竟然让富内斯馆长对豪尔赫也产生出一点点不那么友好的看法，它是一种很潜在的阴影。

这个划伤竟然让富内斯馆长的额头流了很多血，凌晨两点三十六分他就醒了，感觉口里苦得难受，喉咙里像塞进了一团燃烧着的棉球，高烧把他折磨得死去活来，威尔版《一千零一夜》里令人恐惧的插图一次次在他的噩梦里出现。"八天过去了，长得像八个世纪。一天下午，经常来看他的大夫带了一个陌生的大夫同来，把他送到厄瓜多尔街的一家疗养院……"坐在车上，富内斯又想起博尔赫斯《南方》中的语句，自己遭遇的竟然和他小说里的境遇显得那么相似，真是令人讽刺。富内斯想，如果按照《南方》所讲述的，接下来在经历一系列的检查治疗之后自己的身体会获得好转，然后去南方疗养，然后在南方送命，遭遇所谓"充满浪漫主义的死亡"——如果真是那样，也没什么大不了的，不过预知自己之后的遭遇总是有些怪异，他不知道自己能不能摆脱那个结果。"一般而言，大家总说书籍是对生活的模仿，可在我这里将是生活模仿了书……"身体像炭一样热的富内斯馆长还偶发奇想：如果当年自己和博尔赫斯成为朋友，落在他的小说里也许会是另外的结果，至少递到自己手上的匕首会长一些……

生活从来不会完全地模仿书籍，从来不会，哪怕它在一个时段显得过于相似。从厄瓜多尔街的疗养院里出来，富内斯并没有去南方的打算，包括他的主治医生也没有提过这样的建议，他又回到了旧生活，而和博尔赫斯的故事轻易地岔开了。不过这次划伤给富内斯馆长留下了严重的后遗症，他的视力远不如前，眼前总是有几个模糊的、跟随他视线来回晃动的黑斑，书上的字迹也多出了重影，读上一段时间他的眼睛就会流出泪来，有些木木的疼。

富内斯馆长不得不大量缩短自己每日的阅读，空出来的时间都被他填充到让他忧伤、难过、愤怒和争吵着的记忆里去，他的日子随即变得备受煎熬。在煎熬中他做出决定，聘请豪尔赫先生做伊雷内奥·富内斯图书馆的管理员。这个决定也许在他被高烧折磨着的时候就已经做出了，只是他没来得及告诉自己。

然而豪尔赫没有留下过地址，确实没有，否则只要扫上一眼，富内斯馆长也会记住它的。他没给豪尔赫这样的机会，现在，轮到他为机会的错失而懊恼了。凭借记忆，他去赫沙家的旧宅，得到的消息让他失望：和《马丁·菲耶罗》的写作年代一样久远的赫沙庄园早已被拆成六块分别卖掉，新主人们都不知道豪尔赫的名字和他搬到了哪里，甚至连曾经显赫的赫沙家族都没听说过。这也可以理解，商业时代的河水当然会冲走一些旧时期的木桩、沙子或者别的什么，这条河流只会保留对它有用的遗迹。墓地——墓地是不会轻易变卖掉的，富内斯向人打探，得到的消息又一次让他失望：真不知道赫沙家的怪癖那么多，他们都是一个人来，而且从不和我打招呼，都是面具一般的表情……我怎么会问他们的住址？不可能的，先生，我甚至从没看清过任何一张脸。

告示，报纸，警察，纳税的证明……没有更好的途径，所有的途径都已用过，这个豪尔赫简直就是大海里的针，他不肯浮出水面，谁也无能为力。就在富内斯馆长已经决心放弃的时候，重于水流、之前不肯浮出的"针"终于出现在面前。豪尔赫告诉他，在消失的时间里他曾赴欧洲旅行，寻访公元452年被阿提拉大军摧毁的阿基莱亚城的遗迹，奥雷利亚诺说那里存在一个隐秘的"环形"教派，他们宣称历史不过是个圆圈，天下无新事，过去发生的一切将来还会发生，新建的阿基莱亚城也还将被大军再摧毁一次……然而豪尔赫却发现那里并不存在这样一个"环形"教派，当地人信奉的理念是：永恒是时间被静止住了，每个人都活在凝固的时间里，只有十岁以下的少年才能穿梭到外面去，所以他们日新月异，而其他人则不。其实说他们是利维坦教派也许更合适些……

富内斯馆长点点头："《利维坦》第四章第四十六节，'他们会教导我们说，永恒是目前时间的静止，也就是哲学学派所说的时间凝固'。你还发现了什么？"

没有再新的发现了。他去那里旅行多少是受了斯韦登伯格的蛊惑，他在一则随笔中谈到古老的阿基莱亚城曾存有两本书：一本是黑的，书里说明金属和护身符的功能以及日子的凶吉，还有毒药和解毒剂的配制方法；另一本则是白的，尽管上面文字清晰，但没有人看得懂它的表达……"这两本书，完全是想象之物，埃曼纽尔·斯韦登伯格却使用了不容置疑的语气。"豪尔赫把手摊开：我在准备离开意大利的时候发生了一件事，有人售卖一本莱恩版的《一千零一夜》，我用自己携带的全部积蓄终于换得了这本手抄的书，手稿末尾有大卫·布罗迪红色的花体签名。然而就在我迫不及待地在路上打开迫不及待地阅读它的时候，额头撞在敞开一半的窗户上，流了很多血。当夜，我开始发烧，感觉口里苦得难受，喉咙里像塞进了一团燃烧着的棉球，《一千零一夜》里令人恐惧的插图一次次在梦里出现……

"那本《一千零一夜》呢？你是不是将它带了回来？"

没有。我将它交由保尔·福特先生卖掉了，因为医药费需要支付，而我隐隐觉得这本书里似乎暗含着某种的不祥。我本是想再次将它购回的，但福特先生坚持不告诉我买主是谁，我也没有更多地追问，我想交由更合适的人也好。等我身体有了好转，我就从欧洲动身……一回来，我就读到了刊在报纸上的启事。我希望这个职位是我的，富内斯馆长，我认为自己能够胜任。

伊雷内奥·富内斯忽然表现得犹豫："也许并不像您想得那样，当然也许并不像我想得那样……豪尔赫先生，您知道您要找的是什么吗？它对您来说是不是那么必要和重要？"富内斯的头转向窗外："很可能，您永远也找不到您所要的，它根本就不存在。当然还有另一种可能，它要您付出您承受不了的代价，我得考虑能不能带给您那样的后果……本来我也发誓，永远不招收赫沙家族人的，倒也不是什么大不了的仇恨，而是……这里面也许存有傲慢和妒忌的双重，我不愿意为此思考。我想，再过七天，再给我七天的时间考虑。好吧，豪尔赫先生？"

5

豪尔赫谋得了他所想要的,那就是,让他沉陷于浩瀚的书籍的气息里,这种气息甚至比承载它们的古堡、木架和来自穆斯塔法二世时期的地毯都显得古老,它弥漫于图书馆的角角落落,以至于窗外的光线透过它之后都变得暗淡。穿行于书籍气息中的豪尔赫也相应地变得暗淡,只有他的眼睛里偶尔会闪过一丝烁亮的光,就像某个黄昏人们从猫的眼睛里注意到的那样。

无疑,豪尔赫是一个称职的管理员,工作的时候兢兢业业,专心致志,哪怕这项工作只是对桌面灰尘的擦拭。他和另外两名员工的相处也是恰当得体,保持着礼貌的客气。很快,他们就把图书的顺序排列和归类码放交给了他,因为他的判断准确而让人信服。

伊雷内奥·富内斯图书馆位于科尔多瓦街与玫瑰街的交叉路口向南三百四十米的右侧一边,它是科尔多瓦街上最古老的建筑,和它同样古老的建筑们或毁于久远的战火或毁于拆除重建,在富内斯先生看来布宜诺斯艾利斯人总有一股盲目喜欢新事物的混乱的、不竭的激情,这股激情已经持续了数百年,不过他们摧毁得很多而建立起来的却很少。科尔多瓦街是一条僻静的街道,偶尔还会透露一些野蛮气息——比尔·哈里根的"沼泽天使"帮会从恶臭的下水道迷宫里钻出来,尾随一个水手或者别的什么人,当头一棒将其打晕,连内衣也扒得精光。因此,伊雷内奥·富内斯图书馆的下午少有人来，其实上午到来的人也不多，不过来自意大利的克罗齐总喜欢下午时光，比尔·哈里根的"沼泽天使"们竟然从未对他下过手，在他看来所谓的"沼泽天使"完全来自当地人的杜撰，用来恐吓像他那样的外地人。严谨而刻板的克罗齐先生从不肯相信他眼睛没有看到的……当然这是后话。

下午空闲起来的时光，豪尔赫会缩在一个固定角落安静地阅读，不走动也不呼吸——从远处看上去他真是不呼吸的，翻页的动作都很轻，似乎担心惊扰到居住于书本里的魂灵。那样的时刻他并不存在，存在的是书，仿佛是书页自己在翻动。他的样子让富内斯馆长百感交集。

某些空闲下来的时光，伊雷内奥·富内斯馆长会招呼豪尔赫一起喝下午茶，他们的话题当然会集中于图书以及和图书相关的：《伊利亚特》与《埃涅阿斯纪》中都提到了雅典娜的盾牌，可它们的装饰性花纹是那么不同，它究竟证实雅典娜拥有两个以上的盾牌还是荷马与维吉尔想象上的分别，从伊壁鸠鲁哲学到斯多葛学派，神和自由意志，从《理想国》到《乌托邦》，再到《利维坦》，尼采的"超人"论与城邦民主……豪尔赫谈到他父亲收藏有一本1518年在瑞士巴塞尔印刷的《乌托邦》，不过，因为装订的问题，它不够完整，有八页是连贯的缺页，其中一页是插图。"那本书没有页码标注。我在您的图书馆里发现了同样版本的《乌托邦》，它残破的部分是在最后，不知被谁撕掉了几页。"

"我欣赏这种残破。我都想承认是我做的，虽然并不是。它或许表明人类乌托邦总有其残破之处，它本来就不具备完整性……它的上面需要不能完成的通气孔，任何试图将残破修缮完整的做法都会造成灾难，事实已经证明如此。"富内斯馆长说。他没有容得豪尔赫争辩便转向庞修斯·彼拉多对耶稣的审判——在西蒙·蒙蒂菲奥里眼里，这个罗马总督"是一个行事大胆但缺乏策略的人，他完全不了解犹地亚的情况"，并说他因"贪赃枉法、暴力、偷窃、殴打他人、滥用职权、大肆处决和野蛮凶残而臭名昭著"，但在米哈伊尔·阿法纳西耶维奇·布尔加科夫所著的《大师和玛格丽特》一书中，彼拉多则变得怯懦、犹疑和反复无常，他被一种吞噬着脑浆的头痛病所折磨，是撒旦操控了他。《圣经》，"路加福音"，彼拉多曾多次试图释放耶稣，但众人却宁可要求释放巴拉巴这样的杀人者也不要耶稣……"如果不是钉上十字架的耶稣只有一个，我甚至怀疑彼拉多有多个重名！他们所拥有的灵魂根本无法在同一躯体里相处。"

……几乎每过一段时间，富内斯馆长都会和豪尔赫交换一些阅读的看法。富内斯发现，豪尔赫对哲学和文学的兴趣更重，而他则对神学和历史有较强的兴趣；豪尔赫习惯具有冥想的、夸张感的文字，而富内斯则更迷恋"平实的精确"；神秘的"东方"和法兰西更让豪尔赫着迷，富内斯的趣味则接近于"西方"，具体一点儿，英格兰，除了莎士比亚和乔叟之外的英格兰都令富内斯心仪不已。当然他们有时也会互换，就像在餐厅里点餐时换上一种平时不太在意的口味。他们会有引经据典的争执，许多时候那不过是种有意的智力博弈，并不能完全地代表他们之间的分歧。之后半年，富内斯感觉自己坠落于忧伤、难过、愤怒和争吵着的记忆里去的时间少了，他甚至被激起了"少年之心"，希望自己较之清瘦的豪尔赫先生知道得更多些，希望自己在仿佛是抽签决定正方和反方的争执游戏中胜率多些……不过他的视力下降得厉害。他不得不把阅读时间一减再减，这是另一重的痛苦，有次他当着另一个职员的面，和正在擦拭椅子的豪尔赫开了个似乎并不恰当的玩笑：我知道自己为什么不愿意聘用来自赫沙家族的人了，因为你们会把失明症也带给我。

说过这话之后富内斯馆长有些后悔，他试图用另外的话题掩饰。但豪尔赫似乎没有过于在意，他在意的是另一个问题：馆长先生，我在想我们图书馆里缺少什么——我感觉到了缺少却没有想到是什么，但现在我意识到了。偌大的图书馆，没有一面镜子，连类似的替代品都没有。

"镜子是没必要的，我觉得，我们可在文字中照见更清晰的自己。"正在走下楼梯的伊雷内奥·富内斯馆长说得斩钉截铁，"在我接手这座古堡将它变成图书馆之前，这里是有镜子的，但我到来的第一件让我至今仍感到荣耀的事，就是把所有的镜子都拆毁了。'自我，从来不存在于你可见的面孔中，它只在潜意识和无意识中才能保留'，这是荣格在《无意识心理学研究》中提到的。"

"尊敬的先生，您提到了'自我'。我突然想，它，或许是我要在您的图书馆里寻找的。"

6

你是说,豪尔赫先生是为了寻找"自我"来到图书馆的?

与其寻找,倒不如掩藏起来。老人的表情有些凄然,长久的失明已使他的眼窝沉陷,仿佛涂有一层不经意的灰。米兰·昆德拉说,当我们雀跃着把一扇大门打开,以为自己进入了天堂,而当大门关闭起来的时候我们才发现自己是在地狱里……这样说发生在豪尔赫身上的事也许并不准确,但我一时找不到更好的表述来说出我的感觉。豪尔赫以为找到了糖果,没想到的是灾难已经尾随而至……

你是说,豪尔赫先生因为寻找"自我"而遭遇到了灾难?那,灾难是什么?是给他带来了痛苦还是要了他的命?

老人摇摇头,你还是先听我把这个故事讲完吧。它已经接近了尾声。"尾声往往是最尖利的部分,它的叙述者总是遮遮掩掩,在逃避它的到来……"老人引用了博尔赫斯的诗句,他说,引用博尔赫斯是豪尔赫先生的习惯,尽管在富内斯馆长面前他多少有些收敛。

回到失明老人的故事中……豪尔赫简直像着了魔,这个"自我"像磁石那样吸住他,让他更为专注,更为废寝忘食,也更少享乐——如果真有享乐这回事的话。"先生,豪尔赫先生不能这样下去。"职员们找到富内斯馆长,他们表现得忧心忡忡,"这样会把豪尔赫先生毁了的。"于是,他们拉着豪尔赫玩掷骰子游戏,玩施卡特牌,用塔罗牌为明天的黄昏算命,去玫瑰街上的地下餐馆,吩咐乐师们演奏探戈和米隆加舞曲……米隆加像野火一样从大厅的一头燃烧到另一头，然而只有豪尔赫没有被点燃，他微笑着看着来回的火焰，而自己却是一个绝缘的存在。令人气愤和啼笑皆非的是，在那个混乱的、喧哗的、充满着碰撞的环境中，豪尔赫竟然还带着书，他在角落里将带有自己体温的书从怀里掏出，一页一页地看下去。"这样下去会把豪尔赫先生毁了的。"他们说。

伊雷内奥·富内斯倒觉得并没什么，他忧虑的是别的事，譬如之前看到的一句具有暗示性的箴言和自己的眼睛。医生已来看过多次，他没有良策，只有减缓的办法，这些办法更多是安慰性的。"我们家族中的男人多有中年失明的遗传，我想，这也许是赫沙家男人们所谓博闻强记的原因之一，他们试图在失明到来之前多看一点，多读一点，多记一点，反正过早的失明终是难免的。"豪尔赫说道。那是下午茶时间，伊雷内奥·富内斯在亨利·柏格森的谈话录里发现了一段关于"自我"的新颖描述，而它却在豪尔赫那里已是旧识。"富内斯馆长，我也一直有个疑问……我总觉得，您和我们赫沙家族有某种渊源。我甚至觉得您应是这个家族中的一员，只是因为某种极为特殊的原因而让您不愿承认这层关系。"

伊雷内奥·富内斯给予了否认，他说自己不属于这一神秘而显赫的家族，他和所有赫沙们都没关联，不过他认识赫沙家的几位男人，但除了豪尔赫先生，其他的男人都没给他留下好印象，甚至是，恶劣。他不知道，豪尔赫先生为什么非要把他和赫沙家族联想到一起。在这个世界上博闻强记的人很多,他们多得像恒河里的沙子,佛陀身侧的阿难尊者便是一个,他也不会来自赫沙家族;自己的眼疾也非是遗传的缘故,而是受伤,那次受伤没有伤及性命已是万幸。

——可我发现,您的大脑里也有一块极为精准的时钟。有时您会瞄一眼自己的怀表,但那块表是不走动的。

的确如此。富内斯说,他大脑里的时钟是后来被"塞"进去的,给他大脑"塞"进时钟的人也确实来自赫沙家族,当时他们在一起读书,有过时间不短的一段紧密期,几乎形影不离。那个来自赫沙家族的男人教给他精准判断时刻的种种方法,等他掌握了之后又让他一一忘掉,只凭借感觉……"说感觉只具有天生的成分是极为错误的,它也可以是训练之后的结果。"

——可我发现,您的办公室里,在珍品藏书柜的顶端有赫沙家族的徽记,虽然它是被分开的。之所以我从未向您提及是因为我想不通其原因何在。

的确如此。富内斯说,书柜顶端的两块铜板装饰确实来自赫沙家族,那是他和赫沙家那位男人曾经的友谊的见证。分裂也是见证,他们之间发生了激烈的、无可弥补的争吵,年少轻狂的富内斯发誓再不与这个男人往来,并使用斧子将他赠予的徽记劈成两半。"这是全部的真实。我不为此发誓,因为发誓并不像我们以为的那么有效力。"

——那,您所认识的那个赫沙家族的人,他的名字叫什么?

狄德罗·胡安·伯特兰·赫沙。

哦,不是我父亲。豪尔赫一副若有所思的神情,他也许是我失散多年的叔叔,在我家庭里从没任何一个人曾提到他的名字,他的存在像是一个禁忌,我不知道父亲和他之间都发生了什么。也许狄德罗·胡安·伯特兰·赫沙来自另一个赫沙家族,"赫沙"的词意本身就是"地母",应当有开枝散叶的增殖才对。您知道,进入商业时代以来,赫沙家族的人丁已经越来越少……

"也许是,那种失明的遗传阻止了赫沙家族。"富内斯说着,向自己的红茶中加进了半块冰糖。

7

豪尔赫寻找着"自我",但在阅读中诸多属于"自我"之外的知识也依然会把他吸引过去,让他着迷,譬如数学的、逻辑的、建筑的,或者让·热内模仿叶芝的语调写下的十四行诗。豪尔赫并不急于找到所谓的"自我",或者他真的以为"自我"贮藏于一切知识之中,所有的知识碎片包括相互抵牾、相互矛盾和相互攻讦的那些,也都是"自我"的部分?记得有一次,豪尔赫对富内斯馆长说:"在天国里,对于深不可测的神来说,正统和异端,憎恨者和被憎恨者,告发者和受害者,构成的是同一个人。"富内斯知道这段话的出处又来自那个让他生厌的博尔赫斯,于是便装作自己正忙于纷杂而重复的事务,并没有听见。

克罗齐就是在那个时期来的，这位意大利的哲学家、美学家在第一次走进伊雷内奥·富内斯图书馆的时候还带着一个懂得西班牙语的当地助手，他和富内斯、豪尔赫聊天，有些心不在焉的助手便悄悄地打起了哈欠——他的举动应当被克罗齐看在了眼里，之后克罗齐到来就只有一个人了。很快，克罗齐成了图书馆的常客，要知道这座贮藏了太多陈旧知识和冷僻书的图书馆常客不多，因此下午到来的克罗齐受到所有人的欢迎，就连之前的两位职员也感觉到，"他带来了不一样的气息"。克罗齐也用激情的方式表达了他的欣喜，他甚至站在图书馆的中央为房间里寥寥的人吟唱了《图兰朵》中最为经典的部分：不许睡觉！不许睡觉！公主你也是一样，要在寒冷着的闺房，焦急地观望那因为爱情和希望而闪烁的星光……富内斯听出这位可爱的先生两次把7唱成了i，出于礼貌他并没有做出纠正。

他们谈论哲学，美学，意大利和欧洲的历史，宗教冲突，东方的影响，黑塞、卡夫卡和中国的《老子》《庄子》，阿赫玛托娃和白银时代，梵尔卡莫尼卡坐地岩画，细密画的装饰性，克里姆特、康定斯基，吉约姆·阿波利奈尔关于超现实主义的奇妙比喻："当人们想模仿走路时，便刨创了并不像腿的轮子。"……他们谈得兴致勃勃，虽然其中也不乏卖弄的成分。下午的交谈主要在克罗齐和豪尔赫之间进行，有些时候伊雷内奥·富内斯也会参与其中——当时，富内斯馆长正遭受着眼疾的折磨，他看到的已经不只是飞蝇或吹不走的灰烬，而是一片片不知被什么击碎的白玻璃，它们的裂痕在不断晃动,让他无法看清眼前的人和字,随后是头痛、眼疼,那种折磨就像有几十条虫子在咬,富内斯馆长无法静下心来。他频频去医生那里,但一次也没有带回乐观。

豪尔赫要找的"自我"也是一个话题,他说他发现这个问题就像圣·奥古斯丁面对时间,"假如你不问我,我是明白的;但你一旦问起,我却不知道该如何回答。"他有时觉得自我属于被遮蔽的灵魂,而有时觉得自我即是对生活的态度;他有时觉得自我在思想中,我思故我在,有时又觉得自我其实是肉体,它短暂而易于消失的部分才是;有时候他觉得自我就像血液,不划破一个小口你根本看不到它的颜色,有时候又觉得所谓自我就像空气,流动而无形,你可以说它在也可以说它不在。"良善即自我",我欣喜于这句话但随即就推翻了它;"欲望即自我",随即他又对它反驳:不,不仅仅是;"虚幻即自我",这依然不能让他信服……"狮子的自我有狮子的属性,镜子的自我有镜子的属性,美的自我有美的属性——也许你想找的是这个可称为'属性'的东西,而不仅仅是你这个个体。"离开布宜诺斯艾利斯之前,克罗齐向豪尔赫与富内斯告别,他的激情让他看上去显得矍铄,他紧紧抱住了豪尔赫,似乎试图将两个人融成一个,"豪尔赫先生,你的自我也许需要你走出去,而不是被困在图书馆里。"

这也许是一句颇有见地的忠告但也是毫无用处的忠告,富内斯馆长和豪尔赫都未将它听进耳朵,对他们这样的人来说,"外面"这个世界充满着惊惧、危险,也缺乏诱惑力,只有在图书馆里他们才会变得丰腴……而豪尔赫先生对克罗齐的"属性说"也不十分认可,他谈到有些蝴蝶会模仿枯叶,有些螳螂会模仿花瓣——它们的属性在这,可自我却是变化的。对人来说,更是如此。

日复一日,豪尔赫还在阅读,而富内斯馆长则被眼疾折磨,他的眼疼、头痛变得越来越频繁,视线也越来越模糊,眼前的字时常会骤然地跳动起来变成纷乱的飞蝇扰得他心烦,他感觉一根达摩克利斯之剑就悬在头上,而悬挂这根剑的绳子已经腐朽。

给他这个感觉的当然不仅是眼疾的问题,老人告诉我,富内斯馆长还有另外的一个担心:随着时间的流逝,整个图书馆里未被豪尔赫阅读到的图书已经越来越少,他最终会拾级而上,读到图书馆阁楼上的最高层——在那些由拉丁语、汉语、日语、土耳其语、意第绪语和梵语组成的语言丛林之中,还埋有一部被称为"巴别塔之梦"的古老图书,它被装在一个由黑石凿成的石盒里,据说它曾和摩西在西奈山上得到的石板连在一起,曾属于同一块巨石。没有谁读过石盒里的那本书,作为馆长伊雷内奥·富内斯也从未尝试将它取出,每次想到那本书他就会想起记忆中的那句充满着不祥暗示的箴言,这句箴言的确吓住了他。他低估了豪尔赫的阅读速度,也低估了豪尔赫的记忆能力,谁知道呢,这份低估里也可能包含着某种的期待……期待和担心是两股力量,它们绞在一起几乎要把伊雷内奥·富内斯的心给撕碎了。在这样的时刻,富内斯就会把自己的注意力注意到眼疾所带来的痛苦上。

一天。一天。随着时间的流逝担心则变得重了许多，富内斯甚至怂恿另外的两位员工将豪尔赫拉走，到真正的生活中去，到享乐中去，他甚至暗示他们可为豪尔赫寻找有些姿色的美人，他们也确实做了。豪尔赫没有拒绝，他还表达了礼貌的感谢并为自己付费，然后又早早地出现于图书馆里。

这一日，伊雷内奥·富内斯从一个令人不安的睡梦中醒来。他睁开眼睛发现天还是黑的，只有一些细微的、仿佛浸在棉花里的光亮，它们比梦里的场景还飘忽不定。富内斯嘟囔了两句，他引用的是布瓦洛的诗，然后又再次躺倒在床上。那个不安的梦也再次袭来，他梦见豪尔赫已经读完了阁楼上的全部书，设置于拉丁语、汉语、日语、土耳其语、意第绪语和梵语中的阻碍都一一被他克服，当那些书被尔赫读完，埋藏着的"巴别塔之梦"再无隐藏。豪尔赫先生认得石盒上的赫沙标记，他也应当不止一次地听说过那句吓阻的箴言：在梦里。豪尔赫有些犹豫，他甚至放弃了，将石盒重新放回原处走下阁楼，然而最终豪尔赫还是又一次返回来，这次他坚定得多。

一道炫目的、无可比拟的光从石盒里窜出来，接着出现的是浩瀚的海洋、黎明和黄昏，美洲的人群、一座黑金字塔中心一张银光闪闪的蜘蛛网，无数的镜子，每一面镜子里都有一个无数的、无穷的事物……随即是骤然的暗淡和崩塌，整座图书馆的图书都塌落在豪尔赫的身上，仿佛他是宇宙中的黑洞或者一条大河里的涡流——他吞噬了它们，它们

273

埋藏了他。

从光亮窜出到陷入黑暗,它漫长得像经历了整个世纪又像只有一秒,或者不到一秒。

伊雷内奥·富内斯再次惊惧地从床上坐起来,他的全身已被凉凉的汗水所浸透。坐了好一会儿,他睁开眼睛,眼前依然是沉沉的夜晚,但他大脑里的时钟已经指向上午的九点四十一分。"我这是……"富内斯突然回过神来:他,已经彻底地失明,接下来的所有活着的时间都将是同样的黑夜。

跌跌撞撞地摸索着,躲避着,他在十点三十八分摸到了伊雷内奥·富内斯图书馆的门,十点五十七分,他走进图书馆。古堡还在,书架和其他的一切都还在,然而摆放着图书的书架上空空荡荡,已经没有一本书还在那里。一本书也不复存在。

就在他继续跌跌撞撞地向前的时候,在一旁不知所措的两个职员拦住他:伊雷内奥·富内斯先生,不要向前再走啦!图书馆中心的地面上出现了一个深不见底的大坑,再往前走,你也会陷进去的!

8

这是关于豪尔赫的故事。失明的老人说,自那之后豪尔赫再没出现,也再没他的消息,他也许和那几十万册图书一起沉入了地下的某个深处。后来,富内斯馆长给克罗齐写信做了说明,当然这封信只能交给别人代笔。"它足以让世界发生沉陷"的诗句也是由那个事件得来的。

我点点头,如果我没有猜错,您,应当就是伊雷内奥·富内斯馆长。您,应当也出自赫沙家族,是豪尔赫失散的叔叔,对不对?

是的,老人捂住自己的脸,"我是豪尔赫的叔叔,让豪尔赫面临那样的境遇让我不得不面对反复的自责和羞愧。将赫沙家族的徽记断开就是错误的开始。"突然,他颤抖的手指指向我:"我之所以寻到这里来,和你说起这些旧事,是因为在克罗齐的信中说,他觉得你的身上同样有赫沙家族的影子,是另一个豪尔赫。他的信让我百感交集。"

尾声

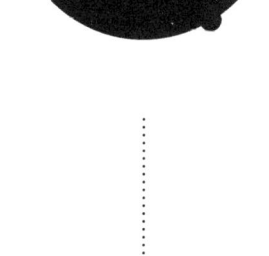

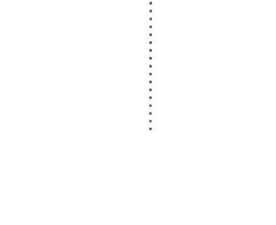

雪山路二十七号，开在丽江古城的"故事咖啡馆"竟然已经五年。它的起点是一个冲动，然而它还是以我意外的方式坚持了下来，并且具有了一些弥久的、悠长的滋味。现在，坐在二楼的书桌前，坐在略显浓郁的咖啡的香气之中，我觉得在它其中隐藏着的还有种……百感交集。是的，百感交集，在我登上飞机决定再次飞往丽江与胡月、丁帅、杨婧媛他们会合的时候，那种百感交集就已经存在，是我携带着它穿越了大半个中国，并把它带入了"故事咖啡馆"原有的气息中。它的起点是一个冲动，当然这个冲动不是我的，不是我这个年龄和这种性格的：我承认，这也是百感交集中"百感"的一个部分，尤其让我感慨。

　　现在是非营业时间，咖啡馆里一片静谧，我甚至可以清晰地听见窗外玉河水道淡淡的流水声，这是在它营业时间所听不到的。坐在略显浓郁的咖啡的香气之中，不知道为什么，我竟然有种微醺——应当不仅是昨晚那几杯酒的缘故。将标有"故事咖啡馆"的文件盒打开，随手翻阅着里面有些泛黄的纸页和上面的记录，那种百感交集再次变得强烈，它甚至有些难以自控，有些想把什么冲破的冲动。纸页上的字迹密密麻麻，勾勾画画，充满了画叉、涂改、大块墨渍、污点、空白，有时候还撒成浅淡的大颗粒，有时候聚集成一片密密麻麻的小符号……上面记录着他们听来的故事，记录着他们对这些故事展开的讨论甚至争论，也记录了我作为一个写作课教师的介入，尽管我的介入有时会过于遥远了些。

再将"中国故事""外国故事"的文件盒一一打开。之后，按下呼叫铃。

我对胡月他们说，现在我有一个几乎是迫不及待的冲动，我想把咱们这些年来搜集整理的故事和你们的改编再整理一下，把它做成一本书，一本特别的书，我准备……"其实，这也是我们的想法，已经想了很久啦！"

那，就这样开始吧。